君 と 私

志賀直哉をめぐる作品集

里見 弴

中央公論新社

目次

I 小説

Ⅱ　随筆

君と私　志賀直哉をめぐる作品集

I

小説

君と私

一

自家《うち》で赤坂の氷川神社の境内に住んでいた頃から君は私を知っていると云うが、それは丁度私の七つの年齢《とし》だ。二人乗りの俥《くるま》に心もち大きいくらいの驢馬《ろば》々車に四、五人も乗り込んで、学校帰りにうちの俊之助兄のところへ遊びに来た連中のなかに、君と云う人を、——坂本と云う名を、私は特別に記憶してはいない。門の桜の木に繋がれて、ひとを小馬鹿にしたような、意地の悪い目附をして突っ立っていた驢馬の灰色の毛並はいまだに覚えているが。それだのに、不思議に、君たちがうちで騒ぎ廻って夕方帰って行ったあとで出る噂としては、君を思い出すことが出来る。野村へ嫁《かた》づいた秋子姉がなかでも君を可愛いいもののように話していた。「こわい話しは大好きだけれど、頭から蒲団を被って聞くのでなくってはイヤだ」という意味のことを君が云っていたという話しなどは、幾度も姉の脣《くち》へのぼった。一体に君は、可愛いい顔をした無邪気な少年として、俊之助兄の親しい友達として、私のうちの誰からも愛されていたように思う。私にとっての君の最初の印象は、こういう「噂」で形づくられている。

二

私が十一、二の夏、君は鎌倉の別荘へ俊之助兄を訪ねて来た。私は川岸に立って君たちの游《およ》ぎ遊ぶのを眺めていた。滑《なめり》川の橋には、中央のところで両側に突き出た桟《さん》があった。そこの尖《さき》から君たちは宙がえりや逆下《ぎゃくか》で水のなかへ飛び込んだ。「背後《うしろ》宙返りの方がやさしいんだってけれど、僕は前の方がこわくないや」こんなことを云って、君は何遍も裸で橋の上へ登って行った。その時一緒にいた人のなかで君が一番上手だった。私は見ていてすっかり感心してしまった。エラいなアと思った。

——この時分には私はもう君を坂本という名で知っていた。

たしか私が十四になる春休だった、鎌倉の方で病後を養っていた俊之助兄を見舞がてら、君や黒田君が泊りがけで別荘へ来ていた。或る朝、私とすぐ上の金造兄とが庭へ出てキャッチ・ボオルをしているのを、君たちはまだ寝床のなかにゴロゴロしながら眺めていて、時々ヒヤかしたり褒めたりした。その時私は君が見ているんだからうまくやろうと思った。それは慥《たし》かに覚えているが、それが運動ごとのなんでも得意だった君の賛詞を得ようがためであったか、或は君に対して男同士の恋を感じていたためであったかははっきりしない。

何しろその頃は一般学生の間に男同士の恋がヒドく流行《はや》ってもいたし、私もそれに浮身をやつしていた。近頃その時分の日記を抜いて見て驚いたくらい、あらゆる頁に同性に対する愛情が愬《うった》えられているが、そのうちには君の名を見出すことは出来なかった。しかし君が泊っていた二日とか三日とかの短い間だけでも、君に惚れて（言葉は可笑《おか》しいが、）いたのかも知れない。もしそうとすれば、この恋の成らなかったのは、私にとっては大変な幸であった。少しでもそんな関係にはいっていたならば、私は今日の私ではあるまい。

――しかしそれは兎も角、私は順序を追って書いて行こう。

三

その同じ年の夏であったか、私は俊之助兄に連れられて上総《かずさ》の鹿野山《かのうざん》に四十日ばかりを暮した。あの、疲れた農村のほかにはなんにもないような山上の四十日は、随分私を退屈させた。戸田君もいたが、私はいつも大抵一人ぽっちだった。自分の持って来た本を読みつくしてしまって、戸田君か誰かの「文界の大魔王、バイロン」とか云う本を見ながらゴロゴロしているのを戸田君、「おやバイロンを研究しているネ」などと、バイロンの「ロン」にアクセントをつけて、故意《わざ》と私が誤って発音するようにこの詩人の名を呼んでヒヤかしたりした。それにもすぐに飽きると、トランプや海戦将棋を持ち出して、私はみんなの読書を妨げた。

「よし、ちょっと待ち給《たま》い。今、ここまで読んでしまったら一つ海事思想を養ってあげる」

戸田君はこんなことを云って、やがて厚い本をバタンとふせると、私のために海戦の敵《あい》手《て》になってくれた。

「あああ。日記でもつけようかナ」

時として私はしようことなしにこんな独り言を、故意と大きな声で云ってみる。バイオリンを弾いていた戸田君が、

「書き給い、書き給い」

と弓の手を止めもせずに促す。

「なんて書こうか」

「そうさナ、『終日ごろごろ』でいいだろう」

　こんなことも云われた。

　或る晩、私だけ先に床にはいって一ト寝入したあと、隣室の人声で目を覚した。そして二、三日前からの噂のあった岩村先生と君とが夜道をしていま着いて来たことを知った。私はすぐ出て行こうかと思ったが、初対面の岩村先生がいるので、そのまま床のなかで君たちの話しに耳を傾けていた。耳立つほどの鹿児島弁で、厳《いかめ》しい顔を思わせるような岩村先生の声を中心にして、能弁な戸田君や、少し鼻にかかる君の声、それから俊之助兄の引

き笑いなどが晩《おそ》くまで聞えていた。カント、ショウペンハウエル、ヘエゲル、そんな聞いたこともない名前がしッきりなしに出た。それを私は暫くの間わからぬなりに聞いていたが、いつのまにかまた寝入った。

　翌る朝から私の予期が辜負《うらぎ》られ始めた。二人の新来の客が山上へ持って来ると思われた暖かさに引き代えて、いつも、私には理解しようと企《くわだて》ることも出来ないような話題が、四人の年長者を夢中にしていた。私は以前よりも更に一人ぽっちにされてしまった。それでもどうかすると、皆つれ立って散歩に出た。宿から二十町ほどある大瀧というのに、一日瀧を浴びに行ったこともある。かなり高くから落ちて来る水の勢《いきおい》には、誰とて一分と続けては打たれてはいられなかった。てんでに沙石の絶壁へ記念の文字など彫り始めた。どこからともなく、馬蠅と云う螫《さ》すやつが、うっかりしている岩村先生の裸体《はだか》の腿へ来てとまったりした。先生が木の枝で彫りつけたのはASTIAという文字だった。それはどことかの「星」という言葉で、最初のAは赤松俊之助の頭字、次のSが君の、それから戸田君、Iは先生自身の、そして終りのAは、先生が私を俊之助の弟とばかりで、姓の変っていることを知らなかったために、やはり赤松の頭字になっていた。このいわれなど聞きながら、皆な下から大きな文字の一つ一つを眺めた。

　君が先生とつれ立って半島の先の方へ旅を続けて行こうという日、私はついそこらまで送るのだろうと思って、一緒についていて行った。それが、また例の私には不可解な話しに油が乗って、見送る人がとうとう三里ほどくだった湊町まで行ってしまった。海を見おろす掛け茶屋で君と先生に別れて、再び私たちが山へ登って行く時分には、腹もへり、足も労《つか》れた。途中、私が子供っぽく心《しん》から慍《おこ》ってしまって、プリプリしているのを、またしても戸田君が面白がって娫《からか》ったりした。帰ったのは午後の二時頃だった。

君の四、五日の逗留は、私が期待していた運動ごとの好きな、子供ッぽく年下のものの相手になってくれる君の代りに、むずかしい話しの好きな、真面目くさった君を私に示した。それとずるずるべったりに六里の山道を歩かされた遺恨とが一緒になって、この時から私は君を好かなくなった。少くとも親しみ憎い人と思うようになった。

岩村先生が山上の宿に残して行った「カントあたりも側杖《そばづえ》を喰っちょるですナ」という流行語《はやりことば》を私はいつも軽い反感を感じながら口にしていた。

四

私が同級の小川と相談して、五、六人の友達と絢友《けんゆう》会というのを作ったのも、いくらか君やうちの俊之助兄、戸田君、黒田君などの睦友《ぼくゆう》会を真似たものだった。この年の秋頃には、この二つの会が戸山の原でベエス・ボオルのマッチをするほど近よって来た。その一回目だったか、二回目だったかの帰りに、戸田君の家へよって晩飯の御馳走になったのは、たしか君と私たち兄弟だった。昼の労《つか》れで眠くなった私は、「君たちの話し」を聞きながらうとうとしていた。それを気の毒に思ってか、君は帰り途に士官学校の前から四谷見附まで私を背負《おんぶ》して行った。もう十五になる私は、少し羞《はず》かしかったけれど、夜が更けても人通りも少く、それに何しろ眠かったので、云われるままに君の背に乗っていた。それよりも第一には、私が級中でも一番チビッコだったというのが、君がそんなことを云い出す原因でもあり、また私が平気で背負《おぶ》さって行く無意識の間の釈免《エキスキュース》でもあった。

「おかげで暖くなったよ」

　君はこんなことを云って、笑って、別れて行った。

　その翌年、俊之助兄や黒田君や君にくっついて、本郷座へ「金色夜叉」を見に行った。もの堅い私の家庭《うち》では、めったに芝居などへ行かせなかった。この時も俊之助兄の命令で、私が母の許しを受ける使者に立った。それから間もなく、七月、やっぱり君たちの仲間に混《まじ》って玉川畔《べり》へテント旅行をした。君は白いスウェタアを背なかへ負い、その両腕のところを首に結んで、川の水で食器など洗っていた。永い薄暮を蛇籠《じゃかご》の上へ腰をおろして、一緒に唱歌など唄った。いがらッぽい麦藁《むぎわら》の匂のなかで、川瀬の音を聞きながら一夜を明かした。私も一緒になって高田の仮声《こわいろ》を真似たりして、晩《おそ》くまで起きている。翌朝の帰り仕度に、食器など包んだ大きな風呂敷包を背負って、ヨタヨタ歩いたりして、これも君と一緒に見て来た「乗合船」の菊五郎の才蔵の歩き振りを、君は真似て見せたりした。――こういう風に、こういう方面から、私はだんだん君に親しむようになって行った。

五

この時分、君が一番多くうちの俊之助兄のところへ遊びに来ていた。兄はその頃私たちとは別な学校へ通うようになっていたが、やっぱり君や黒田君たちと一番親しくしているように見えた。次第に君たちの生活が私の目にも映るようになって来た。睦友会の回覧雑誌などは、夙《とう》から私たちの方の会でも真似ていた。美術学校で出していた泰西名画の複製などが月々とどいて来ると、君たちはよくそれを見て楽しそうに話していた。伊太利語を学んでいた俊之助兄が「死の勝利」の梗概を君に話していたのも覚えている。（尤もそれが「死の勝利」であったことはずっと後になって君から聞いたのだが、）そうかと思うとまた君たちは「アウフ」と云う隠し言葉でもち切って、何やら面白そうに話し合っていた。それが昇之助と云う娘義太夫の渾名《あだな》であることなどもわかって来た。私はまた私で、勧められるでもなく、兄の書斎から小説本を持ち出して来て読み耽るようになった。夏休に片瀬の游泳へ行っている時など、豪放な年長《としかさ》の学生の目には特別に文弱に映ったほど、私も同じくらいの年恰好の少年とは違って来た。藤村操《みさお》の噂がまだ人々の口から消えない時分で、よく私もその亜流だという意味から、「ドブン」などと呼ばれた。

　学校の方でも君と顔を合せることが多くなった。初めて、鉄砲を担いで行軍に行けるようになった時、君はたしか腕に白い紐を巻いた分隊長で、よく後営とか前哨とかいう苦しそうな役目を引き受けては駈け廻っていた。図書館の閲覧室で催される演説会で君の話しを聞いた。トルストイのお伽噺とか、「よろしくの説」などを面白く思ったとみて覚えている。学校の方では殊に、君と私との間は、中学時代の一級の差でも越えられない罅隙《ギャップ》が、しかも四つ五つもなかを隔てていた。

六

秋、妙義から碓氷《うすい》峠の方へ俊之助兄に連れられて行った。同行は君、黒田君、私より一つ年下の沢君。こんな時には、しかしまたまるでかけへだてがなかった。絶壁の岩の窪みに、投げた石がはいれば願い事が叶うというところへ出た時、沢君が一つ入れたきりだった。君はヤケになって続けさまに投げた。嶮《けわ》しい金洞山《こんどうさん》の頂上の断崖に立って、私は子供らしい亢奮から、元来が臆病者のくせに、つかつかと端へ出て放尿した。君は下まで見えたかと訊いた。私は途中で見えなくなったと答えた。麓《ふもと》の杉並木へかかった頃にはもう夕闇が迫った。私は「高野聖」を思い出して、「馬蛭《うまびる》が落ちて来そうだね」などと君に話しかけた。軽井沢の宿では降りこめられた。兄は絵具箱をあけて君の顔を写した。碓氷峠の国境で、この地方に隠れ住んでいる詩人を訪ねようとする兄と別れた。兄は信州へ引き返し、私たちは坂東太郎の水上に沿って、上州へくだった。兄に別れると私は急に生意気になって、その頃少しずつ読んでいた院本《まるほん》の話しなど殊更に持ち出したりして、君たち自身の話にはいろうとした。町の真中を清い流れが通っているような寂れ果てた宿《しゅく》を過ぎて松井田へ出た。汽車のなかで私は黒田君を対手に天狗俳諧など始めた。「そばだてる岩が根おりて見かへれば夕ばえ燃ゆる金洞の峯」とか、「洋傘《こうもり》を忘れて松井田駅の前のお茶屋へ端書を出した」とか、私は出まかせの歌を手帳に書いて示したりした。その時君は小聡《こざかし》げにはしゃいでいる私を、少しうとましそうな目つきで眺めていたが、やがて独り横になって寝入ってしまった。

七

世間が旅順の戦況で夢中になっていた年の正月、私は初めて君の家へよばれた。その頃私が夢中になっていた錦絵を君が沢山もっていると聞いて、わざわざ同級の岩田を誘って一緒に見せて貰いに行ったのだ。（年長の学生を独りで訪《おとな》うというようなことが、なんとなく憚《はばか》られるような気風は、まだまだ学生の間に盛《さかん》だった。）その時一番ほしいと思ったのは豊国の描いた人形芝居の車引きの三枚続きで、それは今に忘れない。背《バック》が黒とか鶸《ひわ》とかの一色で塗りつぶしてあるのは大抵そう古いものではなく、よくないのだ、というような粗雑な鑑賞法を教わって、そうかなア、と私は感心した。丁度君は夕方から明治座へ初《はつ》御目見得《おめみえ》の芳三郎と徳三郎を見に行くという日だった。私も盛に誘われたけれど、断って、明日から鎌倉の別荘で読み耽ろうという鏡花の小説の出ている古雑誌を、持ちきれないほど借りて帰った。

宮戸座で「蟒《うわばみ》於《お》由高評仇討《よしうわさのあだうち》」を見て来た君は、ひどく誘惑的なことを書いて、「好源斎」などと署名して私を誘った。「兄貴なんかに叱られたってかまうもんか。今度は是非々々見て置き給え」などと書いてあった。君の友達が二人一緒になった。夜芝居で、岡田で夕飯をたべてから行った。源之助の芸は私を魅した。少し亢奮してぶらぶら帰って来る浅草公園の夜も、私には初めてだった。銀杏《いちょう》の木の枝に鶏が眠っていたのを君が指さしたりした。この頃から芝居と錦絵とが君と私との間の主な話題で、だんだん親しく話すようになった。尤もこれよりずっと以前に、二人で白馬《はくば》会を見に行ったことなどもあるが、それは君が俊之助兄を誘いに来て留守だったというような理由であった。こういう風に、兄という仲介者なしに一緒に芝居などを見るようになっては来たが、まだまだ私は君との隔りの広さは越え難いものだった。ずっと大人に見えた。それでも私は一体に年長の友達が好きだったから、次第に君たちと親《ちか》しくなって行くのを喜びもし、仕合せとも考えた。これは、私の早熟にもよるが、また子供の時から兄たちとばかり遊んでいた習慣にもよるが、一つにはひとの前に己を緊張させている人工的な心の状態を、既にこの時分から楽しんでいたのだと思う。同級の学生の一部には自分の考えを強《し》ゆることの出来るような友達もいたが、私はその人たちよりも君たちの方へ近よろうとしていた。未知の世界を望もうとしていた。これは君の話しではないが、君の仲間の黒田君などはこの時分の私のところへ来て、自分のラブ・アフェアを打ち明けたことがある。十八になる私をつかまえて、二十四、五の人が。Love is desire, dies when gratified. こんな言葉をその時教わったのを覚えている。私は一トかどの相談相手にされたように心に喜んだ。

或る時、すぐ上の金造兄がプリプリ慍《おこ》りながら私の部屋に君の家の番地を聞きに来た。なんでも君と黒田君とがうちの弟をつかまえて、戯れに「馬鹿兄貴はどうしたい」と云ったのを弟が金造兄に告げた。それで、肝癪《かんしゃく》もちの兄はすっかり慍ってしまって、君へ宛てて激しい詰問状を書いたのだった。「一体君なんかもあんな無礼な奴等と遊ぶにはあたらないんだ」こんなことを云われて私はあっけにとられてしまった。二、三日して君と黒田君とが金造兄の部屋に来ていた。こんな時でも私は君たちの方へばかり好意ある解釈をして、兄の一図なのを羞かしくさえ思った。

八

俊之助兄が洋行する少し前に、私はこの一番たよりにしていた兄の部屋で自分の志望を話して、爾後《じご》のことなど相談した。私は芸術家になりたいけれども、なかなか自分などに出来る仕事ではない、せめて金持ちになって広く世の芸術家のために尽そう、こう思っていた。この兄と近々に別れる悲みと、思考の亢奮とで、私はわけもなく涙を流した。兄は君と戸田兄とによく頼んで置いてやるから、何かの相談相手になって貰え、と云って、私を慰めた。

「坂本は感情的な男だから何か相談なんかするのには話しいいだろうけれど、やっぱり戸田のような理智的な人にも聴くようにしないと駄目だぜ。殊に君はもともと感情家なんだから」

　こんなことを云われた。

　まもなく君たちは俊之助兄と永く別れる前に一緒に旅をしようと云うので、睦友会の四、五人が房総半島の方へ発《た》って行った。私は東京で房州通いの船の上からの寄書の端書《はがき》など受け取った。いよいよ兄の出発という日の一週間ばかり前からは、君がうちへ泊りに来たり、兄が君の所へ泊ったりして、出発前の多忙に少しでも暇を見つけては一緒になっていた。私はそういう友誼《ゆうぎ》をはたから、指を銜《くわ》える、といった具合の羨ましさで眺めていた。

　五月十三日、美しい快晴の日だった。私達うちのものは新橋の方で君や黒田君、戸田君たちと一緒になった。その日君は額に八の字をよせて激《おそろ》しくむずかしい顔をしていた。ろくに口も利かなかった。正午、大きな独逸《ドイツ》船が桟橋からゆるゆると離れて行った。俊之助兄の手摺《てす》りに凭《もた》れた姿がだんだん小さくなって行った。私は止めどもなく涙を流した。仕舞には黒田君が側へ来て腕を支えるようにしてくれた。君も泣いていたと思う。君の悲みはまるで慍っているように見えた。

九

それから間もない後のこと、私は二度目で君の家へよばれた。今度は岩田など誘わずに一人で来てくれ、と特に注意された。行くと、さよのことだった。俊之助兄が私たちの手に託して行ったこの娘はうちの女中部屋で青い顔をして鬱《ふさ》ぎ込んでいた。私はその様子など話した。君と私とは、――なかでも私は具体的には別段何も尽してやることは出来ないけれど、どうかして兄が帰って来るまでこの娘を守ってやろうという同じ心で不思議に結びつけられた。君は親友の愛人として、私はまた敬愛する兄の愛人として、この娘のことを「さよ君《くん》」と、君づけにして呼んだ。私たちはこの問題を中心にして初めてしんみりと話し合った。何も云わないでいても二人の心が似通ったことを考えているようなその日の情況《シテュエーション》が、急に私たちを近よせた。兄の友達としての君、という心持が少しずつ消えて行った。

十

この年の夏休には、もう、君たちと一緒に暮すようになっていた。

元箱根に八畳二タ間の貸し別荘を借りて置く世話などは、黒田君が主にやってくれた。旧道の丸石がカッカと焼《や》けている日、私は黒田君と一緒に登って行って、芦の湯の方から来た君と落ち合った。あの年はよく雨が降った。硝子《ガラス》窓の多い湖畔の家でさえ薄暗い日が多かった。君たちはよく勉強机を縁近くへ持ち出して読書していた。黒田君は「コンモン・ロー」という厚い本や「種の起原」を読んでいた。君はどんなものを読んでいたかまるで忘れてしまったが、丸善から黄色い表紙に小さく著者の肖像を入れた仮とじの本がとどいて来たときはヒドく喜んでいた。イブセンの「人形の家」か「少さきアイヨルフ」だったと思う。私は黒田君が貸してくれた英吉利の通俗小説家のなんとかいう人のなんとかいう本を、毎日十頁ずつ読むことにきめて、甲板椅子《デッキチェア》の上で字引を引きひき一ト朝じゅうかかって役を果していた。教科書以外の英語の本を読んだのはこの少し前にアミチスの「クオレ」の英訳だけで、それも所々わかったと云った方がいいくらいのものだった。それが今度は兎も角も解るだけは解るので、読みあげた時などは大得意だった。もっとも、書いてあることはその時分の私にとってもつまらなかった。あり来りの恋愛小説だった。鏡花や紅葉のものの方が遥かに興味が深かった。雨の夜など、私たちはそういう小説の朗読会を催した。それが昂じて来ると、役割をきめて会話のところを芝居の台詞《せりふ》のようにやりとり始める。黒田君は「湯島詣」の寄宿舎のところで、なんとかいう神月梓《こうづきあずさ》の友達が上手だった。君は「通夜物語」の平助を嫌がりながらも買って出た。紅葉のなんとかいう短篇で、私は器量の悪い妹娘の役であてた。この話は、なんでも姉娘が美人で、二人が羽子板の表と裏のようだということが書いてあって、私はその羽子板の裏だというところから、仕舞には「ハゴウラ」などと娫《からか》われた。この台詞のやりとりが更にまた昂じて来ると、今度はいよいよ立稽古になる。君はよく「高野長英」に出た芳三郎の掏摸《すり》の真似をして、すれ違いさまに懐中《ふところ》をぬく、あの早業を私を対手《あいて》にしてやったりした。

　蠅がヒドかった。締め切った部屋のなかで雨の午後などを寝そべって、ウツラウツラしていると、矢鱈に顔の上を匐《は》い歩いた。

「晴れるぞ」

　黒田君が勢《いきおい》よく立ちあがって空を眺める。四時頃になって急に雲切れがして、俄《にわ》かにムシムシと夏らしくなった。そんな時私たちは何を措いても庭へ飛び出して、木戸の棒杭に繋いであるボートへ行く。黒田君は汗みどろになってせッせとあかを汲み出す。私たちはオールやクラッチを担ぎ出す。湖面はギラギラと輝く。離宮下を行く舟はまだ蓑《みの》を着た人が漕いでいる。やがて滑るように湖心に漕ぎ出すと、張り切れるような大声で唱歌を唄ったり、黒田君などは冴えた声で英詩を朗吟したりして薄暗くなるまで漕ぎ廻っていた。朝から天気でもよければ私たちは遊びに困らなかった。ボートのほかに和船も借りてあった。平岩へ行って泳いだり、潜って溝貝《どぶがい》を拾い、鉛色をした小さな真珠を捜したりした。甲板椅子を持って行って木陰で読書したこともある。あすこに君たちを残して私が便所へ行くために一人で舟を操って帰ったあとで、俄雨が降って来て、君たちが木の下に小さくなって蹲《しゃが》んでいるところへ西洋人のボートが通りかかって、ハアミットがいる、見ろ、見ろ、と云った由、あの時君からハアミットという言葉を教わって、英語に仙人という言葉があるのを不似合に思った。

或る嵐の日、君と二人でボートで乗り出したことがある。二人して着物の裾をまくって頭の上へ拡げているだけで、小舟は磁石に引かれる鉄片のように走った。ずぶ濡れになりながら、尻に帆かけるとはこれだ、などと云って笑っていた。波がどんどんはいって来てもそう驚かなかった。宿《しゅく》の方の岸へ見るみる吹きつけられて行った。いつの間にか、漁師が大勢出て来て私たちの方を眺めていた。助け船でも出されてはみっともないからと、二人でうんうん漕いで帰ろうとしたが駄目だった。とうとう岸へ吹きつけられた。知りあいの宿屋へボートをあずけて、浴衣《ゆかた》や傘を借りて陸から帰った。あの、世話になった宿屋を出る時、座敷のなかから尻端折《しりっぱしょり》などして、「じゃア、そろそろ出かけようかね」と云った私の調子が、我ながらあんまりよすぎて、君と顔を見合せると暫くは転げて笑った。そんなつまらないことではあるが、ああいう二人にしか通じない可笑《おか》しさ、というようなものが、もう、お互の間に出来かかっていた。

或る日安井君がカーキー色の学校服で登って来た。私たちは夕方湖で泳いだ。それを見ていた安井君に附いて来た家扶《かふ》は、さも安心したように、「どうも皆さんのようにああ達者に泳ぎなさるのでしたら……」こういって、この少年を托して山をおりて行った。それからは四人の頭が中央で合うように、部屋の四隅へ放射形に床をのべて寝た。それは寝てから皆で話しをするのに都合がいいという黒田君の発議に基いたのだ。

これは、私が書こうとしている主題にはそう関係のないことだけれど、君と私との間に安井君は妙な結びをしている。これより三年ほど以前、私は安井君を恋していた。一つ違いのこの少年の何物かが、私の心を、役者に恋した子守ッ娘のような卑下と熱望とで充《みた》した。十月《とつき》ほどの間、私はただの一日でもこの少年を思わない日はなかった。それでいてとうとうその心を打ち明けようともせずにしまった。丁度その時分、君と安井君とは恋し合っていて、私も薄々それは知ってはいたが、不思議に君に対する私の感情を少しも害しはしなかった。私の、前後覚えのないほどの熱情は、そんな噂の上に私を超越させていた。だから、君と私とのことを書こうとしている今、このことは不必要のようでもあるが、間に安井君と云う一人の人を置いて、同じ時代に、君と私とがまるで違った（或は全く同じな）心の状態を別々に経験していたと云う点を面白いと思い、序《ついで》に書いた。

十一

うちの母から手紙が来た。誰も古風な崩し字をはっきり読み得なかった。どうも帰って来いと云う意味らしいので、私は或る嵐のような日に一人で山をくだった。みんな元箱根の方から登り切るところまで旧道を送って来てくれた。別れて行くのがつらかった。私は、すぐにお猪口《ちょこ》になってしまった洋傘《こうもり》に駒下駄を通して、やけ半分ずぶ濡れになって足袋《たび》跣足《はだし》でおりて行った。帰ってみると、私は手紙を読みそこなっていたことがわかった。箱根からは羨ましがらせの手紙が来た。私は暑いのに芝居を見に行っては、その評判を出来るだけ誘惑的に書いてその腹癒《い》せにした。

間もなく君だけちょっと箱根から帰って来た。或る晩一緒に真砂座へ「業平文治《なりひらぶんじ》」と云う芝居を見に行った。この一座に関係していた小山内《おさない》君が忙しそうに廊下を行くのに出会った。そういう人と対等で話している君を側から感心して見ていた。その晩帰ったらもう一時近かった。私はそれから母の寝ている蚊帳《かや》のそとに坐らされて、ヒドく叱られた。丁度父は旅行中だったが、「あたしだけだと思って馬鹿にして、好き勝手な真似をしている。一体今ごろまでどこをほッつき歩いていたんだい」母の声は怒りのために震えていた。少し前のことだが、お前の机の上にあった小説の原稿を見た、くだらないことばかり書いてあった、今後お前はあんなものを書いて行く気か、怪《けし》からん。こんなことも云われたが、これは全く覚がなかった。私は唯、身にしみじみと恐ろしく、ひたあやまりにあやまってしまった。それでも叱言《こごと》は一時間以上続いた。母の部屋をさがって来ると、薄暗い廊下の隅に、私を愛していた年とった女中頭が心配そうにして私を待っていた。それを見ると私は思わず涙を流してしまった。

こんなことがあって、私が君の所へ行くことを母は余り喜ばないようになった。「一体俊さんが悪い。先に立って芝居や席亭《よせ》へ行って見せるんだもの。それに坂本さんだってそうだアね……」こんなことを云われるのが私は何よりつらかった。敬愛している俊之助兄や君に悪名を負わせるとは……。なんでも早く大人にならなければいけない、と私は無理なことまで希《ねが》った。

　弱い性分から、私は叱られる時には一も二もなくあやまってしまうが、それかと云って以後母の云うなりになるのでもなかった。その後も相変らず芝居を見たり、小説ばかり読んでいたりした。それにつれて君との交渉はますます多くなる。流石《さすが》の私も、君の陰口を利こうとする母に対しては、いつになく口答えをした。いつの間にか私は君を尊敬し、信頼していた。芝居や小説を罪悪視する父母に対しても、私は無意識に、君という味方があるので気丈夫に思っていられたくらいのものだった。かつて俊之助兄を敬ったように君を敬い、そのうえ兄には求められなかったもっと自由なところを君に得た。大袈裟に云えば英雄崇拝、というような気分の強いことは、私のうちの同胞《きょうだい》全部を通じた性癖であるが、私は殊に「心からエラいと思う人」なしには生きられない方だった。この時分君をそうまでに思っていたかどうかはわからないが、兎も角も俊之助兄が日本を去ってから一番近く、先に立って行く人はたしかに君だった。いつの間にかそういう心持で君に対するようになっていた。

　もう、二人の間の話題は以前のように芝居とか錦絵とかに限られてはいなかった。お互に自分たちの友達の噂、その人たちの性質などまで語り合い、また自分自身の性分も話してみた。羅馬《ローマ》に落ちついた兄や、その頃東京で学校へ通うようになっていたさよ君の消息も二人だけの間でよく出た。恋愛とか性慾とか人生とかいう題目でも、いくらか私も話し相手にされるようになった。少しずつ文学の話しも出た。ズウデルマンの「フラウ・ゾルゲ」の英訳は君に勧められてその年の冬休に面白がって読んだ。ゴルキーも君に勧められたのだったかしら。翌る年の春頃から、英書と云えばこの人のものばかり読むようになった。私が時分はずれに麻疹《はしか》を病んだとき、その回復期に君に何か面白い本を教えて貰いたいと云ってやったら、その返事にこんなことを書いてくれた。

「胸のすくような小説を知らせろとの御註文ですが僕が知ってるものは大概君も御存知の筈。只今これと云って別に考えつきません。しかし小説でなければ一寸胸のすくようなものも少くないと存じ候。つまり胸のすくとは極端とか奇抜とかいうような意味と存じますが、それならば……」と前置をしてニイチェを勧めてくれた。その他、緑雨、三馬の「浮世風呂」、「平家物語」などが挙げられてあった。私は早速床のなかで「ニイチェの倫理説一斑」という桑木博士の本を読み始めたりした。緑雨も、この時「雨蛙」を読んでから好きになった。鏡花は相変らず一つ残らず読んでいた。以前君たちが騒いでいた昇之助も聞くようになった。芝居は相変らずよく一緒に見に行った。君と会って、半日ぐらいは喋るたねに事欠かなかった。

十二

夏休みが来た。私はやっと中学を済ませた。君は年齢《とし》のわりに級が遅れていたから、多分この同じ年に大学へ移ったのだと思う。夏のはじめ植物の渡邊先生を先達に、君や黒田君、それに私より一級下の安井君、沢君等の連中四、五人と、塩原《しおばら》から日光の方へ旅行した。あの、一日に十三里も歩いた雨の日、高原の草原のなかの細道を芝居の花道に見立てて、ステッキを構えて、逃げ腰をしてうしろを振りかえりながら、ヤアヤアと云って捕手《とりて》の真似で駈け出したりした私は、日光の町に着いた時分には、君とふたり一番最後に遅れてヘトヘトになっていた。あの時には一緒に白根山へも登った。低く匐《は》った灌木《かんぼく》の実で喰べられるのがあった。岩かげに消え残った雪を含んだ私たちは、こういう人間や家畜から遠く離れた、めったに来られない所にいる暫くの間をなんとなく愉快に感じ、その心持がまたみんなの間に行き通うのを感じた。

私が同級の田島と信州の上田や、少し山へ入り込んだ温泉などを廻って来て、藤村《とうそん》が泊っていたと云う寺を尋ねた時の話しなどを土産《みやげ》に君の家へ訪ねて行った時、君は丁度病気で床のなかにいた。始終君に噂を聞いていた東久世君が来合せていた。君たちの話しには巣立ちする若鳥のような強い調子が閃いた。

この時分から私は君の家を訪ねる度毎に、西洋の、特に独逸の画家の画譜を見せて貰ってだんだんと、ベックリン、クリンゲル、ストック、ホフマンなど云う名に親しんで行った。君が大学の方で教わって来る心理や支那哲学の話も私を喜ばせた。或る時君に引っ張られて、それまでは私に未見の土地であった深川、本所の方も見て歩いた。不動様の境内にある茶屋で、小形なうまい金鍔《きんつば》も一緒に喰べた。あれが洲崎の遊廓だ、と云って君が指さした出島《でじま》の上には、重畳《ちょうじょう》した甍《いらか》が海の上にひろがった空をバックにして輝いていた。前田家の養魚所へズカズカはいって行って番人に怒鳴られたりした。ああいう散歩、と云うより見物も、私には珍しく、面白かった。どうかすると宗教上の話も聞くようになった。旅にでも出ると、きっと君の荷物のなかには聖書と、潔癖な君が蚤《のみ》と汚れとを恐れて発明した、躯《からだ》ごとすッぽり首まではいるように出来た大きなキャラコの袋とが、必ず入れてあるのを見た。そんなだったけれど、私は、——一度も信仰にはいったことのない私は、ついに一度君の前に宗教の話などもち出したことはなかった。それがこの頃になって時々君の口から批評的に基督《キリスト》教の説かれるのを聞いた。私は自分などが一度も見たこともなかった尊い珠にでも触れるようにオズオズした心持で聞いていた。

十三

また年があけた。四月にはうちの長兄が、米国から渡って行って共にした欧羅巴《ヨーロッパ》の旅先で俊之助兄と別れて、久振りに父母の家へ帰って来た。君や東久世君は、俊之助兄の消息やら、自分たちと同じ時代に産れた西洋人がどんな風に生きて行くかを知ろうという風で、うちへ集って来た。ピュウヴィスはどんなです。ベックリンは見ましたか。イブセンの芝居は？　マアテルリンクは？　赤松はどんな絵を描いているのです？　ワイマアルから端書を有難う。よさそうですね。カルルソオは聞きましたか。ヴェネチヤは？　ロダンのデンカア、見たんでしょう？　パンテオンの前の？　皆の顔には小児の露《あら》わな知識慾が燃えた。兄がロンドンの近郊に訪れたクロポトキンの話など、私たちは思い設けぬ方へも心の目を向けた。いつの間にか電車がなくなるような時刻になっていた。

十四

君は小説を書き始めた。私は君の部屋で大きな宣徳《せんとく》火鉢に手をかざしたり、机に凭《よ》りかかったりして、君の読んでくれるのを聞いた。未定稿が多かった。半分しか出来ていないのは、そこまで来るとあとは筋で話してくれた。皮肉ではないが君は筋を話すことが上手だった。とうとう書かずにしまったが、あの「苔床」と云う話や、女の踏み切り番の話などは、まるで出来上ったもののように細かく物語った。「岩に腰かけて足の尖《さき》だけ水に浸していると、小さな魚がちょろちょろ泳いでいるのが、浅い川底の沙《すな》の上へ映る影と一緒にあっちこっちに動いて行くんだ。それをじっと見ているうちに……」こんな調子だった。「ダイナマイト」なども出来上って見せて貰った時より話で聞いた時の方が面白かった。君はずっと以前に書いたものまで出して来て見せた。「……おきぬは思わず立ち上った。――ここは拙いがね、つまりここんとこで二人が初めて許し合ったんだね。ええと、ここは飛ばしてと……」旧いものはこんな風な読み方をした。読み終った時や、筋なら話し終った時、君はきっと肩をそばめるようにして、首を後に引く加減で体をそらせ、火鉢の出ている時分なら両手をぐッと火鉢の縁《ふち》へ突張る、か、さもなければ片手をついて胡坐《あぐら》にやり直しながら、片手でやけに頭をかいた。そして「どうだネ」と云って私の顔を見る。私はきまって「面白いネ」と答えた。仕舞には私が口を開かないさきに、君の方で、「面白いネかネ？」と云ったほど私はこの言葉を繰り返した。

私も小さいスケッチのようなものを書き始めた。夏休には同級の大内、田島、北小路などと鹿野山に行った。今度は私たちが、丁度この前ここに来ていた君たちの年輩だった。カント、ショウペンハウエル、そんな名のかわりに、私たちはまたハウプトマン、ゴルキー、トゥルゲネフなどの名を口にした。ここで私は初めて纏《まとま》った短篇が三つばかり出来た。一緒にいた大内や北小路も書いた。丁度自然派が勃興して来た頃で、青果《せいか》とか紅緑《こうろく》とか聞いたこともなかった名が突然文壇の中心に現われて来た。私たちは火事場泥棒に似た野心を、夜、寝床のなかで語り合った。

五十日ばかりいた間に君の便りは箱根からも東京からも来た。九月にはいってから、最後まで残った私と大内とがこの馴染の出来た山をおりた。君は私が持って帰った小説に叮嚀な評を書いてくれた。山の上で始終出会った白痴の、想像で書いた身の上の話は褒められたが、若い後家の情慾を写したのは大不評だった。性慾と、性慾に打ち克《か》つだけのものとの間の争闘が写されていない点を君は手ひどく非難して、最後に、「兎も角好奇心からああいうことを書くのは邪道だよ」と書いてあった。私は君のいないところで顔を赤くした。もう一つ自分のことを書いたものは君に見せる勇気がなかった。君の評と仲間うちの評とでは随分違っていた。仲間の前では私は君の評に対して不服なども云ってみせた。

寂しい秋の暮方、珍しく戸田君が訪ねて来て、ちょっと玄関で会いたいと云う。私たちは門の側で立話しをした。戸田君はこの夏以来君に起っていたラブ・アフェアをごく簡単に告げて、

「ああして置いちゃ、坂本は今に気違いになっちまうぜ」

こんなことを例の冷たい調子で云った。私はなんとなく胸が迫って来て、なんと返事のしようもなかった。

「じゃ、君ゃアちっとも知らなかったのかい」

「知らない」

「フウン」

戸田君はなんのために来たのか、それなりで帰って行った。

その時分君は人を避けていた。私も久しく遇《あ》わなかった。たまに東久世君の所などで一

緒になっても別に普段と変ったところも見えなかった。それから三、四年後まで、君はこのことに就いて私に何も話そうとしなかった。私も聞こうとしなかった。しかし君は別段私に隠そうとはしていなかった。私も知っていることを後めたくは思わなかった。

十五

冬休に私は湯河原で君と一緒になる約束をして、その前に大島へ渡ってみた。歳尾《くれ》のうちに熱海へ引き返してそこで父母と一緒に正月をしてから、君の方へ行こうと思っていたのが、毎日々々海が荒れてとうとう島の宿屋で寂しい正月を送ってしまった。三日か四日かになってやっと熱海へ帰れたが、その時にはもうどっちかに暇がなくなっていて、とうとうあの時には一緒になれずにしまった。あの時、私は幾度自分を君の側に想い描いたろう。私は君に聞いて貰いたい苦しい秘密をこの秋からもっていた。私たちは性慾を自然のよき贈物《おくりもの》として感謝し、交媾を劣《いやし》まなかった。ただ愛の伴わない肉交だけは殆ど宗教的に「姦淫」と見て、堅く許さなかった。二人は性慾の問題が出るごとに、まるで誓うような言葉でこの点を明言し合った。他に考えようはなかった。この真理を蹂躙《じゅうりん》した私は急に暗い世界に住む人となった。温泉の夜が更けて、灯を消して床に就いてから、隣りに寝ている君の耳に、私はこの破戒を告げようとしていた。なんのために、——私はそこまでは考えなかった。君の前に懺悔して、そして誓ったら、それでこの状態から逭《のが》れ出ることが出来るならば、自分自身に誓っただけでも出来るだろうに。私は幾度《いくたび》自ら誓って幾度自ら破ったか。――そんなことまでは考えなかった。ただ話してしまいたかった。話すと同時に自分は明るみへ飛び出せるもののように。そして話さない限り始終君を偽っている自分である、と。しかもこれより以前にもっと積極的に君を偽ったことはさして気にもしないで。

　性慾の話をしていた時、

「手淫をするだろう」

　自分自身に厳酷な人の言葉が屢々《しばしば》そうであるように、君もどうかすると平手で打つような口の利き方をした。

「しないヨ」

　こう云ってしまって私は苦しい沈黙から遁れるために、表情の辜負《うらぎり》をもみ消すために、

「夢精はどうかするとするけれど」こう、ドギマギしながらつけ加えた。

　私の虚言《うそ》で悪意に根ざしたものはそうはないつもりだ。しかし、弱いために、つまらない矜持《プライド》を守るためとか、高慢心を満足させるためとかでは、数えきれない偽りを云った。兎も角私は人並より余計嘘をつく方だろう。（こう書くことは「自分は泥棒である」と告白するよりもよっぽど辛いことだが、前にあげたのは一例に過ぎない。まだまだその他にも、いずれ些細なことであるが、君を偽ったことは度々あると思う。然るにそういう虚言

の数々は私を苦しめずに、いって見れば、ただ常々の云い草に反した行為があるという、ただそれだけのことが一番私を苦しめた。殊に大島に十日以上も島ながしにあって、自分の考える「罪」から永く遠ざかっていた間に一番烈しく。）

東京へ帰ると、私はまず、心の暗い片隅で待っていたいちの抱擁に会った。この、母親にもてるほど年長の女中は巧に朋輩の目をくらまして夜私の部屋に来た。私は折々自分の怯懦《きょうだ》な心を鞭うって、どうかして君の前にこのことを懺悔《ざんげ》しようと考えていた。そうして自分を苦しめていなければ苦しいのだった。少くも苦しいと思っていなければいけないのだった。それがその当時の私の最上の道徳だったから。そして苦悶が唯一の贖罪だったから。

十六

春休の前から君と上方の旅行を計画した。小林君も一緒に行くことになった。君は日程を表のようにして送ってくれた。「……只いけないのは金がかかる。一寸計算した所で、特に貧棒旅行という企《くわだて》でないかぎり三十五円はいる。三十五円あればディッケンスの全集が買えるなんて思っちゃあもう出掛けられない。十日ばかりの旅に三十五円はちと贅沢すぎるようだが……」こんなことも書いてあった。

出発の日私たちは自分で持って歩けるくらいの小さな荷をさげて歌舞伎座で落ち合った。

丁度団蔵が来て仁木《にっき》をやっていたので、まず旅のプログラムの第一に歌舞伎座を入れた。はねてから夜汽車で新橋をたった。大切《おおぎり》のかっぽれで羽左衛門がやった「ア、釣灯籠のあかりを輝し」と云うのが汽車のなかで流行りだした。「その先、その先」と云われると、どうしてもまた「ア、釣灯籠のあかりを輝し」と云いたくなった。私たちはスティームの通わない最後の三等車で、ほかに大して乗りてはなし、それに寒いので、眠むると風邪を引くからと、一ト晩じゅう騒ぎとおした。熱田でおりて名古屋へ出た。昼飯にキシメンと云う絛虫《さなだむし》のような饂飩《うどん》を食った。その晩は伊賀の上野で泊った。翌日公園のような感じの月ヶ瀬を歩いて行く時分には、春らしい暖かさで皆の気持はダラケるばかり長閑《のどか》になった。おそろいに穿《は》いて来た甲斐絹のパッチを出して、高々と裾を端折った。「春風に百円札を飛ばしけり」誰かがこんなことを云ったのがもとで、鶯渓《うぐいすだに》の茶亭ではみんな俄に俳諧師になってしまった。「梅が香や」と云うと、「隣は、かネ」と云う人がある。ぬからず誰かが「市川団右衛門」などと戯れる。「藤間勘右衛門、杵屋《きねや》六左衛門、市村羽左衛門、誰だっていいやネ、どうせ隣りなんだから」こんなことを云う人もある。笠置《かさぎ》に行って泊った。宇治では鳳凰堂《ほうおうどう》を見ながら小林君が大学で教わる美術史のノートを片手に詳しく説明してくれた。宇治上神社、萬福寺、黄檗山《おうばくさん》と、各々違った様式の建築を見て歩くのも、宇治川の渡船で旅のものらしい夫婦の、十ばかりになる娘をつれた睦まじさを見るのも、昼飯を食った旗亭でドンと一つ三味線がものに触れたように鳴ったきり静まり反っている隣室も、何もかも「春」という心の基調を唆《そその》かすようなものばかりだった。私たちは出来るだけ暢気な旅をする覚悟で出て来ていた。

あれから京都にはいった。私だけが初上りだった。雨のなかを方々案内して貰った。安いことも安かったが君と私が五條坂で掘り出したつもりの歌麿はやっぱり翻刻だった。あの旅行中、宿につくとみんなで交りがわりにつけていた旅日記の「寺の瓦」には、小林君が「加島君はほん物と断定した一枚の美人画を抱いて三條の春にうそぶいている」などと私のことを書きはしたが。比叡山へ登った時には、私たちが無智だったおかげになかなか見られないと云う根本中堂の内陣へもはいってしまった。おそろいの朴歯《ほおば》の下駄をならして、私たちは冗談まじりに大津の方へくだった。石山へ渡る汽船のなかでモウパッサンの短篇集を披《ひら》いていた君が「capsize ってなんのことだい」どうしてか私はその字を知っていた。私は君にものを訊かれて、それを教えられるような自分を吃驚《びっくり》した。疏水の、長いトンネルのなかで「こんな所に住んでいたら人間はどんなになるだろう」と云ったのは君だった。「少しの光線でも見えるように、目が馬鹿に鋭くなるだろう」「退化してなくなるかも知れない」お互の顔も見えないなかでこうその話が展開した。やっぱりその調子で、乗合いの田舎者のどら声に就てこんなことを云った。「田舎者はなぜああ声が悪いんだろう」「漁師は仕方がないがネ」「潮風に吹かれるからか？」すると小林君が、「山にいる百姓は山颪《やまおろし》に吹かれるから仕方がない。研究すべきは平地の、山でも海でもない所にいる田舎者の声帯だネ」その調子にはいつも君や私は笑わされた。その晩私たちはまた京都に戻って、都踊《みやこおどり》を見ていた。ずっと後になって、君が卓見の明があったと云って威張った岸勇は、あの時一番小さかった。首のところからたらたらりをさげているように見えた。宿屋へ帰って来てからも君は頻《しき》りに都踊を面白がった。小林君は叡山の方がよっぽどいいと云って、片山春女よりやっぱり伝教大師の方がエラいんだと述べた。君は片山春女とは今の和尚を比べなければいけない、——宗教と美術との起源で比べなければいけないと云って、「宗教の方がエラいと申すか」などと戯れた。小林君も「さアそれは」と云って受けていた。心の長閑《のどか》さを失うことなしに、限られた時間に出来るだけ多くのものを見ようとする、旅行のプログラムよりはいつも細かく殖え、大きく減っては行ったが、それでも新らしい見聞で私たちは労《つか》れた。その晩も小林君など横になってヘッとりしていた。それを見て君が、「瀧上りかい」「瀧のぼりって？」「コイの瀧のぼりさ」と云うと、小林君は慌てて身を起して、「そそ、そんなこたアありゃしないヨ」などと云い訳をしていた。

　私たちは楽しく旅を続けて行った。奈良の郵便局でめいめい東京からの留置郵便を受けとった。その一つにはうちの弟の落第が報じてあった。私はその晩おそくまでうちへ手紙を書いていた。旅の唄女が労れた楽器の音につれて、もの哀《あわれ》に窓の下を流して通った。私は思わずもうちの方のことを考えた。心はなんとなく倦み、軀には苦しい促迫があった。

　法隆寺へ着いた。夕靄《ゆうもや》が見渡すかぎり菜の花の上へ覆いかかる頃だった。私たちは虚子の「斑鳩《いかるが》物語」に出て来る大黒屋と云うのに泊ろう、などと冗談に云いながら行くと、実際そう云う名を羽目に書いた宿屋が村の入口から眺められた。その晩私は肩がはって来て、頭痛がして愜《かな》わなかった。妙に暖かい晩で、あけ放した部屋のなかへ、まるで夏のように虫が飛び込んで来た。君は私の肩を叩いてくれたが、ただ頭へ響けるばかりで利かない。私は先に床へはいって君たちの話を聞いていた。

「一つ虚子に端書でも出してやろうか」

君がこう云い出したのがもとで、小林君は苦心惨憺してその文章を作って居た。時々その下書を読んで聞かせて相談する。私たちは無遠慮に批評した。「花見小路に三千歳《みちとせ》を考え」など云う句は私が床のなかから、「それアいけない。こいつ一力《いちりき》のところを都踊りで問に合せたナ、と思われる」と戯れたので消したりした。結局、龍灯鬼の絵端書にはこう書かれた。

「叡山で一念を忍び、今はまた法隆寺の大黒屋の角二階に泊ってお道さんのことを思い浮べて居ます。欄干《らんかん》から見ると畝傍《うねび》と金剛山は夕霞の中にうすく、梨の花はまだ咲いて居ません。唯菜の花の黄色のみが大和の春を彩って居ます。お道さんはもうここに居ません。嫁入りをしたそうです。茶を持って出たのは他の若い小さい女中でした。夢殿の夕の鐘が鳴って法隆寺は静かな春です。」それから絵端書の表の方には、「斑鳩物語が出てから、この部屋へ泊めてくれと云ってくる人や、あれはどの室であったのだなどときく人があると女中が話しました」などと書いた。それから此方《こっち》の名はなんとしようとなって、愛読者？気障だ！　ではただ「三人」、誰だろうと思って考えると悪い、などとさんざもめた末「御存知なき三人」とした。それを書いている小林君の手が震えていたと私が戯れると、小林君はまた小林君で、「夏目さんなら少しひげをとるけれど、なに虚子なら！」こんなことを云って笑った。私たちは、中でも小林君は、虚子の作品を愛していたのに……。

　奈良の燧焼《ひうちやき》を売る茶店に忘れて来て、一度危く失われようとした小林君の美術史のノートがまた手にはいったばかりに、私たちは法隆寺を知識的にも見ることが出来た。そしてまた君の不思議に直感的な美術の鑑賞も、私に目を開いてくれた。奈良の博物館でも薬師寺でも、ここの金堂でも、君はいつも人のちょっと気附かないところを見ることが出来た。その滑稽な一例は、奈良の博物館で、鼻息に硝子をくもらせながら龍灯鬼の立像を眺めていた君が、「どうもあの褌《ふんどし》のたるみの工合がなんとも云われないネ」と云って、頻りに褒めだした。それをまた側で聞いていた小林君が、「褌のたるみ工合や春の風」などと云って私たちを笑わせたりしたが。私は上方へ来てみて、初めて日本の美術に驚きの目を開いた。

　ひどく雨に降られたせいもあるが、吉野は感じが悪かった。それに薄汚い案内者と云うやつがいつもくだらない来歴を説いては、古蹟というものに対して滑稽と反感の念を抱かせた。「風味も吉野下市《しもいち》に、釣瓶《つるべ》ずしやの弥左衛門……」君はこう誦《くちずさ》みながら先に立って薄暗い土間から、あの伝説的な鮨屋へはいった。女中に聞くと、そこの一人娘はやはりお里と呼ばれて、今奈良の女学校へ行っていると云うことだった。お里と、束髪《そくはつ》や行灯袴《あんどんばかま》の連想が私たちを興《きょう》がらせた。

夜晩く和歌山へ着いた。停車場で、郷里《くに》の方へ行こうとする小林君と別れて、君と私とは嵐のなかへ出た。私たちの身なりを見て、汽車のなかで聞いて来た宿屋の番頭は部屋がないと云って断った。あの晩も私は奈良で感じたような促迫に苦しめられた。翌る日和歌の浦を見て、大阪にはいった。難波の停車場で降りて、君はわざと新地をぬけて案内した。小林君と別れてからは、こんなこともだいぶ無遠慮になった。大川町に宿をとって置いて、すぐに梅田の郵便局へ行って見ると、東久世君が初めて公にした「荒野《こうや》」と云う本が沢山な手紙と一緒にとどいて来ていた。私たちの友達の間では、これが最初の刊行だった。君はやや亢奮して包を破った。

大阪では公園一つ見ようともせず、毎日芝居へ通った。綺麗な銭湯で積日の垢を落し、しゃれた店へ行って斬髪してから、夕方、乗合自動車で道頓堀へ向った時などはヒドく愉快だった。幕間や夜晩く宿屋へ帰ってから、私は熱心に「荒野」を読んだ。今まで見た本のなかになかった、何か不思議なものが私の心を摑んだ。私の思索に馴れないあたまが面くらってマゴマゴした。「こりゃいけない」と思った。その目が君を見た。中座《なかざ》の幕間におもてへ出て鳥屋で晩飯を食べていた時でも、君は落ちついて批評的に東久世君の作を語っていた。私はまた「こいつアいけない」というような気がした。そのくせ、中座へ帰ると、夢中になって鴈治郎の貢など見ていた。

もう学校も始まる頃になった。君はまだ瀬戸内の島々へ旅を続けようと云う企《くわだて》もあって、梅田の停車場へ来てまで迷っていたが、とうとう私と一緒に帰ることにした。箱根を越えてみると、こっちは珍しい大雪だった。大船まで来て汽車がとまってしまった。君は寒さにでもあたったのか腹下しを始めた。六郷あたりの桃圃《ももばたけ》には、花の上に雪が置いて、美しい眺《ながめ》を見せた。七、八時間も遅れて漸く新橋に着いた。電車も通じなくなっていた。すっかりチビってしまって駒下駄よりも低くなった朴歯で君も私も歩いて来た。

「それじゃまた明日にでも会おうか」

「ああ、電話で何してくれ給え」

日比谷の角で君と別れた。私はすっかり足を濡らして、独りトボトボうちへ向った。

——十五日ぶりの独りになった。

この旅行以来、君と私との間は目に見えて近づいて来た。これまで君が私に対して知らず識らず現わしていた「子供扱い」も殆ど消えてしまった。この一年程以前から、君、東久世君、小林君、私と同級の北小路の兄さん、こう四人でやっていた回覧雑誌の「望野」も見せて貰えるようになった。つまらないことではあるが、漱石の講演があると云えばすぐに誘いに来てくれる、丸善に今こんな本が来ているというような具合に、なんとなく君たちの仲間同士と同じように扱われるのが嬉しかった。

私は学校から退《ひ》けて来るとすぐに字引を引きひき大陸の文学を読んだ。イプセンのもので何かきめて置いて、読んでしまうと君と一緒になって、考えついた節々を話し合うことにきめたのもこの時分だった。（尤もそれは永続きしなかったが、）いつからともなく私は文学をやることにきめていた。それを一度でも君に相談したことはなかったし、また君も決して勧めたことはなかった。それほど滑かに、ちょっとでもひっかかるところなく、私はそう云う方へ傾き導かれて来た。今、私も君も同じような方角へ向いて進もうとしていた。

十七

その夏、赤松家の鎌倉にあるぼろ別荘で書生流儀な自炊生活をしたのはみんな私と同年輩の友達だった。折々の出這入はあったが、大内、岩田、北小路、小川などが主だった。そこへ君が訪ねて来たことがある。大内や北小路はもとより、大西博士の哲学史を読んでいた小川にしろ、原書で建築のことをしらべていた岩田にしろ、みんな文学や美術の方に興味を有《も》っている人達だったが、この別荘へ来た君は、なんとなく異った空気を身のまわりに感じるように見えた。私たちの方でも、毎日海で顔を合せる娘の噂などは、君の前を避けるようにした。余り真面目な話は出来なかった。唯、一緒に海へはいったり、牛肉を煮たりした。君は茗荷《みょうが》の塩もみを馳走しようと云って頻りと毛だらけの、熊のように大きな掌《て》でクチャクチャやっていたが、「こりゃ君駄目だよ」とわけの分らないことを云って、そのまま庭へ捨ててしまったりした。二、三日で君は帰って行った。

私がモウドの英訳でトルストイの「復活」を読んだのはこの時だった。「悪行は悔ゆるを得《う》べし、されど悪心は悔ゆるを得可《うべ》からじ。そは総ての悪行の母なり」こんな意味のところを読みながら私はまたもや自分を苦しく思い始めた。何時間にも亙る水浴の昼の労《つか》れにも拘《かかわ》らず、寝つかれない夜に苦しめられた。

——ネフリュドフは、自分がその処女を奪った女、それが因《もと》で次第に暗い深みへ陥って行った女、牢獄へ下った女を救おうとして、どんなに苦しんだか。シベリヤまでついて行った。名誉も財産も情婦も、総て自分の生活にこびり附いていたものを振り捨てて。——私の、年とった醜いマスロワは幸福を感じていた。そうして、私はまだ放埒《ほうらつ》な若旦那ネフリュドフが享楽したような若い美しいマスロワの口を、その滑かな白い肌を、そして互の間の忘我悦《エクスタシー》を十分に享《う》けはしなかった。しかも私は夙《はや》くも既に「罪人」という名で誣《し》いられた。私はまだ一方に貪慾な舌なめずりをする獣を許して置きながら、自分の悪行を苦しまなければならなかった。あの醜い下賤なマスロワを自分の魂の容器《いれもの》にして、覚醒したネフリュドフの理解を迫らなければならぬとは、……それは俺に死ねと云うことだ……。

現に私は或る夜自殺しようと思って友達の寝息を窺《うかが》いながら蚊帳の裾をまくって出た。

恐ろしさに手が震えた。生きたい心が私に妙な勇気を与えた。その明けがた、私はお伽噺の勇者が不思議な剣で武装でもするように、久振りに手淫をして、私のマスロワの前へ覚醒したネフリュドフとして帰って行った。

　呪禁《まじない》が行われた。不思議な剣も役立たなかった。敗余の私が君の部屋を訪れた時、東久世君が来合せて私の告白を妨げた。――むしろ私をイヤな一ト幕から救ってくれた。丁度君たちは二度目の雑誌を発行する計画をしていた。夜ふけてから東久世君と二人帰って来ると、雨を伴ない大雷鳴が急に頭の上に鳴り破《はため》いて、紫色の光は西北の暗い空を、縦横に切り細裂《こまざ》いた。私はこの畏敬する友達と私との上へ、その光の一ト筋を導きたく思った。

　また鎌倉へ行った。また寝られない夜が来た。更にみじめな、それで更に自発的でない苦悩が私を捕えた。友達を見るとそれぞれの道へ進んでいた。大内は頻りに内村鑑三の著書を読んでいた。

「君、人間てものは何かドシンとぶつかるようなことに出会わなければ宗教にゃアはいれないネ」

　私はそれを見て嘲けるようにこんなことを云った。

十八

思い悩んでとろとろとした。ふと目を開いて見ると勉強家の小川はまだ机に向っていた。

私はノコノコと幮《かや》を出て行った。

小川が苦しんでいることは私を驚かした。夙《はや》く父母に別れた彼には、心のよくない兄があった。長男ではあったが父の気に入らなかったためか、既に他家の姓を襲っていた人であるのに、近頃頻りと上長の暴威を掉《ふる》って小川に遺された財産を犯そうとして来る。小川はその兄に悪意をもち、また従順であり得ぬ己を苦しんでいた。

ボソボソと私たちが話していた声で北小路が起きて来た。私は二人を促して戸外へ出た。砂丘を一つ越すとそこがもう海岸だ。ブロッ、ブロッ、ボオー、ブロッと耳が鳴った。海も荒れている。夜光虫が、砕ける浪を巨人の白歯のように見せた。私は軀の内部から寒くなって来るように、胴体が震えた。暗い晩だった。

「君たちに聞いて貰いたいことがあるんだ」

私は両腕に力を入れて胸を抱き締めながら、こう始めた。私の告白というものは誠に容易《たやす》いものだった。

――自分は君たちが信じていてくれるような人間ではない。愛もなくて或る女を犯している。自分は弱い人間だから、君たちの前に以後決してその罪を重ねないとは、今ここで誓うわけにはいかない。どうぞ自分を悪人だと思ってくれ。それで私を憎むなら交《まじわり》を絶ってくれてもいい。自分は、心では殺人の罪を犯したこともある……。

私は、自分でそう悪いとも思っていないことまで、思い出すままに片っぱしから挙げた。

しかし自分でも恥かしいようなことは、一つも云わなかった。例えば、手淫の癖とか、マスロワが四十女であるとか。

二十一、二の青年の間にこういう告白がどう待たれるか。小川も北小路も私に対する友愛に何物かを加えこそしたれ、私を憎みはしなかった。狡黠《こうかつ》な、仲間の友達の間にはヒドく傲岸《ごうがん》に構えていた私が、また、そういう結果を心のどこかに予知しなければ初めから云い出しはしないのだった。とは云え、現にその予知していた結果に達した時、ほんとに懺悔した人のそれとは全く正反対な重いものが、私の心にのしかかって来た。——私たちが意味多げな沈黙を続けながらまた砂丘を越えて帰って来る時分には××山の方の空から美しい暁が白んで来た。二人の友は云い合せたように立ち止って、大きく胸を張って、永い息を吸った。私は、水のように踝《くるぶし》まで浸して来る砂の、日中に受けたほとぼりが生ぬるく皮膚に触れるのを感じた。——あがけばあがくほど、私は微温のなかに沈んで行く者であった。

この予習の結果をみては、永い間企てていた君の前の告白も、私は擲《なげう》つよりほかないと思った。

「悪行は悔ゆるを得べし、されど悪心は……」私はその「悪心」に捉えられて苦しみながらも、それを悔ゆることをしなかった。おとなしくその「悪心」の消滅する時を待った。私の積極性は種ぎれになってしまった。暗い所にじっと竦《すく》んで何物かを待たなければならなかった。相変らず君の前に秘密を包みながら。

十九

君たちの回覧雑誌の「望野」はだんだん盛になって来た。初めは毎月十四日に原稿を持ち寄ることにしていたがこの時分にはもう週刊だった。それだけに、苦しまぎれな、材料のこなれていない、――私たちの言葉で「栄養不良」と呼ばれる作品や、だらけきった小品なども現われたけれども、一般から云って君たちの間の創作慾は潮のように昂まって来ていた。

十月の或る日、同級の北小路が私を訪ねて来て一緒に飯を食べたりした。うちで永く用いている麦飯を、この友達はいつも喜んで食べた。二人の間に置いたお櫃《ひつ》から幾度もよそい代えてつめ込みながら、私たちは主に文学の話をした。「望野」の噂は殊に羨望に堪えない念を唆《そそ》った。

「俺たちの方でも始めようか！」

この一ト言で私たちは亢奮するに十分だった。飯のすむ時分にはもう話が纏《まとま》っていた。名は初め「麦飯」としたが「麦」と改めて、丁度その頃信州へ旅していた大内へ早速端書で知らせてやる、「……今般いよいよ文芸雑誌『麦』を創刊致すことに相定め候間是非とも御投稿たまわり度《たく》、追《おっ》て締切期日決定の上は……」などとわざと堅苦しく書いたりして。

田島には翌日学校の運動場で話した。こうして私たちも回覧雑誌を始めることになった。

毎日学校へ通っている私たちには週刊は無理だったから月二回発行と云うことにした。

（君たちの方の仲間は小林君を除けば、この時分にはみな大学を退いたり休んだりしていたが。）その他は原稿用紙から綴方まですべて「望野」に倣うことにした。

十月の中旬いよいよ「麦」の第一号を出すことになった。

前年の夏鹿野山で試みてから、私はぽつりぽつり書き続けていた。北小路や君がよって編集していた校友会雑誌へも折々投稿した。英語の Ego という言葉の音と、もう一つには私の好きな役者の一人だった吉右衛門が演じた、天川儀兵衛のうちの丁稚《でっち》の名から思いついて、「伊吾」と云う匿名を用いたりして。

よく、私の書いたものは君たちから「器用」だと云う評を受けた。そして、その頃、大学出で売り出しの作家だった小山内薫に比べられるのがきまりだった。

「僕のような不器用者は只その器用に驚く、しかし器用は或る意味で恐ろしい誘惑である。君は器用で作っているのではないかと疑った。――疑って見たのだ。――君が小説を君の文才（マズイ言葉だが。）で作るのか小器用で作るのか、それは考えていい事と思う。もし小器用ですることなら、それは余程用心すべき誘惑だと思う。……要するに小説を書くのをホンの慰みにする人なら器用だけで沢山だ。けれども、君の兄貴の云い草ではないが、それを Life にキザミ込もうというのなら器用だけではいけない……」

君は私の「兄妹」と云う小説にこう云う風な評を書いてくれた。

「……『小説にでも作ったら面白そうな話だね』これが読み終った時、なんとはなしに感じた言葉だ。……」こんなことも書いてあった。私はこの「器用」と、いつもそこへ持って行かれる小山内の名には随分苦しめられた。仕舞にはそれまでどっちかと云えば、嫌いではなかった小山内の作をヒドく毛嫌いするほどになった。

私は慥かに小器用で書いていた。支那人で、少年の不幸を算《かぞ》えたうちに、文章の巧《たくみ》なことを入れた人があったと思う。その人が考えたくらいの意味で、私は不幸な小能文家であったかも知れない。しかし、――今から弁解でもするようで可笑《おか》しいが、私は書き現わすべき自分を烈しい嫌悪の情なしに扱うことが出来なかった。しかも私は君たちの前に自分を溝泥《どぶどろ》のなかに踏み躙《にじ》って見せるだけの勇気はなく、またそうさせるだけの自己に対する執着もなかった。唯小さな虚栄のために、私はいつも出来るだけ「作りもの」を拵《こしら》えようとしていた。実際の自分と最も縁の遠そうな主人公ばかりを捉えて来て、浅はかな、しかも余り利かない痛棒を喰わしては、やっと自己嫌悪の溜飲をさげていた。実際小器用な私がこういう態度で拵えあげたものが、君たちに、わるく玄人《くろうと》くさく小器用に見えたのは当然のことだと思う。しかしその当時の私にとっては、唯々最も不愉快なことであった。

いよいよ「麦」の一号を出そうとなった時、私はこの不愉快を避けるため、主に翻訳をやろうと決心した。英訳の「仏蘭西《フランス》小傑作集」からモウパッサンやドオデエをコツコツ訳してみた。しかし語学の力の不足な者にとって殆ど労働であるこの仕事は、回覧後、巻尾に附した「批評欄」を披《み》る私の、烈しい栄誉心を満足させるには十分でなかった。で、二号からはまた創作を試《こころみ》ることにした。

私は初めて自分に近い主人公で自分を書き現わしてみた。

愛、この言葉を、この思想を重く云うのは東久世君だった。私はいつものこの言葉に鞭うたれる想いがした。親兄弟にも友達にも情人にも心から愛を感ずることの出来ない青年を描いて、「失われたる愛」と云う題をつけた。私は自分の「悪行」の覚られることを恐れて殆ど描写ということをしなかった。「彼は或る女と関係していた」こんな調子で書いた。雑誌は「麦」同人から「望野」同人の方へ廻って行って、また私たちの手に帰って来た。私は恐るおそる批評欄を披《ひら》いた。

いつも私は一番君の評を気にした。それは、君との交りが一番旧くもあり親《ちか》しくもあったが、それとは別に、書くものの上から云っても、――いやな言葉だがあの時分の流行言葉で「狙い所」や、東久世君などと違って細《こまか》な技巧に興味をもつ点などで、君と私とは大体似よった傾をもっていたから。

「……しかし読みおわってこれがそんな問題になるものだろうかと疑った。只自分は伊吾の友人として、伊吾の作にこう云う傾向の出来たことを嬉しく思った。僕は皆もその意味で（それが主になって、）この作を多く云々したんだろうと思う。」

君の批評にはこう書いてあった。そのあとには大分非難がしてあったが。

しかし私にとっては、この「喜ぶべき傾向」も同じく苦しい祝辞であった。「失われたる愛」こういう、いかにも「愛」を探し索《もと》めるような題の下《もと》に、その実、愛は含まれていなかった。私が描こうとした人物の上に、私は「虚栄」という哀れな、小さな自愛心の他には少しも愛の手を置こうとしていなかった。むしろそれは、弱って、四足を前に踏ん張っている荷馬車の馬に、無智な引き子を加えるような無意味な、利かない鞭撻《べんたつ》であった。益なく自らの肉を破り血を流す鞭撻であろうとは、当時の私の意識し得ない所ではあったが、兎に角、東久世君や君の評を見て私が清々しい喜びに浸れなかったのは事実だ。かえって私は苦しかった。

同じ号に載せた追憶小説は誰からも好評をうけた。殊に君は「殆ど非難する所がない」などと書いた。私は最初の賛辞に酔って、二度と再び苦しい道の方へ近よってみようとはしなかった。

二十

君と私とはのべつ往き来するようになった。君が来ても私が往っても、大抵夜の十二時近くでなければ腰を擡《もた》げなかった。「麦」が出来てから、「望野」の四人と「麦」の四人とは皆な一ように近よった中に、君と私とはとりわけ親しくするようになった。文学や美術の話でも、私はもう以前のように聞かされてばかりはいなかった。イブセンの話から、文学で社会問題を扱うことが芸術として第一義であり得るかどうかの問題で、随分ヒドく云い争ったこともあった。君のとこの大きなコップでがぶがぶ紅茶を飲んだりしながら夜ふけて君と話していると、私の思索に馴れないあたまがいつも不思議に活々と働きだす。どうかすると君の独断的な、いつも好悪を基にしたような議論に、いかさま尤らしい横槍を入れてちょっと君を面喰わせるようなこともあった。そんな時、君の率直な眼が、軽い驚歎と愛好と満足とを現わした。

――君に云う。私は何故こんな物語りを書き始めたのか。勿論、ただ書きたいという慾望、――芸術的な衝動にもよる。広い意味で自分を云い現わしたいのでもある。しかし更に私一個としての目的がある。――君と私との関係を考え弁《あきら》めて置きたい、こう思うのだ。今の君と私との関係でそれが必ずしも必要なことであるとは考えないけれども、私が最初この仕事を企てた当時に、私はこう考えた、――弱い、事を起すことをヒドく億劫がる性分から、自分は若干《いくら》かの、ずるずるべったりという径路を通ってしまった重い結果を負って行かなければならない。例えば親との関係、女との関係、みんなそれだ。私は手ぬるい方法ながら次々にそれを片づけて行った。また今も片づけつつある。君と私との関係もまたその一つで、君にこの物語を読んで貰うことによって、更新されるものならばそうなってもいいし、別に変らないでもいい、或は眼に見えぬような変化が来るものならばそれでもいい。兎も角、是非とも齎《もたら》さなければならないというような実際上の結果は少しも予期してもいなければ、その必要も認めてはいないが、しかし例えば親との関係、女との関係と同じように、君との関係をも、そして同時に全体に友達と云うものとの関係をも、考え弁めて置きたいと思ったのだ。だから君も考えてい、私も思いついていてもお互に口へ出しては云わなかったようなことも、——たとえその結果はどうであろうと、ここでは云ってしまおうと思う。

いつの間にか年齢《とし》のわりに怜利なことを云うようになった「親友」の弟の顔を、驚歎と愛好と満足とを現わして、余りに率直な君の眼が見た。

人には、俗に云う「出来不出来」がある。いろいろの原因から、十だけの値《あたい》の人が六か七の値にしか見えない時と、十三にも十四にも通用する時とがある。強い人、自己の価値をよく知っている人は、どっちに見えても格別驚かないけれども、弱い、自信のない人間は価値以下に現われたと思うと嘆き、或は安心し、真価以上に現われた時は、その偽りの標準を護ろうとして、更に深い偽りの情態にはいる。

私は君の驚歎と愛好と満足とを薄い玻璃《はり》器のように捧げ護ろうとする弱い心に捉えられた。不幸にも私は十のものを十四にも十五にも使う奇術に於て勝《すぐ》れた技術を現わした。君は私を買い被った。君が以前から親しくしていた東久世君、北小路君、小林君などとほぼ同じ水準で君は私を友とした。そういう同輩の友達の手厳しい人物評なども、君は私と差向いの折にするようになった。私もすぐにそれに馴れてしまって至極当然のこととしか思わなかった。君に「友達の弟」という心持が消えてしまったように、私には「兄の友達」という気がしなくなってしまった。この標準は、しかし折々私を苦しめた。私は君の意を迎えることにいつか特別の習練を重ねてしまった、真面目くさった幇間《たいこもち》ではあるまいか。或は、巧に生一本《きいっぽん》な君を綾なしている手練女《てれんもの》ではあるまいか。この考えが君との話が余りにはずみ過ぎた折々、君と別れて独《ひとり》になった時とか、「麦」に書いてくれる君の批評を見たり、君が私、或は私の作品に就いて友達に述べた言葉が、廻り廻って私の耳に伝えられる時とかに、屢々《しばしば》私の心に暗い閃きを投げた。――勿論これが君と私との関係を被う総《すべて》ではなかった。また永い間にそういう偽りの標準が砕《こわ》されずに保たれよう訳もない。腋の下を冷い汗が流れくだるのを感じるような、また一時に顔がほてって来るような場合も度々あった。が、同時にまた、君と私との心がピッタリと合って、鼓動を共にするような瞬間をも屢々経験するようになって来たのだ。

二十一

秋、学校の旅行で上方へ行った。夜ッぴて軍歌や喧騒の声の間にいた。眠っている者の頭へ柿が飛んだり、車室の隅からは煙草の煙が昇ったり、どうかすると酒の匂いまでして来た。埃《ほこり》と人いきれで空気は濁《にご》り切った。

私は一体に学校というものに対しては至って冷淡に構えていた。愛校心、全級の一致、そういうことが云われる度に、私はいつも水のなかの油だった。ことさら校規を破ったりする暴者《あばれもの》よりも、学校にとっては更に始末の悪いおだやかな我儘《わがまま》をしていた。君が五、六年も被ったお旧《ふる》の制帽や手入れをしない制服の姿からして、私の心持を十分に表わしていた。学校の旅行などもよく、「欠《エスケープ》」しては、その日子《ひにち》を自分たちの好きな旅行に変えていた。——私は上方という名に惹かれて今度の学校の旅行に出て来たことを悔んだ。私は北小路や田島の乗っている車室を尋ね当て、弁当の折箱の蓋へ寄せ書をして、切手を貼って、君宛てに出した。楽しかった前年の旅行はまだ私の心に新しかった。それと思い比べて、なおこの騒動のなかにいるのがいやだった。それでも京都の自由散歩の一日や法隆寺見物の日は楽しかった。不思議にそこへ宿舎が割り当てられていて、あの大黒屋へ行ってみると、虚子の話をしてくれた女はまだ私の顔を覚えていた。神戸では田島を誘って右団次の芝居を立見したりした。帰りの汽車には懶《ものう》い雨が注いだ。北小路が、沼津にいる兄さんを訪ねるために、吾々と別れて独り汽車をおりたのは真夜中頃だった。

二十二

また年が明けた。

二月の十四日に「麦」の九号に集って来た原稿を私のうちでとじた。この時分には小川、岩田、高山の三人も私たちの仲間に加わっていた。持ち寄った原稿をとじて、表紙を書いて、それから集った人は各自《めいめい》自分の作を交るがわる朗読するし、都合で来られなかった人のは誰かが代読することになっていた。

その日は田島と岩田と小川とが来ていた。暖炉《ストーブ》にドンドン石炭を投げ込んでも、小川などは、黒い釦《ぼたん》のついた高等学校の外套を脱げなかったほど寒い晩だった。その日の番で私が書いた表紙の字がいつまでも乾かなかった。田島は待ち兼ねてそれを火の側へかざしたりした。

その正月から神戸へ養生に行っていた大内からは「神の愛を受け入れんとて」という感想文がとどいて来た。それを私が代読した。抽象的ではあるが大胆な告白に充ちていた。読む私も聞いている友達も、妙に軀《からだ》がコワ張るような気がした。朗読が済んでからも、いつものようにその号に載った作を批評し合う者がなかった。

「オヤ、伊吾は『第』の字を書き忘れたネ」

「成程『麦九号』になってら」

「麦粉菓子みたいだネ」

「麦公方《くぼう》ッてのはないかナ」

何気なくこんな冗談を云い合っていても、兎角沈黙が私たちの上に降りがちだった。

その号の批評欄には、亢奮した手がペンを紙にひっかけて、黒い汚点《しみ》を拵えたりした走り書きでこう書いてあった。

「いずれ改めて手紙する。今堪《たま》らなくなって一筆、十分の休み時間に、――それももうあと二、三分に迫った間を書きつける。大内君。君は勇士だ……」

これは私たちより年の若い友達の一人だった。

「勇ましい告白。評の限りに非ず」

こんなのもあった。

「大内君へ、……神の愛の君の上にあらんことを。友の愛はすべて君の上に、前にもましてあることを自分は信ずる」

東久世君はこう書いた。――「恐らく、否必ず神の目よりすれば自分には君より遥かに賤しい罪がある。殊に精神に。しかし自分は君の如くこの頃は心にも責められない。自分がこれを読んで恐れたのは清きに進む君が汚れの内に得意でいる僕を見捨てることである。愛！　愛！　愛はすべてを清くする。自分は闇を箒で掃いても駄目だ、光を持って来なければ、と云うことを信ずる。自分は君の清きに進まれることを望むと共に汚れにいる人に愛想をつかさないようにお頼みする。クリスチャンの罪悪の君の心をくもらす時の、何時《いつ》か来る時のあるのを自分は非常に恐れる。」

君は唯一行、

「今度は批評を御免蒙《こうむ》る。――坂本」

と書いた。

その前に、私のうちで「麦」を綴じた翌日、「……大内が勇ましい告白を送りました。みんな喜んでいます。大内はたしかに宗教にはいれました。真面目なエラい人になった」こう私が書いて送ったけれども、君は返事をくれなかった。丁度沼津の北小路の兄さんの寓居へ四、五日逗留して帰って来た君に遇った時でも、私たちの間に目に見えない動揺を齎《もたら》していたこの問題に就いて、君は多く語ろうとしなかった。

二十三

私は相変らず苦しんでいた。顔つきまで、二十二と云う年齢《とし》にしては老《ふけ》てしまった。二日ぐらい額の筋肉が堅くなって、眉間の縦皺がとけないようなこともあった。女を殺す空想、女の死を願う心、そういう夢、さまざまに私は悩まされた。

或る日私は内田の姉を尋ねた。ヒドく子供好きだった私には大勢の甥や姪がみんななついていた。末の三つになるのを連れて私は二階へあがった。南向の縁側には春の陽光が暖かくさしたり、急に昃《かげ》ったりした。

「ヒョイときた」

とかけ声をして、私はわざと手荒くこの男の子を欄干《らんかん》の上に立たせるようにして、後からしっかりと抱き擁《かか》えた。柔かい頬にはまだ乳の匂が残っている。それをぼんやりと嗅いでいると、この水のように清い幼児がどうかしたはずみに私の手からずりぬけて、ドシンと一つ廂《ひさし》へ弾むと、そのまま庭石の上へ落ちて行くところがはっきり想像された。次の瞬間には階下《した》の座敷で針仕事をしていた姉が何か鳥の声に似た叫びをあげながら転がるように庭へ飛び出して来て、子供の上へ被《おお》いかかった姿の鳥瞰図がまざまざと眼前に浮んだ。

「死ねるナ」

　続いて私にはこういう考えが閃いた。その申訳としての自殺、そうなれば誰とてそれを暗い悩みからのことと思おう。秘密は世間に露《あら》われず、私もその惨事を、――砕ける脳骨、流れ出る血潮と脳味噌とを目前に見たならば、いかに卑怯な自分でも、その瞬間の心の顛《てん》倒《とう》を利用してならば死ねる。――思わず私は子供を抱きおろした。そして、「まア助かった」という太息《といき》をついた。

　どこかで、昼飯の洗いものをしているのか、瀬戸物の触れ合う音がする。柔かな光を含んだ遠くの空を鳶《とび》が一羽ゆるゆると舞っている。山の手の昼は移って行く晷《ひあし》のように静かだった。

　私は一人でいるのが恐しくなって、また子供を抱いて階下へおりて行った。

「二階は静かでしょう？　春休になったら本を持って、勉強しに来たらどう？」

　姉は針の手を止めずにこう云った。私は子供を抱きおろして、

「有難う。ほんとに静かでよござんすネ」と答えた。

「うまうま」

　子供は私のために出してあった菓子盆を見つけて、その方へ匐《は》って行き、母親の顔を窺《のぞ》き込んだ。

二十四

　この事実を私は「二階」という小説にして「麦」へ出した。その次の号には前年の夏鎌倉の海岸で私が犯した偽りの告白を、例の全く愛のない筆で鞭うった。同じ号に田島も「臆病なる彼」という告白めいた新体詩を出した。

「……二つとも真面目な作だと思った。そうしていい感じを持って読んだ。『自分で自分を責める人は他人から責められる必要のない人だ』と云うことを何故とはなしに感じた。僕は普通の小説で得られないいい感じを得た。嬉しく思った。」

　東久世君はこういう風に書いたし、君はまたただ作品として見た出来栄えを評した。

　私が性慾の問題に就いて感想文を書いた時の冒頭に、

「吾々は自然の大きな意思を認めないわけにいかない」

と、こう標語のように書いた。この「自然」という言葉も、東久世君に力説されてから、私たちの心には特別な意味をもって来た。で、その時書いた論旨では、生殖作用に伴う快楽を、自然が種の永続のために人間に与えた策励と見、生殖作用やその機関に対する羞恥心を、これに耽ることを防遏《ぼうあつ》するための安全弁と見た。そして恋愛を生殖作用の露骨を飾る花であると考え、育児の本能は必ずその後に来るべき必然であるとした。かくて肉交は相愛の男女が夢のような忘我悦《エクスタシー》の状態に於て果す時のみ自然の意思に順《かな》い、たとえ夫婦でもこれを賞味するような場合には自然の意思に悖《もと》る、――云い換えれば罪悪になる。――大体こんな風に書いた。勿論、当時の東久世君の考え方に倣《なら》った所の多い、外面的な、心持の伴わないものだったけれど、これも私にとっては形の変った一つの自己鞭撻《べんたつ》だった。

　君はこの文章を見て、冒頭の句に就いてこう云った。

「自然の意思というものも認めるけれど、ああ書かれるとなんだか問題が中途から考えられたような気がするネ。根本まで突っ込んで行ってないように思った」

　私はだしぬけに突《つ》ッ離《ばな》されたような気がした、――その先は君たちの手に委ねて安心していた自分であることを知って。

　時にはこんな理想派的な感想文を書いたりしたが、これまでに私が友達の間に示したいくつかの作で、いつからともなく、私の童貞でないことは知れてしまった。君の前にも百倍の水に溶解したような告白を知らぬ間になし遂げていた。臆病な蝸牛《かたつむり》もいつかヌクヌクと頭を出して来た。月経の夜、執拗な男を拒む、女の情慾などを写して「麦」へ出した。

「君はどういうつもりであれを書いたんだい」

　こう君に尋ねられて私はヒドくまごついた。いつか、鹿野山で書いて来た性慾小説を手ヒドく攻撃されてから、私はすっかり懲《こ》りてしまった。で、Ropsという画家の版画を文章でやってみるつもりだった、などと吃《ども》りながら答えた。

「しかしサ、君はああいう内容に対してどういう風に思うのサ」

「どうって、別に……まア、劣《いや》しいと思うネ」

「そうかナ、僕はあれを読んで一種の美感を感じたョ。女がうめく、なんてところはいいじゃないか」

「ウム……」

私は云うべき言葉を見失った。吐いた唾をいかに悔んだろう。私はRopsが肉慾を呪うその当時の「自然派」と同じ心で描いていないくらいは心づいていた。むしろ私は自分の飽くことを知らない楽慾《ぎょうよく》の力強い味方として、密かにこの画家を愛していたのに……。

二十五

或る時君の部屋の机の上で、西洋人の女の裸体の写真を見た。両手の指を組んで髪の上に置き、高い乳と長い脛《はぎ》とにやや側面からの柔かな線を見せて腰かけている。素人《しろうと》写真らしく台紙もなく、上の方の隅には俊之助兄の手跡で「吾等が巴里《パリ》にて最も美しく、最もきたなく、最も高く、最も低き女なり。」とペンで書いてあった。

「綺麗だネ、え？」

「綺麗だネ」

君の返事は私の同意を求める言葉の半分ほどにも気がなかった。

その日もいつものように晩飯の御馳走になって話し込んでいた。大分晩《おそ》くなってから、君は少し改まって、巴里にいる俊之助兄のラブ・アフェアを私に告げた。美しい長い足をもった写真の女は、一晩じゅうでも兄の借間の戸口に、開かれる扉を待っているような、大陸文学では馴染になっているが、まだ自分たちの身近では一度も出会ったことのないような種類の女だった。五年前の或る晩兄の口からさよ君のことを打ち明けられた時の私と、この時君からこの巴里女の熱情を話された時の私とでは、そう違った私ではなかった。私は同じように感動してしまった。安井君でわずかに経験したかしないの「恋愛」の話となると、丁度一度も私がはいったことのない信仰の話と同様、いつも私には身がしまるような、不思議に壮烈な感慨が湧いて来た。その亢奮はうちへ帰ってからも、床に就いてからも続いた。私は明がた君に手紙を書き始めた。

「……兄貴のこと、初めは驚きました。悲しく浅ましくも思いましたが、真面目な心持がよく解ってみれば唯々兄貴の苦しい心が思いやられます。その女の人に対しても悪い感情はもてません。しかしさよ君とは兄貴はどうしても一緒にならなければなりません。僕は堅くそれを主張したいと思います。たとえさよ君が兄貴の考えているような人でないとしても、兄貴には一緒になる義務があると思います。私にはこう主張するだけの理由があるのです。

私は今夜兄貴の真面目な苦しい心持を想って、特に自分の賤しい汚れた心を恥かしく感じました。実は今夜私は自分を赤裸々にして君の前に泣きたかったのです。しかし君が色々心配をもっておいでのことを考えては、この上いやな心持にさすことはどうしても忍びなかったのです。それともう一つには、私は心から告白などの出来る男ではありません。第一鎌倉で小川や北小路の前で告白して許して貰ってから、やはり肉慾の為に打ち克たれていたのです。だから、その前、湯河原に君を訪ねたらやはり偽りの告白をしていたろうと思うのです。私は後悔しています。しかし私は後悔の苦《くるし》みをすぐ忘れてしまうほど肉慾の強い男、意志の弱い男です。それだから私の告白は（もし今夜君の前で、それを敢てしたとすれば、）過去のこととしてするだけの決心は出来ていませんでしたろう。『自分はこういう男だからこれからも君たちを偽り、今後もこんなことを続けるかも知れない』と云うしか請け合えませんでした。それはきっと君に非常ないやな御心配をかけなければならなかったでしょう。しかし私は今それを過去のこととして告白することの出来る私を喜びます。帰ってから私は非常に苦悶しました。『この苦悶が既に芝居気ではないか』という苦みもしました。『こんな苦悶はしない方がいい』とも思いました。しかし今夜の苦悶は真の苦悶であり得たと信じます。私は散々苦んで、遂に夢のなか以外に久しく私の目に浮ばなかった涙が流れました。私は先刻やっと決心しました。私は決して再び自分と人とを偽るまい、賤しい肉慾には打ち克たれまいと決心しました。これまで度々同じ決心の後に、私は決して安心出来ませんでした。それは一方に死に残った賤しい心を許していた決心でしたから。私は君の前に私の罪を隠しているような心持がして苦しかったにも拘《かかわら》ず、こんな心を思ってこれまでお話しなかったのですけれども、今は私もこのことを過去のこととしてお話しすることの出来る幸を得ました。私を信じてください。私は君の信用に対しても再び罪を重ねない決心を堅くします。私はもしこんど罪を重ねたら死ぬより他はありません。と云った所で卑怯な私にはとても自殺出来ますまいが。もうやめます。私は自分は愛によって救われるものと信じていますが、私はまだ心から愛されていると自覚したことはありません。それは私の心から人を愛せない性質によるのでしょう。私は父母や兄弟や友達の愛ではあき足りません。その人の愛を一人で占めなければ満足出来ません。しかし私は自分の心の総てを挙げて人を愛することは出来ません。してみれば、私は到底愛を得ない男かも知れません。この次の『麦』に書こうとしている小説を見て頂く前にこれだけのことを知って貰いたくて、この手紙を書きました。」

　これよりもう少し前に、私は君に自分が女と関係していることと、そしてそれをいかに苦しく思っているかを極く概念的に告げた。少しでも具体的な話は出来なかった。部屋の呼鈴を一つ押せば君たちの目の前に現われて来る醜い四十女を自分の相手であると告げることは、いかにしても私の虚栄が許さないことだった。このことを君は俊之助兄に報じた。

一夜の亢奮のあまり君に書いたあの長い手紙の一句一句が私を責め訶《さいな》んでいる最中、「もしこんど罪を重ねたら死ぬより他はありません」という言葉が中でも私の心を苛立《いらだ》たせている最中、俊之助兄が君の手紙を見てどう答えて来たかを告げるために君は私の部屋へ来た。

「実は君のあのことを兄貴へ云ってやったんだ。大変喜んで来たョ。それから起る特別な不幸がない限り、そういうことは大変いいことだっていうような意味だったかナ」

君は私のあの手紙に返事もくれず、それに就いて一ト言も云わず、まるで受け取ったこともないような顔をしていて、突然こんなことを云いに来た。私が死を賭けて誓った言葉などは、夙《と》うに破れている、――それア当前《あたりまえ》だ、という風でまるであたまの隅にも置いていなかったように見えた。私は君の寛容の前に一層身が縮まった。何もかも見透かされて、私は煙のように他愛ないものになってしまった。兄が喜んでいる、その言葉の意味が考えられるようになる前に、私は煙のように消えてしまいたく思う若干の時を過した。

二十六

君は今でもいくらかそうだが、この時分にはかなり過去の話をするのが好きだった。五つ六つの時分、故郷の方で、筒袖を着た、どうかすると可怕《こわ》い目つきをする九つか十の女の子と材木を積んだ上に乗って遊んでいた時の光景、――その、頭を男の子のように短く苅った強い気性をもった娘を、ぼんやり恋していたのだが、――を思い浮べて、その後七、八年してこの娘が烈しいラブ・アフェアから北上川へ注ぐ小川へ入水《じゅすい》した後日譚と共に私に話して聞かせる時でも、悪気ではなく、或る自転車屋へ、あとその店で新らしく買うという条件で、飽きてしまった自転車を割よく引き取らせたが、別の店でほしい車が見つかり、ツイそっちで買ってしまったという話をする時でも、君には、話している心持に大した相違はないように見えた。この自転車屋の件では随分苦しんだらしく、あとから若干の金を持ってその店へ謝罪に行ったと云う。それから、君が芝山内《しばさんない》の勧工場《かんこうば》で買って来たナイフを友達が羨んで君に金を託したので再び買いに行くと、その西洋小間物屋では二度目ゆえ五銭引くと云った。前に買った時の値段だけ丁度きっかりに預って来た君は、その帰りにこの五銭を自分のものにして、……という誘惑に苦しめられたという話。そんな君にとっては一番イヤな記憶を語る時でも、君は不思議に楽しそうに見えた。苦悶そのものでも君は平気で話した。まだ君が基督教徒《クリスチャン》だった時分、情慾に打ち克たれたあと、君は火をつけたマッチをじかに腿の上へ置いて、自分を刑罰に処した。こんな話が旅行や遊戯の愉快な思い出と同じように楽しそうに話せる君は、私にとって甚だ不思議だった。つまり君にはその同じ過ちを再び犯さない自信があるのだ、こう私は思った。どう考えても君が私より道義心に薄い生れだとは思われなかったから。君がまだ大学へ行かない時分、学生中の所謂《いわゆる》硬骨が矯風会というのを起そうとした時、君がそのやり方の外面的であることに不満を感じて、腕力の強い幹事の一人と烈しく云い争った話や、或る問題で叔父さんと争って氷水のコップを投げつけられた時の話など、君が正邪の道念では殆ど昔の俠客のような強情をもっていることも、私は聞き知っていた。そういう君が、どうして有《あら》ゆる過去をああまで楽観していられるのか、私には解らなかった。

二十七

或る時君は私にこういう意味のことを云った。——どんな過ちでも、「ああ、こいつはしくじったナ」と気がつきさえすれば、その瞬間からそれはもう自分にとって罪でも過ちでもない。自分はそれに対して、一つの経験に対する態度に変れる。だから自分はいつでも過去を楽観しているし、現在でもそう悲観することはない、と。

「しかし僕のはそれとは場合が違うんだ」

私がこう云った。「僕のは悪いと知っていながら、どうしてもその同じ行為から逭《のが》れられないんだ。だからやりきれないんだ」

「それだって、僕なら同じだと思うネ。悪いと知っていてやることなら、少くとも自分だけにはそれはもう悪いことではないんだ。しかしこれア僕だけの考え方だヨ」

表現こそまるで違うが、その同じ心持は、東久世君の、「自分で自分を責める人は他人から責められる必要のない人だ」という言葉のうちにも見れば見出せたのだ。しかしその時の私には、東久世君の言葉は天使の賛辞のように聞え、君の言葉は悪魔の私語《ささやき》のように思われた。私の「道徳」がそういう考え方を私に強いたのだ。しかし私の「心」はかえって君の悪魔的な考え方に惹かれた。

「そうかなア、僕にはどうしてもそういう風には考えていられないがなア」

口ではこう云いながらも、私の「道徳」は土台から揺《ゆす》られていた。

第一君は以前から善悪という言葉を余り使いたがらなかった。電車のなかなどで酔っぱらいがはたの人に無理でも云っているのを見たりすると、君は心から慍《おこ》ってしまって、電車から引きずりおろしても喧嘩をする方だが、それほど正義の念の強い生れだが、それがいつも君のは自分の好悪の感情から出ていた。君の好きなものはなんでも善いものだった。君の嫌いなものはなんでも悪いものだった。そういう我儘な、私の考えていた善悪などとはまるで別のものだった。私のは貨幣のようにどこへ持って行っても通用するかわり、私の肌の浅さほどにも深い所から出て来るものではなかった。私の心とは没交渉に鋳《い》られた型へ、私はなんでも当て嵌《は》めてみていた。

私はもう泣きッ面ばかりしていなかった。泣き言も聞かせなくなった。そのかわり、今まで大切にしていた「貨幣」を見失ってしまった。

二十八

夏の初め風邪をひいてヒドく鼻をかんだのが原《もと》で軽い中耳炎にかかって私は入院した。これは初めての経験だった。君は Künstler Monographien のゴヤやムニエなどを持って来て借してくれた。病気は幸に極く軽くて、かえって珍らしそうに訪ねてくれる見舞客の応接で労《つか》れるくらいだった。朝毎に窓際の青桐の葉は色が深くなって行った。私は物皆が青く見える部屋のなかで、糊の利いたシイツの上で目を覚ますと、なんとも云われない心安さを感じた。看護婦に窓をあけさせて朝の風に吹かれながら、私はもう一度また眠った。このちょっとした生活の変化が、私の心と軀とを新《あたらし》くした。一週間ばかりで、小雨の降る日退院して来ると、いつの間にか白服になっていた巡査の姿などがヒドく珍しいもののように眺められた。うちへ帰ってもすぐに床にはいった。病院で始終枕頭《まくらもと》に置いてだらしなく書き汚した帳面など、身を横たえたまま繰り拡げて見た。秋子として秋になると仮名《かな》が振ってある。康子にさだ、受長としておさなが、祁答院にけとういんなどそれぞれ仮名がつけてある。珍しい読み方の名とか、余りない姓などを云い合ったとき戯れに書きとめてみたものだ。そのあとへは、「田中――美人」「白石――旅順」「小原――向いの附添」「荒川――すました女」「森せき――夜勤」などと書いてある。読むと、それを書いた時の光景が目に浮んで来た。附添の看護婦が仲間の噂などして、一番綺麗な人が田中さんだとか、白石さんも美人だが今旅順に行っているとか、夜中に体温をとりに来る人は森せきと云って可愛いい人だが、貴方は寝坊だから御存知あるまいとか云うのを、唯意味もなく私が書きとめて置いたものだ。そして私に附いていた色の黒い器量のよくない看護婦のことは、「ソソッカシヤの山口さん、今朝も牛乳の土鍋をひっくりかえしたり」などと書いてある。私は独りほほ笑みながら読んでいた。雨はいつか本降りになって樋《とい》のなかを落ちる音が忙しくなって来た。――急に私はたまらなく寂しくなった。恋人にでも別れて来たような甘い憂愁がしめやかに私の心を濡《ぬら》した。

　若い女の人などと口を利く機会のまるでない家庭から、唇の硬《こわ》い女から、僅か六、七日離れていた間に、私は、これほど違ってしまった自分を見出した。病院にいた間に一人でも好いた人が出来たわけでもないのに、私の心はこれほど柔かになっていた。実際は誰をも恋さないで、そして、誰をも恋したのだ。附添の看護婦、荒井というすました外科の主任、夜勤の森せき、よく四つになる甥について遊びに来た島田の姉のところの女中、乃至《ないし》旅順に行っている白石、評判の田中という美人、それ等の誰をも恋した。若い女の総てを恋した。自分の心の若さを恋した。――それに心づくほど、私はもう陰気なうちの空気を身の周りに感じていた。堅い心に還っていた。

二十九

九つの時から十三年間ずうッと厄介になった学習院を終えた。夏休の初めに、君と同じ汽車で大船まで行って、そこで私と高山とは、箱根へ行く君と別れて鵠沼《くげぬま》へ落ちついた。毎日海にはいって大食をして安眠する。こういう生活が、久振りで、――私も十四、五まではヒドく快活な運動ごとの好きな少年だったから、学校の游泳などへも毎年行って、鎌倉と江の島の間を游いだりした、――久振りで私を晴やかな気持に誘った。見るみる皮膚が桃のように赤くなって、水泡をもって、そのあと一ト皮むける頃から黒褐色に焦《や》けついていった。懶《ものう》く、永く、そのくせ貪婪《どんらん》あくことを知らぬような夏の力を、私たちは泳ぎや波乗りの遊びに導き消した。片瀬には学校から游泳部の人たちが来ていた。こっちから、海岸づたいに、一緒に游ぎ遊ぼうとして行けば、彼方《むこう》からは、夜、心置きなく煙草など吃《ふか》しながら、放恣《ほしいまま》な雑談に耽ろうとして私たちの宿屋へ訪ねて来た。二人きりでいる晩には、交るがわる日記を書いて「麦」へ送った。

漱石の「それから」が続いて新聞に出ている頃だった。Nil-admirari な、「誠心誠意」という額を不快に思うような主人公が私によい味方だった。私には全心全身をあげて突掛って行くような生活の焦点がなかったから、勢《いきおい》、浅はかなデカダン的な傾《かたむき》が現われていた。恋もなく、愛もなく、智識慾に薄く、創作は模倣やあて気の時代に在った。その頃の言葉で、「死に身になれる」ような対象を見出さなかった。そのくせ正宗白鳥などの書く、総てに興味を失ったような顔をしていながら安ッぽく動く下品な男には、どこか心を惹かれるところもありながら、どうしても胸を悪くしないではいられなかった。そこはいろいろの点で貴族的な「それから」の主人公はよかった。白鳥などの書く主人公が私の醜いカリカチュアとすれば、代助は理想化された真面目な肖像だった。新聞が来るとすぐに、何よりも真先に「それから」を読んで、一人で嬉しがっていた。

同宿に基督教徒の講習が来ていた。女学生ばかりだった。高山はそのうちの一人に興味をもって頻りにその娘のことを私に話しかけたけれど、基督教徒だということからどうも親しみにくい感じを与えられて私は妙に一緒になれなかった。

　こうして十日ほど楽しくここに過ごした時、うちから北海道へ行く父の供をしてくれという手紙を受け取った。私が行李へものを詰めているところへ、受持のおさいという女中が洗濯物を持ってはいって来た。

「一緒に洗いましたもんの染めが出たものですから……」

前歯が肝性らしく黒くなったこの娘が、畳の上に置いた私の襦袢《じゅばん》を、見ると、青い汚点《しみ》が大きくついていた。

「困りますネ」

私はちょっと可怕《こわ》い顔をして見せた。「それから、僕のだけ、お勘定を……」

電車まで送ると云う高山と一緒に宿屋を出た時、一ように頭をさげた女中たちのうちでおさいの前髪から櫛が落ちて小砂利の上に鳴った。空はまだ明るかったが、まん丸く、檸檬《れもん》色をした十五日の月が小松林の上に載っていた。この月が小さくなってキラキラと輝いて汽車と一緒に走った。私は窓際の席で風に吹かれながら月の面《おもて》を見ていた。少し気ぬけしたような心で、今更らしくおさいのことをいろいろと考え続けた。——知らぬ間に、私はこの娘にも恋していた。

三十

九月にはいって私は北海道の旅から帰って来た。

うやむやのうちに、私はいつか文科へ行くことを父母に承知させていた。午後の五時から始まる元良《もとら》博士の心理が最初に開講された。御茶の水の停車場で時計を見ると五時を少し過ぎていた。私は本郷通りを駈けて行った。二十六番という教室を探しあてて行ってみると教師はまだ来ていなかった。汗が気持悪く単衣《ひとえ》の背を濡らして内懐からは熱いいきれが顔を逆撫《さかなで》にして昇って来た。ぽッぽと顔がほてる。

「オイ、木沢々々！　ここへ来んか。こっちの方がええゾ」

いやに音量のある不快な声が階段になった教室の一番高い側の机の方から聞えて来ると、

「ウム、今行く」と答えて、よれよれになった袴を穿いた三十近い男が、草履の裏へ屈曲自在の板を打ちつけたようなものを穿いたまま、机の上をドシンドシンと踏んづけて高い方へ登って行った。

　私は小川を尋ねてその隣席《となり》へ坐った。トンと帳面を机の上に投げ出すと薄暗いなかにもパッと白く埃のあがるのが見える。触るとザラザラして汗ばんだ指尖が染る。たまらない所だと思った。教師がはいって来た。学習院に行っていた時分にもノートを取る科目はあったが私は殆ど書いたことがなかったから、この速記のような技術にかけては全く無経験と云ってもよかった。やってみると書き取れないほど早くはないが、いかにも馬鹿々々しくてかなわなかった。私は覚えだけとってあとは楽書きなどしながら聞いていた。こいつはとてもそう永読きしそうもないナ、こんなことを考えながら。

　心理の他には英文学と英語を二単位ずつ、それと美学を聞くことにして、一週僅か十三時間教室へ出ていた。なかで一番くだらないのが英文学史だった。私はまずこの時間に出なくなった。英語は「思出の記」の英訳などやっていた。午後一時からの時間などに学生が眠入ったようになっていると、スウィフトという英吉利《イギリス》人の教師は一同を起立させて、息を合せて深呼吸などやらせた。バイロンの詩を声をそろえて朗読させた。私は何しに学校へ行っているのか解らなくなった。それに心理と美学の教室で哲学の小川と一緒になるきりで、あとは一人も知った顔のないなかにいるのが、今まで気心の知れた仲間と、教室ですら面白可笑しく暮して来た私にとっては、かなりの苦痛だった。しかもその知らない顔の多くは不健康で、不潔で、醜かった。埃だらけな教室も不愉快だった。好きなのは、校庭と法文科の建築だけだった。次第に私は学校へ出なくなった。それをうちでは父が咎めた。私は「なアに大丈夫です。知るだけのことならいつでも知れます」などと、平気の平左で答えていた。

三十一

十月の一日に二十四号を私のうちでとじたのを「麦」の最後とした。この年から北小路と田島と高山とは法科へ、岩田は工科へ通うことになった。大内は弱い軀《からだ》の方からも、また宗教に傾いた心の状態から云っても、余り創作の興味に動かされないように見えた。それで、丁度丸一年目でやめることにした。それは私にとってはなんとなく寂しく感じられた。

一生の仕事の方向から云ってもまた技倆《ぎりょう》から云っても、私は「麦」の中心めいた所にいた。これより四、五年前から文学の興味を仲間に敷いたのも私だった。熱烈な帝国主義者だった北小路や、主席で、テニスの選手で剛健な趣味をもっていた高山や、私よりはずっと夙《はや》くから女を知ったりしていたが、気性は誠に明るく、むしろ呑気で、よく子供ッぽく腹を立てたりした田島などが、人生問題を考えたり創作したりするように傾いたのは、少くもその時期を早めたのは、慥かに私の力が与《あずか》っている。こういう同級の友に、私は不知《しらず》不識《しらず》私自身に対する敬愛の念を要求し、強いていた。君と私との関係、或はそれ以上を、そのまま私と彼等との間にも移し置こうとしていた。或る程度までそれが成功していた得意の時代もあった。しかし彼等が私の把握から勝手次第に出て行き始めたのは「麦」を始めて間もない頃のことだった。田島は私の少しも読んでいなかったメーテルリンクを読みだして、東久世君の崇拝者になった。北小路は私の知らない「聖なる恋」をした。小川からは「余はクラシカルな人にならんとす。君等モウダンの人とはやがて別れざるべからず」と書いてよこした。寄り添っていた心が四方に離れ散って行く。私だけが暗闇に置いて行かれるような不安がある。――私が脣の硬《こわ》いいちを対手《あいて》に、惨忍な、やけ酒でもあおるような感じの肉交を恣《ほしいまま》にしたのはこの時分だった。その頃書いて誰にも見せずに置いた「距離」という小説のなかに、架空の友に送る手紙の態《かたち》で、次のようなことが書いてある。

「……こんな塩梅にみんないい程の距離に遠のいて僕を見ている。フンという気にならざるを得ない。君はこれを以て、悉く、僕自身が招いた結果だと思うだろう。たとえそうだとしても、僕にそんなことが考えられるか。この、いい程の距離という奴ほど堪えられないものはない。実に irritative だ。この距離を縮めるためにどっちからか一歩を踏み出すことは、その踏み出した方の humbleness を示すことだ。『本所のおいてきぼり』という遊戯は君もやったことがあるだろう。隠れる方はいいが鬼になるとつまらない遊びだ。子供の時分或る友達が鬼になったが、図々しい奴で何時まで経っても探しに来ない。とうとう隠れている方がかなわなくなってノコノコ出て行って見ると、一人で何か面白そうに遊んでいた。こうして主客転倒させたのは、今から思ってもエラい奴だった。僕は今寂しい。一人だ。しかし僕の方から近よって行こうとは思わない……」

こんなことを書いてからもう一年近く経っていた。私ももうそんな下等な感情からは自由になっていたが、それでも、みんなが少しの執着もなく二十四冊の「麦」をほぐして、各自《めいめい》の原稿を持って帰って行くのを見ると、有繋《さすが》に寂しかった。しかし、「いよいよこれからは一人だゾ」こう思うとまたなんだか武者振いのような軀《からだ》の震えをも覚えた。

三十二

寂寥《せきりょう》が私の心を往来していた。友達との間の共有でない、何か強烈な幸福を漠然と索《もと》めていた。よく一人でぶらぶらとあてなしに出歩いた。

或る日私は外神田を歩いていた。その時分、学校へも出ずに始終家でぶらぶらしているので父母の信用はなくなって行くばかりだった。で、その日は学校へ行って来ると云って、袴を着け、包を持って出かけた。

——行って見ようか知ら、そう思ったばかりでも胸がドキドキして来た。私は兎も角もその方角へ向って歩いた。

　二年ばかり前、私は宮戸座で一つ桝《ます》にはいった見知らぬ三十二、三の女につれられて、はねてから一緒に公園の料理屋で晩めしを喰べたことがある。女は自分で勘定をして、うちへ遊びに来いと云って番地を教えた。二、三日して私はちょっとした菓子を持って礼に行った。「女」を識って間もなくだった。小じんまりした店には煙草を並べてあった。薄暗い茶の間に通された。女は身の上話しなど始めた。田舎の家はかなりのものであるが、聟《むこ》が気に入らないばかりに一人で東京に出ている、と話した。部屋の障子に内から釘をさして開かないようにして置いて寝たとか、聟が障子のそとへ来て泣いたとかいうような話を平気でした。酒の用意をしようとした女の心も、礼に行った私の心も、お互に解っていて、私は或る忌わしい空想から、後日を約して三十分ばかりで帰って来てしまった。それきりそこへは行かなかった。——私は今、その煙草屋の店を指して歩いていた。横を向けばその店がもう見えるという街の角へ来て、そのまま真直に行ってしまったり、それから一ト廻りしてまた戻って来たりして、漸《ようや》くその店の前まで行って見ると、そこはもう煙草屋ではなく、あとにはいったブリキ屋が床を低く張り替えてしまって、店の見つきからして、見違えるように変っていた。初めは一つ横町を間違えたかナと思った。こうなると、あの色の浅黒い物慾の烈しそうな女が俄《にわか》に慕わしくなって来る。もう一度そこらを歩き廻ってみたが、正しく移転したに違いなかった。私は頭の禿げかかったブリキ屋の亭主に尋ねてみる勇気もなく、そのまま当もなく歩いて行った。

その翌日私は東久世君のところで君と落ち合った。

「昨日は、珍しく学校へ行ったんだって？」

「どうして」

「電話をかけたら君のうちの人がそう云ってた」

私は嘘をつく気もなかったが、うちの者を偽ってまで行かなければならない先があるように釈《と》られたり、それをどこかと追及されたりするのがいやさに、つい、

「行ったヨ、エラいだろう！」と云ってしまった。

「何があったんだい」

「え？ ええと、美学だ」

「小川に会ったかい？」

東久世君が側からこう云う。私はあとへ引き返せなくなって、

「うん、いたようだった」

「話はしなかったのかい？」

「ああ」

私は息苦しくなって来た。

あれから君と一緒に田島のうちへ廻った。私の顔を見ると、田島はすぐにこう云った。

「オイ伊吾、昨日は随分貴様を探しちゃったぜ！」

それから田島は、私のうちへ電話をかけると学校だと云ったので、学校の方を尋ねてみたが、美学は休みだと云う、それじゃあアすぐ帰ったナと思ってまた家の方へ電話をかけた、こんなことをベラベラと喋った。私の体は石のように堅くなった。側にいた君は一ト言も口を利かずに黙って聞いていた。私はソワソワして早く帰った。

「畜生！」

一人になると私は思わずこう口へ出して云った。そのことを思うとカッと顔へ血が昇り、胸を掻き毟《むし》りたいほど腹立たしくなる。イライラと何か破壊したいような気持が騒立《さわだ》つ。

「こん畜生！」

もう一度こう呟いて、歯を喰い締めて、二、三度頭を振った。

「フン、馬鹿にしてやがら」この、諦め、放棄《うっちゃ》った、冷かな笑が鼻の穴から熱く洩れると、それでもいくらか平静に返る。往来を歩いている時、飯を食っている時、本を読んでいる時、人と話している時、寝床に横たわった時、いつでも、一ト度そのことを思い浮べると、必ずこれだけの心理作用を一順繰り返さなければおさまらなかった。幾度それを繰り返したろう。「醜態々々！」私は一人部屋のなかでこう大声に叫んだりした。

それからまた四、五日して、私は帽子も被らずにぶらぶらと歩いているうちに君の家の方角へ出て来たのでちょっと寄ってみた。東久世君が来合せていた。君は細く切った紙を天井へ蜘蛛の巣のように張ったりして子供らしく冗談を云っていた。机の上に切り残した紙が乗っている。見るともなく見ると、「加島」「伊吾」こんな字がすぐに目についた。私には、それ等の文字が無意識に書かれつつある時に、君と東久世君との間に取り交わされた会話の題目が、すぐに邪推された。「ああ悪いところへ来た」私は漸く癒えかかった傷口に触れられた心で、すぐ暇乞《いとまごい》をして出た。

私はこのことをいちにも話した。

「神経衰弱ですョ」

「そうかも知れない」

病気の故を以て、私は少しく心を安めた。

三十三

或る晩、神戸の大内へ手紙を書いていた。そこへ扉《ドア》を軽く叩いて母がはいって来た。丁度父は一週間ほどの旅に出ていた。

「いい月だョ」母は窓布《ブラインド》をあげて窓に倚った。

「そうですか」あと二、三行だから書いてしまってからと思って、私は筆を置かなかった。

「ちい坊主はもう寝たのかい」

その声を聞きつけて弟の建雄が隣室《となり》からはいって来た。もう寝間着に着更えていた。

「ここは冷えるだろう?」と母は私に尋ねた。「寅楠兄」と書きながら、私は、「いいえ」

と答えて、今すぐですから、と心のうち母に云っていた。何しろ母が私の部屋へ来るなどというのはよほど珍しいことで、来ないとなれば三月《つき》でも四月でも、半年も来ないことがある。それが父の留守中、奥に一人でいるのが寂しくなって、満月にことよせて話しに来たのだと思えば、私も何か優しい言《こと》でも云ってやりたい。それが、私の性分で、仕かけたことからちょっと手が離せない。母は余り私が相手にならないので四壁《あたり》の額を見て廻ったり、ちょっと椅子に腰を載せてみたり、落ち散った紙を屑籠へ持って行って入れたりしていたが、とうとう、

「昌さんは今勉強しているんだから行きましょう」と云って、建雄の背をうしろから押しながら出て行った。

「勉強じゃアないんです。今すぐ済みますから……」

私は思わず大声を出して、急いで手紙を封筒に入れた。上書をしている時にはまだ弟の部屋で母の声が聞えていた。筆を置くとすぐに私は窓へ立って行って、

「成程いい月ですね」と隣室へ話しかけてみたが返事がない。私は悲しくなって来た。月の面《おもて》を薄い雲が走っている。窓を離れて隣室へ顔を出してみると、いつの間にかもう母はいなかった。——尊い快い機会が一つ永遠に遁《のが》れて行ってしまったような寂しい気になって、私はそのまま自分の部屋から出ずにいた。

父の世話や家庭の雑用に追われている母と、めったにうちに落ちついていない私とは、

同じ屋根の下に住みながら、まるで他人のように生きていた。

「俺にはもうなんにもない」

涙が頬へ流れて来た。

三十四

田島の家の玉場で君も玉突の遊びを習い始めた。私たちはよくあすこで落ち合った。地口以上に意味のない贅口《むだぐち》を利きながら玉を突いたり、その頃田島が習いに行っていた西洋の唱歌を教わってみんなで声をそろえて唄ったりした。

「ア、心配だ、心配だ」

或日君は玉をつきながらふと思い出したことでもあるように、上体を反らせ、両手の指で小刻みに胸を叩いて見せた。その仕草でも顔の表情でも少しも心配そうには見えなかったが。

「ネエオイ、伊吾。これで俺だってなかなか心配事があるんだぜ」

「なんだい」

「それアどうしてなかなか。云うに云われぬわけがあってネ……」

「オイオイ、それア君、僕の玉だョ」

「ア、そうかそうか」

こんなことでその話はそのまま立ち消えになってしまった。私も大して気には止めなかった。

神戸から大内がちょっと帰京していた時だった、東久世君のところで、君、大内、田島などと落ち合った。その日私は六時から学校へ出ようとしていた。君は、近頃毎日少しずつビールを飲むと肥るという話を聞いたから晩飯の時きめて飲むことにしている、などと話した。今にうんと肥って見せるかな、こう云って力んでいた。

「フトロンだネ。つまり」黙りがちな大内も時々こんな冗談を横合から投げ込んだ。

「一向利き目が見えないじゃないか」

「だってまだ三日目だもの」

みんな一緒に東久世君のところを出た。君はこれからうちへ来て一緒に「フトロン」を飲まないかと云って私達を誘った。とうとうノートと麻裏草履の包を擁《かか》えた私まで引ッ張って行かれることになった。

これより二年ほど前、私たちは或る友達との特別な関係から、深川に近い、鳥と牛肉の料理屋へ三、四度続けて行った。そこで酒の酔い心地も知ってはいたが、それを除いては、これまでに一度もまだ自分の意思から酒杯を手にしようとしたことはなかった。

田島と私とは飲めない生れではなかった。見るみる九本ばかりあけた。それもガブガブと立て続けにあおった。光がチラチラして来た。私は、横になって、自分はまだ酔っていない、この部屋の額がちゃんと分る、後日の証拠として書き留めて置く、などと云いながら、クリンゲルのフェスト、ベックリンの自画像と、片ッぱしから書きとめて行ったのを覚えているきりで、包のなかから教室用の草履を出して穿き、座敷のなかを歩き廻ったことや、花瓶のなかに嘔吐したことなどは少しも覚えがない。目が覚めてみると私は君の部屋で掛蒲団にくるまって寝ていた。

「泊ったのかい？」

「なんだい、自分で泊るとまると云ってたじゃないか。大内は随分晩《おそ》くまで君の起きるのを待ってたが、君が泊るって云うもんだから帰って行ったっけ。まアいいヨ、もうちっと寝よう」

　私たちはまた眠入った。

　十一月の初めに休みが続いたので、君、東久世君、小林君、北小路の弟、それに私、これだけで沼津の北小路君を訪ねた。その、田舎の停車場の近くに建った駅員の宿舎のような家で、北小路君は自炊していたから、晩飯は大抵そとに食いに出た。或晩また私は酔った。

「伊吾のは今まで慥《たし》かだと思っているうちに、いきなり酔っちまうんだネ。なんだか見てて非常に不安だったヨ」

　その時は別に迷惑そうな顔もしないでいてくれた東久世君も、翌る日はこう云って少しイヤな顔をした。私は宿酔《ふつかよい》の重い心持を一層暗くし、東久世君のような人の前で酔ったりしたことをすまなく思った。

　酔うということは、飲み始めの人には常に不思議な魅力をもつ。味などはどうでもよい、早く酔いたい、こう促すものがある。殊にその頃の私のような、始終何か不安でいる者にとっては、快も不快も人の思わくも、何もかも解らない状態にはいろうとすることは、まんざら無意味な要求でもなかった。それに酒の世界に展開《ひら》けて来るものを、私は西洋人や日本人の書いたさまざまな本で知っていた。そういう世界をも不知不識《しらずしらず》望んでいた。

　この少し前から、君は落ちつかない様子で、いつもソワソワしていた。二人で当てもなく歩き廻る癖がだんだんひどくなって行った。おでんや鮨の立食いも覚えた。日本橋の花村という小料理屋なども知った。私はよく酒を飲むようになった。君は杯に三杯をきめにして真赤になっていた。席亭《よせ》へもよく行った。落語の興味も君から譲られたのだ。最初に君に引ッ張られて行った時、円蔵の「首提灯」がすっかり私を面白がらせた。もうこの時分には、私などは、当今の有ゆる芸道のうちで落語に一番名人が残っている、小さん、円喬、それとは別の意味で馬楽の独創は娯楽以上のものを私たちに与える、こんな考えまでもっていた。私は誰でもが笑うようなところよりも、人が黙って聞いているようなところで一人で噴飯《ふきだ》してしまって、よく、きまりの悪い思いをした。君は私に「滑稽の発見者」などいう名を与えた。私はもうなまじ悲劇的な芸術には同感出来なかった。芝居などは退屈だった。何百遍となく繰り返されて、いつか洗いあげたようにさばさばとした喜劇的な短い芸に、一番同感があった。それほど私は労《つか》れていた。

ぶらぶら歩きはその春ごろからの癖だった。「耽溺《たんでき》」という言葉が文壇で流行っていた頃で、その浅薄さを軽蔑した意味から、私たちのぶらぶら歩きにもその言葉を用いた。東久世君の家を出て、一番自然に曲れる角を曲がって、――丁度水の低きにつくように歩いてみたらどこへ出るだろうと、君と私とで或る雨の降る日、ビショビショ歩いて行くと、築地の本願寺のなかの、川へ向いた袋露次で行きづまってしまった。「こっちへ行った方が流れ工合がいい」とか、「この角は流れにくい」とか、贅口《むだぐち》を利き合いながら歩いたので、この時から「耽溺の流れ」という言葉も出来た。

私たちはよく「流れて」歩いた。夜が更ける、飾窓《ショウ・ウィンドウ》が鎖される、行きどころはない、それでもまだうちの方へは足を向けたくない。橋の欄干や飾窓の手摺りに腰かけて、疲れ切って、二人とも黙っている。――俊之助兄の手紙にあった南仏蘭西《フランス》から出て来た画学生のことが私の心に浮ぶ。灯の街の巴里で、その若者は尚かつ灯を恋うて一ト晩じゅう歩き廻った揚句、明方ちかく人通りも稀になる頃、じりじりと襲って来る寂しさに堪えられないで、宮守《やもり》のように街灯に攀《よじのぼ》り、そこへかじりついたまま、大きな声で歌など唄っていた。――この男はひどい睾丸炎にかかってスゴスゴと故郷へ帰って行ったそうだ。

白熱の街灯、それに隣って雨に濡れた柳、暗く流れる大川の水にチラチラする対岸の灯《ひ》、そんなものの魅力が私の上に不思議な力をもって来た。

三十五

翌る年の正月の十日ばかりを私が小林君や岩田と湯河原の温泉場で暮して帰って来てからの或る晩、君は私のうちへ訪ねて来た。裾の方からいやに冷え込んで来るリノリユム敷きの私の部屋で、暖炉の火を盛にして、椅子を火気に近よせ、夜ふけまで話した。話題はいろいろに移って行った。その春からいよいよ刊行しようという雑誌のことなどから、自然自分たちの一生の仕事の方に展《の》びて行ったり、君と私とがよるときまって出る友達の噂やいつもの贅口《むだぐち》になったりした。その晩の君はなんとなく亢奮して見えた。何か話そうとして齎《もたら》したものがあるようにも思えた。

「これア、まだ東（東久世君のことを仲間うちでよくこう呼んでいた、）にしか話してないことなんだから当分誰れにも喋って貰いたくないんだが……」

君はとうとうこう切り出して、ゴクリと唾を飲んだ。私に対して君がいつもそうであったような安易な様子を失って。私の方ではまた、期待の緊張と、大嫌いな行為の束縛、──他言を禁《と》められるというような軽くて重い束縛に対する不安とで体を堅くした。

「……僕はネ、遊廓へなんぞ行くんだヨ」

「そうかネ」

私の舌が、この、世の常の返事に動いた。君の、私の直視に堪えようとする堅い感じの表情を想ったばかりで、私の目はホロホロとあがる青い焔に釘づけにされてしまった。炉辺を掃除する一尺ばかりの棕梠箒《しゅろぼうき》を弄びながら、私はもう、重大な、むしろ厳粛なことを聞こうとする人の心持だった。

考《かんがえ》の上では、また言葉の上では十分に許していても、これまでの生活や習慣から、私たちは「遊び」を、――殊に「遊ぶ人」を賤しまないではいられなかった。たとえ許すとしても、それは自分たちとは殆ど種類の違った人々として許せた。

「これで、『麦』の連中はきっと今に遊びだすぜ」

こんなことを君たちに云われても、私には自分の遊ぶところが殆ど想像されないくらい没交渉なものに思えていた。それは、一つには体の方から来る策励を私はいちによって消すことが出来たからでもあるが、また一つには、山の手のもの堅い家庭に育った私たちには遊ぶ方法も、新聞の三面記事や小説や芝居や落語が教えてくれる以上には識《し》る機会もなく、また強いて識ろうとするだけに好奇心を唆り立てるような事物にも出会わなかったからでもある。兎も角も私は自分とは全く縁も由縁《ゆかり》もないものだというような一種の安心から、気楽に「遊び」を許すことが出来た。実際遊廓などと云うところは不思議な恐怖と憎悪なしに、自分自身をそこへ置いては考えられないくらいだった。仲間うちで「自然派作家」などいう渾名《あだな》をつけられていた私でそれだった。

――従って君の言葉は、云う君にとっても、聞く私にとっても、下宿屋の隣室《となり》同士で自分たちの道楽話しを初めて打ち明け合うのなどとは全く異った意味をもっていた。仲間うちに共通した生活様式を、いきなりぶちぬいて出たようなこの行為は、驚歎であり、尊敬であり、嫉妬であり、また怖れでもあったのに、私はそれ等の感動を包んで、静かに君の話しに耳を傾けた。

君は前年の九月に初めて吉原へ行った時のことから話しだした。芝居や席亭《よせ》への行き初めと同じように、君はまた自分自身の意思でこのことを思い立った。（初めて某々に連れられて行った時、と云うようなことは君の経験には殆どない、――これは君の矜持だった。）明かに醒めた白々しい心で、馬鹿げて威勢のいいかけ声を残して烈しく往き来する俥や、私たちが「殆ど種類の違った人々」とした遊客の間に混って、鞭うつような意思の力で一歩々々を遊廓へ運んで行った君。張店の女や妓夫《ぎふ》から浴せかけられる騒擾《そうじょう》に立ち竦《すく》むほどの圧迫を感じた君。妓楼の没趣味、貪慾、不潔、露悪に直面して性来の潔癖を甚だしく脅かされた君。その間に絶えず頭を擡《もた》げて来る永い間養われたこういう場所に対する総ての感情と闘いながら、遂に床の敷いてある部屋まで行った君。――深く感銘する心から繰り出され、乏しい詞《ことば》で云い現されて私のなかに出来上って行ったこういう君の姿は、殆ど革命の軍に向う戦士のそれほどにも勇ましく思われた。しかし、君がこの軍に従った、苦闘して贏《か》った、その動機も、その勝利の価値も、私には全く理解することの出来ないものだった。それを考えてみるよりもまず、私は君の正々堂々たる軍容と思い比べて自分の曖昧《あいまい》な態度を恥じた。どこに私が君よりも汚れない自分を見出すことが出来よう。君は金で女を買った。私はなんで女を自由にしていたろう。この考は衝撃《ショック》だった。私は好奇な耳を聳《そばだ》てながらも、じッと焔を見詰めて他のことを考えなければならなかった。

君はいつもそこで満足よりも多くの不愉快を経験した。で、これを最後にしようという日、試《こころみ》に大店《おおみせ》と呼ばれる妓楼の一つへ行った。初めて君は興味を惹かれるような女に出遇った。男性的な性質をもち、どんな手段に訴えてもお職《しょく》という位置を他に譲らないような勝気なその女の、波瀾重畳の過去なども、君は詳しく聞いて来ていた。田島の家の玉突場で胸を叩きながら「ア、心配だ、心配だ」などと云っていたのは「あなた本気で惚れちゃアいやですョ。私も惚れませんからネ」こんなことを自分から云う六つも年長の女に君の心がなんとなく引ッ張られている時分だった。そういう心持にもその時々の消長はあったけれど、やはりその時分も引続きそこへ通っていた。

「ああいう所だとあんまりそうコセつかないしネ、部屋だってちょっと趣があるョ。暁斎や是真なんかも掛けてあったっけ。なかなか立派だぜ」

こんなことや、紫天神と云う髪のことや、その部屋に使われている利口な娘のことや、そういう話が出る頃には、私も何かと、この未知の世界に就いて訊いたりする心の余裕《ゆとり》を回復《とりかえ》していた。君が行った、——これだけの事実が私のそういう場所に対する感じをもうすっかり変えていた。急に親《ちか》しいもののように思われて来た。

「さア、こんどは伊吾の番だ」

突然君は向き直って私にこう云った。「俺はもうすっかり話しちまったんだョ。一体伊吾はずるいネ、いつだって具体的に話したこたアないじゃアないか」

君は私に気安く話すことの出来るように、わざと乱暴に詰《なじ》って笑った。

「俺のは駄目だョ」

「駄目ってことはないョ」

「どうも少し虚栄心を傷《きずつ》けられるからナ」

その時私が弄んでいた棕梠箒に煖炉《ストーブ》の火が燃え移った。ボロッといって鼻の先へ焰があがる。驚いて私がそこへ投げ出す。「馬鹿々々！」こう云いながら君も少し慌てて寒水石の鋪石《しきいし》に擦りつけ、漸く消しとめた。

「あぶなかったネ」と私は坊主頭になってしまった箒を取りあげて眺めた。

「ほうり出すやつもないもんだ」

「だっていきなりボッと来たんだもの、驚かあネ」

「ほうるならほうるでストーブのなかへでもほうるがいいんだ」

「さそくの間にそんな智慧が出るわけのもんじゃないからネ。君だって……」

「オイオイ、そんなことを云ってる間に誤魔かしちまっちゃいけないョ。そんなことはもうどうでもいいから、さッさと伊吾のを話せョ」

そう云って君は、笑いながら私の手から箒の柄を奪い取り、火の中に投げ込んでしまった。——君が話した時と私が話そうとする時との間には、箒が火事を出しかけたと云う、真剣で滑稽な事件が挟まって、それ以後に全く前と違った雰囲気を拵えてしまった。その前後を掛け橋のように繋ぐ唯一の目撃者であった箒の柄は、今や煮えるような音をたてて燃えている。私が話すとなれば、自分の手で話の内容に適《かな》うだけの雰囲気にもう一度作り変えねばならない。それがいかにも億劫だ。——無理に言葉にすればこんなことにもなる、妙に具合の悪い、継穂《つぎほ》なさに似た感情がその時私の心にあった。勿論それればかりではない。見栄ばった心がどうもいちのこととなると云い渋らせるのだ。

「話しちまえョ」

「困るなア、どうも」

こう云った時には、しかし、私は或る謀計《たくらみ》を心のうちに見つけて、小悪魔のように雀躍《こおどり》していた。続いてそれを用心深く一ト通り吟味した上で、とうとう君をこの虚構へ嵌め込んでしまった。——いちとの関係をそのままそっくりあの宮戸座で一緒になった煙草屋の女の方へ移して話したのだ。巧に辻褄を合せて。——しかし、この謀計に嵌まり込んだのは君ではなくて、企てた私こそ実はこの謀計の本当の贄《にえ》であった。動きがとれないほど嵌まり込んで苦しんだのは私ばかりだった。嘘というものは、大抵の場合自分自身が一番しッかりと引ッ掛かる罠である。

三十六

その翌る日私は学校から退《ひ》けて来るとすぐに君の家を誘った。前の晩おそく帰り仕度をしながら、

「こう話してしまったからには、是非一度吉原へ引ッ張って行って置かないとナ」こう君は冗談のように云った。

「いいとも、行くッて」

「よし来た。なかなか勇ましいナ。それじゃア、いつ？　あした？」

「あしたは少し速急だナ」

「駄目だヨ。愚図々々しているとまた臆病風に誘われるからネ。善は急げだョ」

こんなことでその日一緒に吉原へ行ってみる約束になっていた。

よッぽど用心しないと捕《つかま》ってしまう。こんなことも道々聞かされて来たが、君と肩を並べて歩いている私は、君が話したほどの烈しい圧迫は感じなかった。とは云え、居並んだ女の顔を一つ一つ見わけるだけの余裕はなかったが。

「伊吾ッてなかなか図々しいやつだネ、平気じゃないか」

「ナニ、これで内心びくびくものなんだ」

この言葉のまともの意味が事実で、その調子が表現する反語的な意味は偽りだった。

「あんまり落ちついてると妓夫太郎のとこへ突き飛ばしてやるぞ」

「よせよせ。冗談じゃないぜ」私はこの戯れに震えあがった。一ト廻りしてそこを出ると、

「どうだネ、第一印象は？」

こう人通りを縫って歩きながら君が云った。

「綺麗だネ。なかなか」

別段私にはこうという感情も起らなかった。なんとなくかつて行ったことのある場所のような気さえした。因《もと》より「悪所《あくしょ》」という気もしないが、明日にも行ってみたいというほどの所とも思わない。居並んだ女の運命がどうだとも、入り込んで行く若い男の身のつまりがどうだとも、まるでそんなことは考えにも浮んで来ない。相変らず自分とは縁のない所のような気がしていた。

あの晩はあれから本郷へ行って、私が学校帰りに看板を見て来た若竹へ小さんを聞きに君を誘った。

しかし、私が独りで河岸《かし》通りの小さな楼《うち》へあがったのはそれから間もない後のことだった。今までこういう場所へ足踏みしなかったのは唯在り場所を知らなかったというだけの理由でもあったかのように、私にはまるで道徳的な阻止がなかった。因より悔いもない。これまで考えの上だけで許していた「遊び」が、自分もそれをしたというだけの理由です

ぐに感情の上でも許すことが出来るものになった。しかも少しの抵抗もなく。刺戟の方から云えば余りにあッけなく。私は唯知るという慾だけをわずかに満足させることが出来た。

三十七

「あっちと違って途中がなかなか景色いいョ。商船学校の側からずうッと堤防づたいに行けるからネ。月夜なんかにはいいぜ。廓《くるわ》も往来が広くとってあって、人道と車道の間に松なんかが植わっているのが、なんだか寂れたような、——またまるで別な趣きだネ」

　こう君は紹介して置いて洲崎へも引張ッて行った。すぐまたあとで私はそこへも独りで出かけた、浅草の六区も一緒に歩いた。私には明るい電気や瓦斯《ガス》の光の下《もと》でいかさま公々然と店など張っている遊廓より、低い軒の薄暗い障子の蔭から脣を鼠のように鳴らしたり、低声《こごえ》に客を呼んだりしている淫売宿の方が、罪悪的にいッそキビキビした感じでよかった。その一軒へはいって、露骨を商売の秘訣と心得たような、まだ小娘とも見える女と贅口《むだぐち》を云い合って出て来たりした。君と私とは殆ど毎日のように東京市中をぶらついて廻った。軒灯の具合で露次の性質を見ぬくことも出来るようになった。袖口を赤く染めたりした矢《や》絣《がすり》を着た女の手が指さしているような軒灯にはすぐ目をつけた。

「どうだい、うまいもんだネ」

「追々鼻が利くようになって来たぜ」

はいってみた露次に怪しげな待合でもあると、興がってこんなことを云った。馬楽の落語《はなし》から思いついて「鼻利源兵衛」などいう二人にしか通じない言葉も出来ていた。或る時君はちょっと綺麗な女を見つけたから、と云って私を芝神明《しばしんめい》前へ誘った。私はこの女が好きになった。晩食後うちに落ちついていられないような時、私はよくそこへ行く気で内玄関を出た。すると台所口の方からいちが出て来て、門まで、時には電車通りまでついて来た。そして、「お菊さんによろしく」などと戯れて引き返して行った。私は薄穢《うすぎたな》い曖昧屋で、そのお菊という、女と情《なさけ》らしい言葉を取り交して、それで十分に満足して帰った。私はいちでは満《み》たすことの出来ないほんの少しのものをこの女に覓《もと》めて、それを得ていた。実際私は女の体よりも、うら若い顔の光沢《つや》や声音《こわね》などを喜んだ、その所有者の処女性や性質などを顧る遑《いとま》もなく。それほど私の周囲は若い女に乏しかった。

三十八

幾度か君たちの間に計画された雑誌の刊行は前年の四月頃いよいよ具体的に決定した。それから私たちは毎月若干ずつの金を積んで来た。もう第一号を出そうという四月も間近に迫って来た。本屋、印刷所、製本所、製版所などの掛合いも始めなければならなかった。或る晩君の部屋に在京の同人が残らず集って相談会を開くことになった。「望野」の東久世君、北小路君、小林君、君、「麦」の大内、小川、田島、北小路の弟、私、その時分学習院の学生だった沢君と辻村君とは「桃園」という回覧雑誌を二人きりで拵えていたが、この二人も集って来た。第一に雑誌の名をきめることだ。「若木」「声」「人」「藪」「麦」「草」「流」その頃「望野」を改めた「白樺」というのなどが紙へ書かれた。少しずつ亢奮している若者が十一人で冗談まじりにわアわアと云うのだからなかなか埒があかなかったが、とうとう「白樺」という名にきまった。雑誌の内容も創作と論説、それに文学、学説、音楽、美術の紹介というように分けて、各欄に二人か三人の責任者を定《き》めて、原稿は厳重に審査しようなどと云うことになり、その責任者の人撰もした。私まで小説と美術を受持つことになった。（尤もこれは実際に当って無駄なことが知れてすぐやめになったが、）会計のことは「望野」仲間の松平君と北小路君に頼むことにした。定価も頁数も挿画の数もきまった。第一号の挿画の相談までした。表紙は小川が描くことになった。

君の六畳の書斎には煙がこもった。人いきれで空気が重く暖くなった。亢奮の労《つか》れから長々と横になる人もあった。話がすぐに「七義」に陥るようになった。（「七義」と云うのは一義の問題に遠い、つまり無意味な冗談のことを云う私たちの間の通語《とおりことば》だ。）みんなに勧められて辻村君は立って独唱をやった。私たちがガヤガヤと一緒にそこを出たのは十一時過ぎだった。一ト塊りになって暗い冷たいそとの空気のなかへ出た。一ト塊り、私たちはそれでまた世の中へも出て行こうとしていた。なんの経験もなく、取り立てて云うほどの修養もなく、大した自信もなく、私はその景気のいい一ト塊りの間に狭まって、これまでの回覧雑誌が唯印刷されるくらいの心持で喜んで亢奮して帰って来た。

三十九

　いつもの通り朝寝をして十時頃起きてみると粉雪が灰色に空を舞っていた。犬ころのように雪の日を喜ぶ私は学校の方で友達を捉《つかま》えて一緒に歩くつもりで、久振りに洋服など着込んで出かけた。集会所へ行って見ると田島、杉、宮内とみんな学習院で同級だった友達が熱いココアなど啜っていた。四人づれで池の端から上野の方へ出た。幌《ほろ》を深く下ろした俥が白い眺めのなかを緩く動いて行くような「東京名所図絵」めいた公園の雪を、私は無上に嬉しがって野蕃《やばん》に踏み蹶《け》ちらかして歩いた。

　私たちが「笹の雪」を出た時にはいずれもかなり酔っていた。なんでもいいから大川へ見当をつけて歩け。こんな意気込で泥濘《ぬかるみ》をピチョピチョやって行くうちに、高い家根の立ち並んだ裏街《うらまち》へ出てしまった。はね橋、鉄漿溝《おはぐろどぶ》、そんな初めて見るもので私にはすぐに解った。

「こいつアいけねエぜ。吉原の土手ッ腹へぶつかったてエわけかナ」

　私は普段から言葉の乱暴な方だが、酔ったりするとこんな巻き舌になることがあった。吉原を知らないのか。こんな顔つきで私は先へ立って歩いた。すぐに立札のある柳の木の前に出た。

「どうだい、くり込むかネ」

友達はこう云う私の言葉を唯の冗談として聞くべきものか、私のしていることまでそれから推し計ってよいものか、ちょっと見当をつけかねる風で曖昧に笑いながら石甃道《いしじきみち》の奥を見ていた。私は心のなかで賤しく嘲笑った。

「隅田川はどっちだろうネ」と田島が少し心細そうに云った。私はまた先に立って山谷から橋場の渡しの方へ案内した。百花園へはいった時分には醒めて行く酔を残り惜しく思う心がみんなに起った。やがて土手下の静かな鳥屋にいた。とうに雪は降り止んで、蒼白い夕方の雪の色に家鴨《あひる》が黝《くろ》い池からあがって来て尻を振りふり鳴いた。積み重ねた膳を持って婢《おんな》が橋を渡って来るような離座敷で、私たちは冷めたくなった手を火鉢へかざしながらまた杯を含んだ。

「加島はあの辺《あたり》に知った人でもあるのかい」

杉は顎《あご》をしゃくってそこから西北に当る見当を示した。

「え？　何故だい」

「だって、馬鹿にあの辺の地理に明るいじゃアないか」

「それア、もう……」

「へ、御親類じゃアないのか」

私は酔ったまぎれに吉原の話を始めた。（尤もこれは私にはまるで覚えがない。あとで田島に聞いた話だが）私は調子に乗って紫天神などいうまだ見たこともない髪のことまで持ち出した、そっくり君から聞いた通り。そればかりではない。君の行っていた女のことまで我が物顔に話した。それがまたすぐに田島から君へ伝った。

「それでもまァ、俺の名を出さなかっただけが感心だョ」

君にこう云われた時にはつくづく自分と云うものがいやになった。

「勝手にしやがれ！」

心のうちで私は自分自身にこう嘲罵《ちょうば》をあびせた。

そこを出る頃には、私は友達の目の前で立ちながら婢の口を吸ったり、橋杭の雪を含むつもりが、誤って御影石《みかげいし》へ出ッ歯をぶつけたりしたほど酔い痴れていた。

四十

二月にはいってから、足かけ六年ぶりで帰って来る俊之助兄の噂がうちでも君たちの間でもよく出た。もう香港《ホンコン》まで来たろう、上海《シャンハイ》まで来たろうと云っているうちに、その月の終り近く兄は神戸へあがった。京都から君へ宛てて電報が来た。私と一緒に京都まで出て来ないか。四、五日上方《かみがた》を旅しながら久振りで話そうという兄の心算《つもり》らしい。君はその電報を持って私の部屋へ来た。うちでもそれを許した。私は君と京都へ発《た》とうとして仕度にかかっていると、奥から呼びに来た。親兄弟も待ち兼ねているのに、帰り早々何も気楽らしく上方見物でもあるまい、坂本さんだって御迷惑な話しだ、そう云う父の言葉よりも、まずその充血した目と蟀谷《こめかみ》に怒張した血管とを見ると、これアとても行けないと思って、私はおとなしく二階へ引き取った。

「駄目になったろう」

「駄目々々」

　二人で出て、兄へすぐ帰ったらよかろうという電報を打った。その足でぶらぶらと歩き廻った末、菊という女のところへ行った。君は少し酔って、明日か明後日には六年ぶりで情婦《いろ》に遇えるんだ、などと云った。

「まア、御馳走さま」

「なアんて、実はこの人の兄さんサ。西洋から帰って来るんだヨ」

「どうでしょう、ま、うまく仰有《おっしゃ》るネ」

　君も私もなんとなく落ちついていられなかった。

　翌る日、いよいよ新橋へ着いて来るという電報が来た。それはカラッと暖く晴れた日だった。せめて国府津《こうづ》までも行こうと云うので、昼食を済すとすぐ二人で出かけた。兄の汽車がそこを通るのは七時頃だった。海岸の砂へ腰をおろしたり、柑橘類の実の美しい日向の丘をぶらぶらしたりして時の経つのを待った。

「赤松、どんな顔をして帰って来るかナ」

「そう変ってまいネ。三十八年に発ったんだからト、……そうすると、そうだ、丁度今の僕の年齢《とし》だネ。いやだナ、心細くって、俺なら御免だ」

さよ君の話も出た。

「赤松の心持ももう変ってるかも知れないネ。……もしいやなら、さよ君の話だって、僕はどうでもいいと思うんだ」

うちには内証にしてあったさよ君のことは、学費や着物などの世話まで主に野村の秋子姉がしていたが、君も月々若干ずつ補助していたことを、その頃になって私は知った。そういう君からは、私はこの言葉をまるで予期することが出来なかった。習俗的な情操から、私は君の言葉に反対した。

「そんなことは、僕にはかなり不愉快だナ」

「いいさ。何もネフリュドフの考え方ばかりが、ああいう問題の解決じゃないんだから」

この言葉は私に、君はまだネフリュドフに祟られているのかネ、随分久しいネフリュドフだなア、と悪意からでなく揶揄《からか》われたように聞えた。丘を背を分けるように紆《うね》ってついた径《こみち》を一列になって歩いて行く二人の影法師はばかに長く斜面へ伸びさがって、頸《くび》の所などは断《き》れそうに細くなって印《うつ》った。

巴里の画室住居から俊之助兄が君へ宛てて書いた手紙はよく君の部屋で読んで聞かされたが、そこに溢れるほど現れていた自由な心持を、私は、君が「遊び」を始めた理由の、しかも大きな理由の一つに数えていた。――弱い自分の心から推し計って、君にもそう云う弁義《エキスキュース》が要るという風に考えたかった。それを見出すことがまたとりも直さず、君によって自分の行為を釈弁しようとしていた私の弁義になるのだった。ヒョロ長い影法師を眺めながら、私はこの考えの余りに意気地なく賤しく誤っていたことに気づいて恥じた。「自由」という考えも、私は始終側を離さないようにしていながら、実はその脱け殻を擁《かか》えていたということに気がついた。その正月から始めた「遊び」も唯わずかに好奇心を満したほかには私に何物をも齎《もたら》していないということにも気がついた。他人のあとに随《っ》いてした「行為」は、考えの裏うちすらしてはくれなかった。

小田原にいた野村の秋子姉のところの子供を電話で呼びよせたりして、私たちは停車場にはいった。喧嘩でもしたあとのように二人とも押し黙って汽車の来るのを待った。凄じい轟音と共に明るい窓がいくつも私たちの目の前を走り過ぎた。

兄は或る高官の同郷人が乗った車室にいたが、私たちを認めると静かにそこを辞して出て来た。

「しばらく」

以前よりは丈夫そうになって元気に私たちの手を握った。兄を間に、三人並んで腰かけて新橋へ向った。話しはちぎれちぎれで、どうかすると緒《いとぐち》さえ見失ってしまった。それを繫ごうとする兄のもの馴れた調子がかえって私たちの口を堅くした。新橋には同胞《きょうだい》や友達が大勢待っていた。

四十一

その翌々日の朝、私が部屋で読書していると、コツコツと静かに扉《ドア》を叩く。

「ハイ」私は何気なく答えた。思いがけなく、その一週間ほど前から腹具合が悪いと云って女中部屋に寝ていたたいちが、幽霊のようにはいって来た。

「困ったことになってしまいましたヨ」

こう云って、もうとても立っていられないという風に椅子にかけ、押し出すような息をついた。そこで私が語られたことは、三月《みつき》に亙る月経閉止、――紛れもない妊娠という事実だった。

「よしよし、もう解った。何しろそんな風をしてフラフラやって来られちゃア困る。どうにでもするから、兎も角も出て行ってくれ」

娓々《くどくど》と云おうとする女の顔へ、思わず叩きつけるような語勢が迸《ほとばし》った。薄穢い寝間着姿が罪人のようにしおしおと出て行った。

「まぬけめ！」

私は女の手ぬかりからでも起ったことのように一時に、ムカムカと腹立たしくなって来た。あの間抜のお蔭で俺の一生はすっかりもうだいなしだ、これでもうおしまいだ。――

私は、この重苦しい事実の前に、甚しく脅されている自分の虚栄以外のことはなんにも考えなかった。事の発覚、唯それを恐れた。女のことも腹の子のことも、まるで念頭にはなかった。こういう咄嗟《とっさ》の際にむきだしになった真正の私というものは、そんなケチな利己主義者だった。

午後俊之助兄を尋ねて来た君を廊下で待ち受けた。

「ちょっと」

「なんか用？」

「ちょっと」

君は兄にあとからそっちに行くからと断って、私と一緒に洋館の応接間にはいった。火の気がなく氷室《ひむろ》のように冷え切っていた。君の目が訊ねるように私の目を見た。

「子供が出来ちゃった」

「いつ解ったの？」

「今朝」

「今朝行ったのかい？」

こういう際でも私はまだ事実が語れなかった。外神田にいる煙草屋の女主人に起った事として辻褄を合せながら話した。君は、違う原因で同じような徴候を現すこともあるが、慥かにそうだろうかと、云って危ぶんだ。もしそうとしても、子供一人ぐらいどうにもして行ける、こうも云った。しかし私にはそんなことは今どうでもいい、この事実をない以前に拭い去りたい、唯この願望のみが、可能不可能の問題を超して私のあたまをいっぱいにしていた。

「まア、悪いことじゃないんだから安心していたまい。なり行きに委《まか》せるサ」

こう云って君は兄の待っている部屋へ行った。

四十二

その晩は有楽座の名人会へ俊之助兄や君と一緒に行く筈になっていた。三時頃からうちの用で出て、その足ですぐ廻《お》ろうかと思ったが、少し間があったので、一度帰って来た。この間に私の子供は死んで堕りていた。丁度、私だけ先に晩飯を済ませて出かけようとして女中部屋の前を通りかかると、いちが寝床から半身匐《は》い出して手まねきをしていた。他の女中はみんな晩飯の仕度で台所の方へ行っていて誰もほかにはいなかった。私はまず電灯を点けてからおずおずと側へよった。女は気味の悪いほど蒼黒く痩せ細って見えた。そこで妙に湿った手で私の手をとって、自分の過ちを雪《そそ》いだ人のようにその事実を告げたのだ。

「このくらいな……」

痩せ細った指を鉤《かぎ》なりに曲げて、堕りたものの大《おおき》さを示そうとする。私は見るに堪えなかった。

「いま急ぐ」

立って玄関の方へ出た。

「ざまア見やアがれ！」

私は私に仇《あだ》をしようとした何物かに向ってこう呟いた。臆病な子供が相手のいなくなったのを見極めた時あげる虚威張《からいばり》の鬨《とき》の声だ。無理な我儘を撤《とお》した殿様の喜びと寂さとを一緒に味いながら有楽座へ向った。そこの廊下を往ったり来たりして君にこのことを伝えた。

「まア助かったョ」

私は自分でこう云った。助かったのは私だ。むしろ私の小さな虚栄だけだ。助からなかったのは、——君はまたそこまで考えていた。私と一緒になって喜びはしなかった。

「自然にそうなったのなら、それでもいいが……」

ボックスには兄が一人でつまらなそうに歌沢《うたざわ》を聞いていた。

四十三

横浜から夜通しで歩いて来た荷馬車が玄関前に停った。待ち兼ねていた私たちはそこへ出て行って荷をおろしたり家へ運び込んだりする手伝いをした。暖い陽光が帽子を被らない頭や背なかにポカポカした。

「赤松、絵のはいっているのはどれだい」

君は離れた所からこう俊之助兄の方へ訊ねた。「そいつを先に開けて見ようョ」

私にも手伝わせて或る一つの荷をといた。枠から外した画布が幾巻も出て来た。そこへ兄が明るい外からはいって来て、当分は何も見えないという風に目を皷《そば》めながら、

「オイオイ、矢鱈にあけちゃいけないヨ。駄目なのがまじってるから」そう云ってから自分で一枚々々拡げて見せた。乱暴な筆使いと生々しい色調の絵が私たちの目を驚かした。私が考えていた絵と云うものから見ると、どれもこれも拙いものだった。たまに「こいつアいいな」と思うようなのは「やり損いだ」と云って兄は別の方へはねてしまった。屡々《しばしば》兄の口へのぼる画家の名も、私たちの間にはそう云われていなかったのが多かった。

小川の友達の紹介で、私たちが、——林と云う、以前巴里で日本美術を商っていた人の家へ印象派の画家たちの絵を見せて貰いに行ったのはそれから間もなくだった。モネ、マネ、ルノアル、ピサロ、ドゥガ、ギヨマン、ザンドメネギなどの油絵やパステルがあった。暗紅色の多いギヨマンの風景画が多数を占めていたが、瞶《みつ》めていると少しずつそういう絵から真実を見つける目が開かれて来た。やはりそこにあったコランの裸体などが薄ッぺらに見えて来た。私たちはこういう絵画の方からかえって多く自分たちの進むべき道を教えられるような気がした。

そこから帰ってから見ると、兄の絵などはまだまだ穏かな方だった。

四十四

「白樺」第一号の校正が出はじめる頃、私はインフルエンザで臥《ね》ていた。うちでは私がこういう対世間の仕事に関《かかわ》ることを、学生の身で早すぎると云う理由から好まなかったし、私も作品から事実を索《さぐ》られるような結果を惧《おそ》れて匿名を用いることにした。寝床で電話帳など繰っていい加減な名を拵えた。哲雄兄の原稿も北海道からとどいて来た。

「雑誌が出来ましたからお知らせします」

北小路君からの電話を取次いで来た。私はすぐに使を出して取りにやった。瀟洒《しょうしゃ》な七十頁ばかりの雑誌を幾度も繰り拡げて見ているところへ、君も一冊懐へ入れて喜ばしそうな顔つきではいって来た。その二、三日前丁度上京して来た哲雄兄や俊之助兄も私の枕頭に来て話した。君はその日北小路君へ集った仲間のうちで、沢君が心から亢奮してしまって盛《さかん》に騒いだことなど、目に見るような友達の様子を伝えたりした。

「一つみんな勉強して潰さないようにやるんだネ」

君たちの仲間よりも四つ五つ年長《としかさ》の哲雄兄がこう云った。

「ええ」

楽しい亢奮がお互の胸に通った。

四十五

前田君がアプサンという酒を君の家へ持って来て置いて行ったのはこれより少し前のことだ。初めは風邪薬のような匂いと化粧水じみた味とが快くなかったけれど、馴れるにつけてそれがよくなって来た。殊に、水に割ると今まで透明だった酒がオパアル色に白濁する、そのいかにも毒らしい作用がその頃の私の心を惹いた。君はよく「アプサンでも飲みに来ないか」と云っては私を誘った。

或る晩北小路君と三人で飲んだ。君も珍しく酔った。

「どうしても安住の地がないと駄目だネ。——そう云っちゃ誠にお気の毒だがネ」

君は肩を張って威張って見せた。矢鱈に「熟語」を造ることの好きな私たちの間には、一度きりで女を変える「遊び」に「放浪イズム」、続けて行くのに「安住イズム」というような言葉が出来ていた。

「いやなこッた。ボヘミアンにかぎらアねエ。えエ、伊吾」

北小路君は私の肩を叩いた。

「限るのか限らされるのかが問題だネ、つまり」君は床柱に凭《よ》りかかってニヤニヤしていた。

「そんなこたアどっちでもいいや。先方《さき》は先方、こっちはこっちサ」

　その頃の私にはこの言葉が弱音だった。いくらか捨鉢めいた気分で云い放つ弱音だった。私は自分を投げ出してしまったような心持に浸されている時が多かった。思い切って自尊心を傷けるような行為や言葉に不知不識《しらずしらず》追い込まれることが多かった。自己嫌悪の心が募って来れば来るほど、私は自分を容赦なく醜くした。そういう時には、唾棄しても足りないような自分を見ることが一番爽かな心持を誘った。

「伊吾には感心にいい子病がないからいい」よく君はそんなことを云った。自分ばかりいい子になってものを云う人のことを、よく「あいつはいい子病に罹《かか》ってるネ」などと評した。他人に酷で自分自身には寛容な人間を私たちは好かなかった。しかし、私のは公平無私な心から出る自己解剖ではなくて、独りで痛烈がっている自己虐待だった。実のところ「先方は先方。こっちはこっち」ではすまなかった。内心頻りと「安住の地」を覓《もと》めていた。

　その晩私は手足が痺《しびれ》るほど酔って君の家へ泊った。銀灰色に曇った午後の光で私たちは寝床のなかから不愉快なお互の顔を見合った。

「頭を苅ってしまおう。どうだい、伊吾も一緒に苅れヨ」

　床屋の椅子に並んで腰かけて、私は四、五寸ほども延びた髪の毛を切らせた。

　その日の新聞には荻原守衛《おぎわらもりえ》とマアク・トウエンの死を報じてあった。それを床屋で見た。

「マアク・トウエンはもうするだけのことはしてしまった人だからいいが、荻原という人は気の毒だなア」

君は一ツ木の通りを歩きながらこう云った。日本で展覧された最初から、君はこの彫刻家を褒めていた。

「ウーン」

私の心は暫く忘れていた自分の仕事の方へ急に引き還された。「さアさア、大変だ、大変だ！　こんなことをしちゃアいられないゾ！」わくわくと唯そんな気がする。なんとなく胸苦しくなって来る……。

「ウーン。ええと、なんだっけナ」

それを紛したいような心持から、なんでもいいから喋っていたい。云うこともないのに私は口を開いた。「こうっと」唯こんなことを云っていた。

その日は上野から、君には幼年の思い出のある根岸へ出て、千住の方まで当もなく歩いた。私たちは電車のなかにすらじッと止っていられなかった。次々と目に映って来るもの、耳に聞えて来るものに就いて何かしらのべつに喋っていないと、すぐにあたまに飛びかかって来るようなものがあった。それは、君のと私のとでは違ったものであったろうけれど。

夜、吉原へはいった。

「馬鹿に女が綺麗に見える日だナ、今日は」こんなことを云っていた君は、或る店の前で立ち止ってしまった。豊な感じのする女が上《かみ》にいた。

「立派じゃないか」

「立派だネ」

私たちの持ち合せではとても駄目だと云うので、またぶらぶら廓外へ出た。

「あああ」その、君の大袈裟な溜息が急に可笑《おか》しくなって、私たちは止めどなく笑った。

その日私は雑誌の金で預っているのを懐中していた。それを話すと君は、

「なんだい、伊吾は、早くそう云やアいいのに！」

こう云いながら二、三歩行ったと思うと、薄暗い象潟《きさかた》町の道ばたにいきなり蹲《しゃが》んでしまった。

「それを聞いたらもう一ト足も動けなくなった。帰ろう。オイ、伊吾、もう一度帰ろう」

ちょっと押問答のあった末、私たちはまたもと来た道へ引き返した。この時初めて君と一緒にそういう所へあがった。それまで一緒に行った所では、決して別々の部屋へ行ったことなどはなかった。「それじゃア」などと云って一人が立って行ったりすることは、想ったばかりでも羞かしかった。

夜晩《おそ》くそこを出てから、君は「安住」へ行った。私は一人でうちへ向った。——浅草のはずれから麹町まで。

四十六

俊之助兄と一緒に君は行徳《ぎょうとく》までさよ君の母親に会いに行って、その結果を私を通じてうちの母まで伝えるために、或る日私を訪ねて来た。私ももうこの破約の話をさして不快には思わなかった。むしろその話の綺麗に片づくことを望んでいた。

「赤松はもうちっとこういう問題に神経質であってもいいナ」

君は俊之助兄に就いて何か飽足らず思う節《ふし》があったと見えて、それをまた君の性分で黙っていられないで、こう不愉快そうに云った。

俊之助兄が帰って来た当時、それまで殆ど毎日のように遇っていた君が、うちへ来ても兄の部屋にばかりいて、たまにそこへ加わってもなんとなくのけ者のようにされる、——六年前兄が欧洲へ発って行く時分、私は毎日のように往き来していた君たちを側から唯羨《うらや》ましく眺めていたものだが、こんどはそれがなんとなく不愉快だった。兄と君の間を嫉妬するような感情を自分でどうすることも出来なかった。君が兄と一緒に私の知らない所で夜を更《ふか》した話などを聞く時、殊にそうだった。こういう女性的な感情を私はかなり沢山もっていると思う。

「どうしたんだい」

「どうしてってこともないが、一体にサ」

私は君を兄の手から取り戻したような喜びを感じた。それから一ト月ばかり後のことだった。

「伊吾のことで昨夜《ゆうべ》は随分ヒドく兄貴と云い合をしちゃったぜ」

私の顔を見るなり君はこう云った。俊之助はその頃の私のデカダン風な生活を案じて、君が側でなんの責任もなしに興味の目で、闇に奨励するような興味の目でそれを眺めていることを責めた。君はそれに対してどういう風に答えたか知らないが、兎も角も兄の私を見ている目には「兄弟」というちょっと取り去りにくい色眼鏡がかけられている、それを通して、弟としてではなく、小説を書こうとしている伊吾を見るのはいけない、――こんなことはその時私にも云っていたが。

「しかし、実際俺は伊吾にとっての悪友かも知れないヨ。悪友だネ、かなり」こう云いながら君は片一方立てた膝の上で紙片《かみきれ》をいくつにも折っていた。「悪友」という言葉は私の弱い性分を一方に確認しなければ云われない筈の言葉だ。それを平気で君に使われては、事実は兎も角も、私としていい気持はしなかった。

「しかし俺は、――昨夜も兄貴にそう云ったんだが、君のことに就て少しも責任は負わないヨ。俺には実際そんな爺むさい心持にゃなれないからナ」こう云ってから少し冗談のように、「伊吾がどうなったっておいらのせいじゃないヨ。いいかい、そのつもりでいてくれヨ」

いくらその頃の私でも自分のことを他人に責任を持って貰いたくはない。それは有難いが、そんなことを半ば冗談のような態度で言明される、――この際自分の態度を明かにして置こうと云わぬばかりに言明される私だと思うと嬉しくなかった。しかしその時兄が私に対して抱いていた考えに比べれば、まだまだ君の見方を有難く思わなければならない。永い間に堅まった「友情」にいくらか響けるくらい云い争った実際上の効果に対しては、殊に感謝しなければならない。私はことさら明瞭な返事を避けながら君の話しを聞いていた。

四十七

一ト月ほど宿もとへさがってあと養生をして、どうやら健康を回復して帰って来たいちから、私がかつて流産のように聞かされていたのが、実は堕胎であったことを打ちあけられたのは、丁度この時分だ。

私は最初からこの女に対しては圧制的だった。或る事情と性質とから、女はその年齢《とし》になって処女だった。（私は永い間それを疑って見たが。）それまでも母らしく私の上に注がれていた愛情が、忽ち烈しい恋慕の情に変って行った。それを虐《いじめ》ッ児のように意地悪くひねくれて斥《しりぞ》けたり、また「ナナ」などから学んだ方法で熱情を掻き廻したりした。まるで「色師」と云うものが巧に女の感情を上下して楽しむような興味や、全く掌《て》のうちに握り込んでいる者に対する惨忍性、私はどうしてもそういう類型的な小さな興味にばかり動かされていた。

宿もとから帰って来てからの女に対する私は、それでもいくらか憐憫《れんびん》の情をもつようになっていた。堕胎のことを聞いたのはそういう時だった。

私に一ト言の相談もしずに、そういう思い切った所業に出たいちのその時の心持を、私はいつになく哀れに思った。「へ、色ッぽいこたア云いッこなしサ」すぐこんな小ヒドい口を利いたりして、自分たちの関係をただ体の上だけのことにしようとしていた私が、そういう考えを無理にも女へ毒注した私が、とりも直さず堕胎の下手人である。それでいて、私は全くこの犯罪（法律上のそれのみを指すのではない。）から無辜《イノセント》である。こんな善良な感じのする事実に対しては、有繫《さすが》ひねくれた私も皮肉な見方をして北叟笑《ほくそえ》むことは出来なかった。快い悲しみに身を投げだして泣くことが出来た。少くもその話を聞いているその現在に於ては。

この話を持って私は君を訪ねた。それが、脣から出るときヒドく無価値なものになって行くのをどうすることも出来ないと思った。いつの間にか、いっそのこと、君が私を常にそうであると云う皮肉な利己主義者になって話そうとしていた。

「伊吾という男は思ったより太い奴だ」

君の日記のその日の條《くだり》にはこう書いてある。

四十八

雑誌の挿絵の原稿を持って製版所や木版屋まで行くにもなんとなく一人で行くのが馬鹿々しいような気がして、いつも君と誘い合せた。よく日比谷公園の東南の隅に残った、大きな木のある石垣の上などで待ち合せて一緒になった。

木挽町の裏街にある木版屋を出て、祝橋を渡るとすぐ左側の、繁った樫の花の匂いが鬱陶しい梅雨の空気に執拗《しつこ》くも滲み込んで、悩ましいくらい感能の亢奮を誘った。私たちは泥濘《ぬかるみ》の道を傘を拡げたりつぼめたりしながら歩いた。

労《つか》れ切った軀を狭い玄関口の雑踏にもまれながらやっと下足を取って常盤木倶楽部の落語研究会を出るような時でも、すぐにはうちの方へ足を向けなかった。日本橋の仮橋の上に立って、初夏の西日のなかで働いて居る石工や土工を、やや暫く眺めてから、魚河岸をぬけ、うちを背にしてどこを当てともなく逍遥《さまよ》って行った。

暗い大川の水を竹屋の渡しで渡って来れば、きまりのように待乳山《まっちやま》へ登って浅草公園や吉原の明るい空を眺めた。長い並木の通りも長いとは思わなくなったほど歩いて往き来した。垂れさがった柳の葉をステッキで打ち切ったりしながら、川に沿ってまた新大橋、中洲あたりまでくだった。二人きりで乗った渡船の船頭に船を流させて置いて、労れた軀で游いだりした。

気象台の入口のところから深い濠の方を見て、「一度でいいから初めて来た心持でここを眺めて見たい」などと語り合いながら元衛《もとえ》町の武者長屋に沿って印刷局の方へ出て、日本橋あたりで夜食をしてからまた歩き始めた。

月の晩、明石橋の袂《たもと》から月島へ渡って、海の風に吹かれながら長い相生橋《あいおいばし》の上に佇んだ。それから深川へ出て、木場のなかを檜《ひのき》の高い香を嗅いで歩いたり、洲崎の方へ出たりした。夜おそく猪牙船《ちょきぶね》で乗合の若者の女話しなど聞きながら、ゆさゆさと仲橋の方へ運ばれて行った。

　こんな風に私たちはかなり多くの時を街上に暮した。一つには癖でもあったが、また額《たか》の知れたうちから貰う小遣銭の制限にもよるのだが、どこにも落ちついていられないようなソワソワとした気持も兎角私たちを街上に引き出した。東京市の塵埃を焼き捨てている原で、四十五、六の男の乞食が独りでわけの解らない踊りを踊っていた。堤防に腰かけてそれを眺めている私たちのほかにも、いかにも深川の住人らしい若い者が二、三人立って見ていた。その一人がヒドく利いた風な顔をして乞食をひやかしている。「ウム、てエしたもんだ、どうも見受けたところ藤間のようだネ」などと。その意地の悪い毒舌を、乞食の方ではまた、どこを風が吹くか、という風に受け流している。で、若者はだんだんあせって来た。

「乞食の方がよッぽど役者が上だなア」

私たちはこう評しながら頻《しき》りと利口がった馬鹿を痛快な心持で見ていた。街を歩いていると、よくこんな些細な、しかし面白い事件に遭遇《であ》った。これも私たちの疲れて繊細になった心が汲み取るには尽きない興味だった。

五、六時間くらい続けさまに歩いていることは珍しくなかった。それを仕事のようにしていても有繋《さすが》に二人とも労れてしまうことがあった。躯の労れから心までなんとなく堪《こらえ》性《しょう》がなくなって来る。なんの検則もなく、無意味な、どうかすると下等なことをベラベラと喋ったり、俗謡でも唄っているより仕方がない。そういうお互をたまらなく醜く思うようになって来る。その心持がまたすぐにお互に通じる。「いやだいやだ」胸さきへジリジリと嫌悪の情がこみあげて来る。

そこで二人別れてしまえば、唯別れて家へ帰りさえすれば、くだらないものでも読む、よしそのまま寝てしまったとしても、こんなだらけ切った醜い自分と、それを映す鏡のような相手とを見ながら、不愉快な、穢らしい、滅入り込んで行くような心持に浸っているよりはいくらましだか知れない。

「一人になろう！」

君は幾度も心にそう思う。

「ああ、いやだいやだ」

私もそう思う。それが、どうしても別れられない。——こういう一種不合理な関係がいつの間にか君と私との間に、女郎蜘蛛の巣のように粘り強く、複雑にまつわり附いてしまった。その関係をまた私たちは他人《ひと》ごとのように語ることも出来た。どちらの固有でもない、二人の間に自然と生じて来るこの関係を熟語好きの癖から「化学作用」と名づけたりしていた。普段はそれほど離れて考えることも出来るのに、いざその場となると、ずるずると引きずり込まれるようにそういう状態に陥って行くのをどうすることも出来なかった。

大川端の水練場の跡の丸太に腰かけて、三十分ぐらい口を利かずにいることがある。お互に別々なことを考えている。――「かッ」と君はヤケに咽《のど》を鳴らして水の上へ唾を吐く。

「歩こう」こう云って立ちあがりながらふと自分たちの姿を他人の目で眺めたように、

「まるで失敗の四、五遍もやった人のようだぜ」

こんな折々の警句でも、いくらか私たちは自分等を新鮮にした。

総ての慾が満されている。どうしたらば、と云う望みもなく、唯なんとなく物足らないような気がする。どうしてもうちへ帰って寝る気にならない。夜がふける。方々で雨戸を閉《た》て始める。どうにもこうにも仕方がない。――そんな心持のとき、酒ならおでん屋のかん酒でもいいと云うほどの酒好きだった私が、梅園《うめぞの》にはいって羊羹《ようかん》と塩餡《しおあん》を喰べた。これだけの事実でも、私たちは顔を見合せて堪《こら》え切れないほど他愛なく笑った。その笑がやんだ時、ふと遥かに明るい気分に浮びあがっている自分たちを見出した。その景気でまた別れられなくなる。今度は心からまいってしまって、とうに電車はなくなるし、人通りさえ稀になった日本橋通りをへとへとになって歩いている。仙女香の飾窓の鉄棒へ腰かけて、いつまでも饐《す》えたように醜い自分をさらけ出していた。

　こういう関係は君と私との間に限られていた。他の友達とでは、君もそれほど不可抗力な粘着を感じはしなかった。また他の友達が一人でも一緒にいる時には、それぞれ違った性質の化学作用が起った。

　所で、君の方のことは暫く措く。私は、この醜い、自己、並に相互嫌悪の状態に沈湎《ちんめん》している間の、だらしのない、不貞腐《ふてくさ》れた、上ッ調子な、下劣な感情にも、不知不識《しらずしらず》の間に不思議な魅惑を感じていたという矛盾をまるで書き加えないとすれば、それは嘘になると思う。

　誠心誠意ということのなくなった、人生に倦み疲れた、唯感能の刺戟だけに生きている、――と称する人間が当時の日本の文学に深刻な顔を顰《しか》めていた。私の顰めッ面がその自然派的浪漫的人の面《マスク》だったとのみは云わない。それよりも更に悪いかも知れない。一時藁火のように熱しても、執拗に喰いさがっていることの不得手な私の根弱い性質から、私は過去としていくらももっていない自分の生活に疲れていた。そしてその従来の生活から蟬脱《せんだつ》して出ようという勇気には乏しかった。だらしのないと云うことも、不貞腐れと云うことも、上ッ調子と云うことも、下劣と云うことも、こういう古池のような生活から湧きあがる沼気《しょうき》である。しかし私の周囲は、この沼気を第一義の、一流の文学に創造した文学者をこそ尊敬はしたれ、沼気そのものに同感を表しているには余りに足早に歩いていた。成長することばかり考えていた。正直な話は、私と君との「化学作用」に於てのみ自分のうちに溜って来る沼気に心置きない発散の口を与えることが出来たのだ。それが事実である如く、また一方にはそういう感情を醜く厭わしく思う正反対な感情をもっていたことも事実なのだ。

　この矛盾した心の二方面は、私の生活にも、同時に作品にも形をとって現われて来る。しかしそのことに関しては、私以外の何者の唇も私の面前で動かせたくない。順序を追ってそのことも書くつもりだが、このことに関して近い頃二度動いた君の唇を私は忘れない。それが平気になる時が自然と来るまでは、私はそういう唇の所有者を、（勿論動機の問題ははいって来るにしても、）決して快しとするわけにいかない。

四十九

　七月の初めから「白樺」同人の手伝いで俊之助兄と、兄よりは少し遅れて帰朝した林君の滞欧中の作画を上野の美術館で展覧することになった。額縁の註文、会場の設計、目録の原稿、やってみるとなかなか用は多かった。開会の前晩、額縁屋から来ていた職人は徹夜で仕事を続けなければならなくなった。別段もう用というほどのこともなかったのだけれど、面白半分上野で夜を明そうとしたのは君と北小路君と俊之助兄と私だった。

　蒸し暑い空気にポツリポツリ雨が落ちだした頃からおそろしいほどの蚊の群に襲われた。兄はとうとう堪らなくなって、十二時頃から山下の宿屋へ寝に行った。私たちは風の通す方へ縁台を持ち出し、山下に住む君の従兄弟から送ってよこした瓶詰の酒など飲んでいた。誰だか大きな置き戸棚へ物を探しに行くと、その中で、腹を悪くしていた額縁屋の番頭が、頭から風呂敷を被ってウンウン唸っていた、こんな話をもって、職人たちも手足をポリポリ掻きながら時々私たちの側へ出て休んだ。酒好きなのは湯飲みでやっていた。三時頃雨が止んだ。私たちは公園のなかを歩き廻ったが、そのうちふと気が変って吉原までテクテク歩いて行った。むこうへ着く時分にはしらしらと明けて来た。君と私と合乗りでドシャ降りのなかを会場へ帰って来ると、林君が一人でぼんやり入口に立っていた。額縁を積んで来た車力《しゃりき》は酒臭くなって縁台の上に寝ていた。

　新聞記者や同人と近しい画家、批評家など招待した晩、帰り、君と私とはうちの方へ向いて歩く気がしず、また当もなく歩いた。三味線堀の辺を歩いていた時、君は、その頃続いて雑誌に出ていた「別れたる妻に送る手紙」の批評を始めた。どっちへ落ちてもいけない、馬の背のような細道をテクテクと静かに行くような作者の態度を褒めていた。それが機縁《きっかけ》で、いつものぶらぶら歩きの時のようではなく、真面目な話を続けていた。でも、いつの間にか足は吉原の方へ向き、初めて、君の行きつけの角海老《かどえび》へ一緒にあがった。暑いのに毎日上野通いをしているうちに閉会の日が来た。その日はまた特別な暑さだった。君と小林君と私は山下の銭湯へよって汗を流してから、京橋の茶料理屋の方へ行って、慰労会に集った友達と一緒になった。

　話し声や笑い声が見るみる盛になって行った。隠し芸なども始まった。東久世君や沢君や小川のような酒を一滴も飲まない人たちまで釣り込まれて元気になった。

「ア、ヴオトル、サンテ」

　方々からこの声が綾のように入乱れて飛んだ。

「J――の健康のために」

「L――の健康のために」

　新帰朝者が、二人にしかわからないこんな乾盃を始める頃には、席がメチャメチャになっていた。

　酔った。銀座の裏通りを大声に喚《わめ》き立てて歩いているうちに、君と私とは仲間を見失ってしまった。間違えて、郵便屋のあとをセッセと追った。何か冷たいものの上で横になっていると、君が引きずり起すようにして電車に乗れと云う。赤電車だった。前の俥で君が壺坂を唱歌のように唄っている。私も一緒になって唄った。君の「安住」の部屋にいた。

「この前の女なら御免だぜ」私はこんなことを云った。

「今に、今に俺がこの大女郎《グランダーム》と或る有名な小説家《セレーブル・ロマンセエ》のことを書いてやらア」こんなことも云った。

男が源氏名を書き連ねた紙片を持ってペコペコしながらはいって来た。別の女もそこへ顔を出して何か相談していた。

「年増でもよござんすか」

「いいッて」

長い廊下のはずれで太竿の音がしていた。そこへ行ってからまた私たちは「義太夫唱歌」を唄った。

翌る朝は脳が塞がって心持の悪い脂汗が滲み出た。ギラギラする夏の陽光に目が眸《みひら》いていられなかった。笹乃雪で朝めしをすませてから上野へ後片づけの手伝に行った。

五十

展覧会がすんだ後、私は北小路の弟や高山、岩田などと思い出の多い鹿野山へ行った。真昼どき東京湾の水面を見おろすとなんとなく夏の悲みが湧いて来た。よく鳥井崎の掛茶屋へ懶《だる》い軀《からだ》を投げ出しに行った。晴れた日には横浜や東京の煙がモヤモヤと見えた。

「あれア深川の電灯会社のだぜ」

「あのちょっと右の方から、こっちの山を眺めたこともあったっけ」

「始まり、始まり」

北小路の弟や田島も、私のお喋りから「遊び」を始めていた。「麦」仲間と一緒の時には、吉原より洲崎へ多く行った。ややともするとそこの話が出る、それをまた高山や岩田が側からすぐに揉み消しにかかった。

川開きの時分にはまた東京に帰っていた。君や東久世君と誘い合せて両国へ行った。

「打ち揚げは江戸ッ児の表象《シンボル》だネ」

こんなことを云って見ていた。帰りには大川端から浜町の方へ歩いて来た。その時分私たちはもうあの辺の小さい待合を知っていて、ちょっとそのままは帰りにくい気持にされた。

「どうする？　もっと歩くんなら、僕はここで失敬すらア」

こういう場合、いつも東久世君は私たちに気を兼ねて何気なく別れてしまおうとする。それがまた私たちの方では辛かった。東久世君の考えにすれば、私たちのしていることは、唯私たちがしているという点で触れずに置く、他の人なら許せない、賤《いやし》まずにはいられない、そういうところがあった。

私たちの仲間で東久世君の思想に少しでも影響されていない人は少い。何事にも自分本位な君にすら、多少ともそれはある。私たちの間に始まった「遊び」が追々あたりをまで浸蝕して行くのを見ることは、東久世君にとって、どんなに自由な心で見ようとしても、決して快いことではなかった。私たちの方でも、その方面の話は、隠すと云う意味からではなく、そこへ触れさせたくない心持から東久世君の前を避けるようにしていた。

「帰ろうかネ。伊吾どうする？」

「俺も帰らア」

東久世君の敏感に対しても、私たちがそこで露骨に別れることはいやだった。

仲間うちでも、自然、遊ぶ人と遊ばない人とが別れわかれに塊《かたま》るような傾きが出来て来た。しかしそれによって、個の友誼や敬愛の心に少しでも渝《かわ》りが来るようなことはなかった。

五十一

毎日々々雨が降り続いた。浅草、本所、深川辺の出水《でみず》の記事が大袈裟に新聞に書きたてられた朝、君は電話をかけてよこした。

「大変だネ。出かけて見ないか」

「僕の方でも相手を物色していたところサ。君は洋服かい？　例のゴム長だネ？」

事あれかしでいる私たちは勢込んで出かけた。深川から本所、それから向島の方へ出て行った。君は雪と見るとすぐに穿いて出るゴムの長靴で脛ぐらいまでの水では平気だったが、私のは乗馬用の長靴のしかも少し洩るやつだったので、ポンプのような具合になってかえって膝あたりまで水づかった。土手が一ヶ所こわされていた。そこらには二階の窓から舟で出這入りしているような家もあった。浅草公園の方へ来てみると、私たちのような弥次馬の数が急に増した。ジャブジャブ水を渉って行く人を、床に届こうとしている家のなかから、女が普段よりも景気づいて呼び込もうとしていた。夜の十二時頃にはドシャ降りになって来た。私達は雷門の郵便局へ逃げ込んでお互の外套を二人がかりで絞ったりした。御堂の廻廊にはそこで夜を明そうとする人が大勢いた。そんな所へきっと現れて来る話上手の周囲に集った人の輪が、あっちこっちに出来ていた、どこへ行っても大事件を話す語調でしかも呑気な面白ずくの心持で頻《しき》りと弁じ立てている男を中心にして。

　どうも昨日の洋装はかえって失敗だったと云うので、翌る日は浴衣がけに足駄、腰には手拭をぶらさげて出かけた。吉野橋のところで川へ落ちた男があった。それを助けに行った男がまた落ちた。巡査もぼんやり立って眺めている。

「竿を出してやれ、竿を！」遠くの方から君は大きな声をして怒鳴り立てた。そのうち二人ともあがって来た。それを見ると君は、「よしよし、それでよし」こんなことを云った。この調子で歩いていると、どこへ行っても面白いことがあった。山谷から地方今戸の間の道は軒よりも高く水があがっていたが、その横町を抜き手を切って游いで行く男があった。

「うまいもんだなア」君がぼんやり立って頻りに感心して見ているすぐうしろでは、その辺の者らしい爺さんが、

「何もこの場合抜き手を切るにゃ当るめエ」

　と云って憤慨していた。

「こいつア面白いや。時々こんなことでもないと、東京ももう倦《あ》きあきしたからナ」

吉原へはいってみると水道尻の方では砂俵を積みあげたりしていた。私たちは濡れた足を角海老の店口で拭いた。

翌る日は研ぎすましたような青い夏の空が出て、ばかに暑い日になった。私たちは歌ガルタなどして夕方までそこで遊んでいた。

帰りに今戸の榊《さかき》君を見舞った。階下《した》は床より三、四寸あがっていた。その取り込んだ二階で私たちは呑気らしく話し込んで、御飯まで御馳走になった。言問《こととい》あたりの対岸からワー、ワーッという声が聞えて来る。青葉に映る焚火や松明《たいまつ》の火が美しい。そのうち権現堂の堤が決《き》れたと云うような噂も伝って来て、結局細君や手伝に来ていた義姉《ねえ》さんたちは芝の親類へ行くことに話しがきまったので、私たちは榊君と一緒にその水の上の二階で寝ることにした。もと芸者だったここの細君は、出がけに、榊君の手に水天宮の御札を握らせた。

五十二

俊之助兄の婚約が調《ととの》った。君も私も別々にその相談をうけた。さよ君の方の話しが片づいてからまだ幾月も経っていない、そんなことが私にはやっぱり頻《しき》りと気になった。

「赤松はヒドく社交的になったネ」

君は私を捉えて兄の評を始めた。私は、自分の親兄弟を一個の人としてのみ見るということは、好悪の上から、余りに厳しいその現実味の故に、好かなかった。肉親の情を通してぼんやりと見ていよう、こう心がけるようにしていても、どうもそうばかりもいかなかった。やっぱり兄の蔭口を利くようになった、公平であろうとして、自分の言葉を二重、三重に吟味しながら。

五十三

「遊び」に伴う病気に対して君は十分注意深くしていた。私にも始終それを云った。所が私はまた、その場の云い遁《のが》れではなく、「感染《うつ》らないと堅く信じている俺に感染るわけがない」という言葉で、いつもそれに答えていた。私はどうかすると妙に迷信的になることがある。堅くその考えをも迷信していた。

「そんなやつがあるもんか。神経系統の病気ならいざ知らず、何しろ先方《さき》は黴菌《ばいきん》だぜ。そんな遠慮会釈はないヨ。そんな呑気なことを云ってると今にヒドい目に遇うから」

とうとう私は遠慮会釈なくやられた。展覧会の時分酒など送ってよこした君の従兄弟の医院に紹介して貰おうと思って、私は君へ電話をかけた。

「それみろ。云わないこっちゃないんだ」君もこうは云うものの、何しろ私が君の起した「運動《ムーヴメント》」の最初の贄だったから、一緒に或る他の医者へ行ってくれた。私には医者の「安静にしていてください」という意味もよく解らず、その足ですぐまたぶらぶら歩き廻ったりした。

「ナニ、一週間ありゃ癒《なお》してみせらア。風邪なんてものは、どうでもいいと思ってるからなかなか癒らないんだけれど、自分でいやだと思う病気なら、そのいやだいやだと思う念力ですぐに癒る筈のもんだョ」私は病気の性質などにはまるで無関係にこんなことを云っていた。

一ト月ほど遅れて今度は君が罹《かか》った。毎日大抵病院で一緒になった。帰り途《みち》にはその日の容態など話し合ってお互に養生を励むようになった。院長も面白い人だった。仕舞には病院通いが楽しみになった。晩にはよく席亭《よせ》に行った。あの、時勢遅れな感じのする芸が、殊にこんな体の時には一番納り具合がよかった。

十一月の「白樺」をロダンの誕辰《たんしん》七十回紀念号とすることにした。その原稿を書きに行っている俊之助兄のあとから私が芦の湯へ登って行った頃には、もう病気も全快に近かった。澄み乾いた秋の空気で山々は近く美しく眺められた。私は一人でゆッくりゆッくり登って行った。実を取ろうとして柿の木に登っていた爺が、枯枝を踏み折って落ちた。畑を横切って方々から百姓が駈けつけた。庭さきまで背負われて来た体の大きな爺は、ウンウンいいながら独りで廊下から這いあがった。すぐに人々は散って行った。畑の土の上に鞋《わらじ》で、足音のない国のような気がした。

久振りで私は長閑《のどか》な心持になった。見るものも聞くものも珍らしく、不思議に心に滲み込んで来た。ゆッくりと独りで味うような心が開けて来た。

「俺は忙し過ぎる。友達に遇《あ》い過ぎる」

君のことも考えていた。普段私はそれを考えてみる暇もないほど君と遇い続けている、そんなことにも気がついた。

私は兄を残して、ロダンの小伝を持って一人で山をくだった。国府津の停車場ではだいぶ時間があったので、ふと思いついて、宿屋でくれた絵葉書を角海老の女へ書いて出した。

五十四

俊之助兄の結婚披露の時には「白樺」同人は大抵集って来た。

「もうじきですネ」林君は君の側へよって来ていつものゆッたりした調子でこう云った。

その春受けた体格検査で、君は甲種合格で兵役に服することになっていた。もう入営の時も間近だった。

「ええ。いよいよ」

「大変ですねエ」

「どうも不運と諦めるより仕方がありませんネ」

社交的な言葉となると、時候の挨拶一つろくに云えない私たちは、天井の高い大広間の隅の方に、フロック・コオトや白襟《しろえり》紋附の人々から離れて、一ト塊りになって陣取っていた。

「今日は一つメンツェルをやろうかナ」

小林君はこんな冗談を云った。メンツェルの描いた宮廷内立食の図に、高帽子《トールハット》を膝の間に挟んで皿とフォクを両手に持って食っている男が描いてある、その可笑《おか》しな恰好を周囲の友達もすぐに思い出した。

「どうも、鳥打帽《とりうちぼう》じゃア仕方がないナ」

「第一和服じゃア引ッ立たないヨ。見えなくなっちまう」

時々東久世君の無遠慮な高笑いがはたの注意を惹いたほど、私たちはすぐいつもの「七義」で夢中になってしまった。

話の圏《わ》が方々へ中心を移した。その二、三日前にあった「パンの会」という芸術家ばかりの懇親会の有様が、そこへ行った友達の口から引き出されている。私たちの対世間の「作者《ライターシップ》」はまだ一年に満たなかった。文壇人というものには殆ど一人の近親《ちかづき》もなかった。私たちの一ト塊りは少しもそれを望んではいなかったけれども、作品を好いている作家にはやはり会ってみたい好奇心はあった。「新潮」でよくやる下等なすッぱぬきなども、やっぱり興味を以て読まないではいられなかった。殊に役者の素顔にすらかなりの興味を感じる私などは、冷淡を装いながらも、妙に文壇人の私生活を噂として聞くのを好んだ。で、その懇親会へも私は出かけた。ほかには北小路君と辻村君とが行った。

「どうして、『白樺』はなかなか評判がいいぜ」

「某《なにがし》は人のよさそうな男だヨ」

「某には驚いちゃった。酔ッぱらって吠えるんだもの。ねエ、伊吾、可怕《こわ》かったネ」

某々《だれだれ》が何の批評をしていた。君のものを褒めていた。某は早く帰った。それと一緒に芸者が一人消えてしまったそうだ。某は真赤になって雛妓《おしゃく》を側へ引き寄せて離さなかった。こんなことを伝えて話す私たちの周囲《まわり》には、少し皮肉な薄笑いを含みながら、しかも興味を隠し切れない眼差《まなざし》などもあった。

人々がそろそろと食堂の方へ動き出した。

「行かないか」

主人側の私がこう云ってまず椅子を離れた。

五十五

君の入営の前晩には友達が大勢君の家へ集ったけれど、私は風邪気《かぜけ》で行かれなかった。実は行かれたのだけれど、母が心配して出さなかった。

で、翌る朝私は三時半頃から起きて、動きがとれないほど厚着をして、ザアザア雨の降るなかを俥で両国の停車場へ行き、君を待ち受けた。一緒に、斜に雨が頻《しぶ》吹き込んで来るプラットフォームへはいった時分には、全く白い朝に明け切っていた。

汽車のなかの私たちには話題がなかった。なんと云っても、仕事は私たちの話題の主調だった。君からは、向う一箇年の仕事というものが形としては奪われていた。また、私のことにすれば、「私」と云うものから「君」の「不在」という事実がどういう意味のものであるか、朧《おぼろ》げながら考えさせられる時だった。そういう時になって、私は、自分たちの「生活」がかなり多くの部分に於て混り合ったものになっていたことを知った。殆ど二人の男が混り合うことの出来る最後の点まで行っている。私たちが本能的に陶冶《とうや》しずにはいられない趣味性の点などでは、殆ど歩調をそろえている。仕事すら実は共力でやっているようなものだった。しかし、そういう生活状態と君との関係と、私との関係とでは全く別なものだった。君にとってはいつ何時でも擲《なげう》つことの出来るものだ。所が私はいつの間にかそこに全身を浸していた。煙草好きにとっての煙草以上の中毒にかかっていた。

私は煙のなかにいる喫煙家で、煙草の本質に就いては無智識だった。煙のなかではそれを考えてみる気も起らなかった。――君の入営は私にとってただ心細かった。

「帰りの汽車は一人かナ、二人かナ」

まだ今日の再検査ではねられるかも知れない可能性があった。

「一人じゃアお互には慊《かな》わないや」

「伊吾が慊わないのと俺が慊わないのとじゃア、だいぶ慊わなさが違うからナ」

さすが話好きの君も、ものの不決定から来る心のソワソワしさに堪えないで、不機嫌な顔をしてすぐに黙り込んでしまった。

市川へ着いた時分にはなんとなく不安が昂まって来た。どうも君はとられてしまいそうな気がした。それでもまた呑気らしく、練兵場を横切って雨のなかを飛ばして行く騎馬の兵士をぼんやり眺めていたりした。

頑固な鉄《かな》火《ひ》鉢《ばち》の出してある附添人の待合所へ、軍服に着更えた若者がぎごちない様子をしてはいって来たり出て行ったりしているうちに、上下各種の階級を現す身なりをした大勢の附添人はだんだん帰って行ってしまった。私と君のうちの下男と二人だけが残った。退屈な、永い時間がのろのろと移った。午後になっても君は出て来なかった。

「どうなすったんでしょうかナ」こう呟きながら下男は医務室を覗きに行って、序《ついで》に酒保で堅パンを買って来た。私はゴロゴロ鳴るほど腹がすき切っていたが、妙に食慾はなかった。うんと着込んで来た着物の重みで肩がはって、頭痛までしだした。三時過ぎになって雨がやんだ。とうとう君が出て来た。

「兎も角も今日は帰れないや」

「それで？」

「まだはっきりしたことは解らないんだ。耳なんぞどうもないッて云ってらア」

私は黙って君の顔を見ていた。

「仕方がないや」それから下男から風呂敷包みを受け取って、「来て見ないか」と云いながら先に立って志願兵の部屋と云うのに案内し、そこで君は軍服姿になった。

私が両国へ帰り着いたのはもう六時頃だった。与兵衛へ行って一人で酒を飲んだ、まるで恋人にでも別れて来たあとのやけ酒のように。

五十六

次の日曜日に又友達は君の部屋に集った。まだその時にはどっちともはっきりきまらなかった。

「大抵駄目かも知れないョ。どうも最初の体格検査の時にあまり落ち着き過ぎたんだョ。でも、面白いや。いよいよ駄目なら一年やらア」

やがてまた軍服に着更えた君は私たちと一緒に門を出た。

二、三日して、

「兵役免除。明日帰る」

こういう端書を受け取った。

帰って来ると、君と私とはその一週間ばかりの間のとり返しでもつけるように、また始終一緒になった。兵営生活の話など聞きながらよくぶらぶら歩いた。

或る晩私たちは鎧橋《よろいばし》ぎわの「鴻《こう》の巣《す》」で、私たちより先に世間へ出ていた二人の若い作家たちと一緒になった。二人ともかなり酔っていた。まだ二、三度しか遇《あ》ったこともないのに、佐竹と云うその一人が突然君の方へ顔をよせてこう私語《ささや》いた。

「此糸《このいと》ネ、君。此糸ネ、君」

此糸と云うのは君が「安住」と呼んでいた女の源氏名だ。君は呆気《あっけ》にとられたような顔をしていた。それから佐竹君はかつてその女に就いて書かれた新聞記事など話し始めた。

私たちだけ先にそこを出た。君は佐竹君の余りにも幼稚な戯れを不快がって、「なんて真似だ、あれァ」などと手ヒドくやッつけていた。酔うとよく、正気の時には思いも及ばない、――もし思い及ぶとすればゾッと身震いが出るような失策をやった私には、君の佐竹君に対する攻撃が辛《つら》かった。むしろそれに肯定の返事をしていなければならない自分自身が気の毒だった。

「ナニ、悪気があるんじゃないヨ」

佐竹君よりも自己弁護をする心持から私はこう云ってみた。

「悪気で云われてたまるもんか！」

私はそれで黙ってしまった。

こんなことで折々自分の目の前に無惨に引き摺り出される自分の弱点のいくつかを、私は自分のうちから追い出してしまおうと思うよりも、まず目通りを遠ざけて、すぐ紛らすように他のことへ心を移そうとした。

「もう帰るかい？　もうちっと人形町の方でも歩いてみないか」

五十七

「白樺」の正月号に、私は情婦から流産と聞かされた胎児の死骸を密かに埋めに行く男の心持を中心にして書いた。俊之助兄の細君の母親は文学や美術にも趣味をもった人で、「白樺」も毎号見ていたが、私のこの作ではヒドく感情を害してしまった。ゾラやモウパッサンのような人ならいざ知らず、青二才の作者がやたらに取扱うべき材料ではない、こう云って、以後「白樺」には手を触れまいとまでいきり立った。この、所謂《いわゆる》しッかり者の未亡人に就いて、兄は常から「もし男だったら大臣以上だネ」などと云っていたが、――その人の腹だちをそのまま私へ伝えて聞かせた。

「それアお気の毒だったネ。一人でも月極《つきぎめ》購読者をへらしたとなると、雑誌の方にも申訳ないわけだし……」

　私もムッとして、そのくせわざとこんな冷かな返事をした。

　兄は有繋《さすが》に作品に就いては多く云わなかったけれども、それから延《ひ》いて私の生活の不検則や頽廃を責めた。もっと若々しくならなければいけない、もっと明るい気分でいなければいけない。まるで君は老爺《じじい》みたいだ。坂本なんかに興味をもたれていい気になってそんな生活をしていたひにはとても駄目だ。坂本を悪く云うんじゃない、坂本はどんな生活をしていたって、それアあいつはなかなか考えている、しッかりした所を掴んでいる。しかし他人がどうなろうと、そんなことにビクビクする男じゃない。それにあの男には不思議に人を惹きつける力があるが、それに釣り寄せられて、興味をもたれている間はまだいい、――君が坂本とつきあって利益を得ている点も少くないだろうとは思う。しかしそういう生活の揚句、君がどんな所へ陥って行こうと、そんなことにあいつは責任を負う男じゃないんだ。君に対する興味が尽きた時、坂本はまるで君の方を振り向こうともしまい。それはよッぽど君が考えて置いていいことなんだ。

兄は珍しくこういう所まで云い進めた。君がどういう性質であろうと、その時の私にとってはさして変りはなかった。ただ私の生活というものを一に君の興味に支配されて出ていると断じたような兄の口吻《くちぶり》に、私は一図に腹を立ててしまった。しかし、私は不穏な沈黙か、または肯定とも否定ともつかず、堅く口を結んだままうんうんと鼻の穴から答えていた。これがこういう場合にいつも私のとる態度だ。そんな時に何か云おうとすれば、きっと思わず震え声になるほど激し易く、またそれだけ臆病な性質を基として、争いを醜しとする考え、なんとでも云わして置け、解る時が来れば解るのだ、というような、日本人固有の「負けるが勝」式な忍従心から、肚《はら》のなかは煮えくり返るほどの時でも、私は平然たる冷かさを扮《よそお》うことが出来た。

それは丁度丸善へ一緒に買物に出かけた帰り途《みち》のことだった。どんよりと曇った寒い夕方だった。貧血性な私の頭がシインシインと鳴るような日だった。帰って部屋に一人になると、私は葯蘊腹《むしゃくしゃばら》を紛らすために、擁《かか》えて来た紙包から「老子講話」という一冊を取り出して読み始めた。しかし私のあたまはそうすぐには老子の言葉へ移って行かなかった。

兄の云う通り私の生活は不検則に頽廃的に、時には自棄的にさえ傾いて行った。私の感情には青年らしいテキパキとしたところがなかった。英雄的なことが大嫌いだった。しかしそういう傾向の動機を一に君の興味とか、当時の文学とかに帰そうとするのは、また余りに簡単な見方だ。当時の私でもこれだけのことは立派に考えられた。しかしそういう、私の性質とか過去とかから最も自然にはいって行ったその頃の生活に対しては、我ながら不安な未来を思わないではいられなかった。このまま行けば、私は仕舞には何一つ自分から進んでやってみようと思うこともない遊民になってしまうより仕方がなさそうに思われた。その日私が兄に対して腹を立てた大部分も、そういう不安を刺戟された苛立たしさからであった。当時の私は勿論そうは意識しなかったが。

やがて私の心はあの善悪無為の哲人の言葉に惹かれて行った。その読みかけのところへ挟んで置くために、私は手近にあったデュラアの肖像画を刷ったカアドをとって、その裏へ「道可道非常道」云々とある冒頭の句を写しとり、

「俺はただ自分の道を進めばいいのだ。誰がなんと云ったって俺以外に俺はない、俺以上に俺の道を知っている奴があってたまるものか。ひとからなんと云われようが少しも腹を

立てるには及ばないのだ」

と、こんなことを書いた。それでも君の顔を見るなり、私はすぐ俊之助兄に対する不平を洩さずにはいられなかった。そして兄を評して「すれた浪漫派者」などと、云った。

　前年の秋芦の湯から帰って来た時分から、私は時々独りで角海老へ出かけるようになっていた。内証にするというほどでなくとも、余りそこの話は君の前でしなくなった。偶然同じ晩に行き合せていながら、お互に知らずに帰って来てしまったこともあった。

「桂木ッて女は頻りと君のことを昌造さん昌造さんなんて安住のところへ来て云ってるってえぜ」

　こんなことを云う君はすぐあとで、「自分に云って置けばいずれ僕を通して君に伝わると思って、わざわざ自分のところへ云いに来るんだ、なんて安住も云ってたがネ、――兎も角も、早く来て貰いたいッて云うような言《こと》づけもあったっけかナ」こんなことを云ったこともある。

　この桂木という女は色情の苦い経験から男に惚れないという噂で、乳房に注射をして貰ったとか、男のように低い胸をもっていた。その、総てに興味を失った人のような言葉に折々私の興味を惹くようなものがあった。もうこの時分には、私は、この六つほど年長の女のところへばかり行くようになっていた。私たちの言葉で「安住」にしていた。君はまたその時分にはそこの女を「卒業」してしまったというような言葉で、もう以前のように興味をもってその女の上を語ることはなくなっていた。そして、今度は以前君が誇っていた「安住イズム」をかえって嗤うような態度に変って来た。

或る時桂木に身受けの話しが起った。それを私にいろいろ相談などする、私の方でも真顔になって相手になっていた。そこへ君から電話がかかって来た。いちが大変心配している。なんでも売占者《うらないしゃ》に見て貰ったら今夜に禍が迫っているのだから、なんでもかでも呼び戻してくれと云っている。顔色を変えて息をはずませていた。俺に迎いに行ってくれと云うんだが馬鹿々々しいから、――今両国の某洋食屋にいるが、兎も角もすぐ帰ってやらないか、こう云った。

よく私はいちに遊びに行った先のことなども話して聞かせていたが、さばけたとか開けたとか云われる女のように唯面白がって聞いていた。(私の話にもいちの嫉妬心を唆るような色ッぽい調子などはなかったが。)それがこの桂木という女のことだけは最初からいやがっていた。

「それアよっぽどな女ですョ。気をおつけなさらないといまにえらい目にあわされますからネ」こんなことを云っていた。その日も私の出先きをわざと五月蠅《うるさ》く訊いたりしたのち、「いくら晩くとも今晩は是非帰って来てください。今日は大変日が悪いんですから」などと云っていた。――電話口に立って、私はいちがそんな話を君のところへまで持って行ったりしたことを苦々しく思った。

「それじゃアすぐ行かア」

私はこう、さも機嫌よさそうに云って電話を切った。

その晩は二人で京橋に住む詩人の友を訪ねて、晩くなってからぶらぶら歩いて帰って来た。

「なアにあいつにはもともと出る気なんぞないんだヨ」と、私は桂木のことを君に話した。「それを俺にいろいろ相談したりして綾をつけているんだ。こっちじゃまた意地になって出ろ出ろ云って勧めてやったけれど、とうとう断ってしまったッけ。むこうじゃそんなことをして俺を面白がらせてくれるつもりなんだろうが、こっちはまたそのまんまじゃア面白くも可笑しくもないからネ。やっぱり一緒になっていろいろ心配しているような顔をして相手になっているところに興味があるんだヨ。またやっているうちにはちょっと本気でやってるような心持になれることもあるしネ。それを利口がってズケズケ底を割ってしまったんじゃアお互に興ざめだからネ、芝居サ」

こう云うと君は、

「イヤな興味だけれど、それくらい意識的にやってるんなら、まア間違いはないやネ。だけど、先刻《さっき》のいちの血相を見た時にゃア俺までなんだか胸がドキドキして来たヨ」

華族女学校の側まで来て笑って別れた。うちへ帰ると私はわざと気むずかしい顔をして、

「貴様は馬鹿だ！　何も坂本君にあんなことを頼まないでもいいじゃないか」と叱りつけ

た。

「でも私の電話ぐらいじゃア、とても今日はお帰りになりそうもありませんでしたもの」

「どうしてそんなことが貴様に解る」

「それア解りますサ。今朝お出ましの時の御様子ッたら、よッぽど変でしたよ」

私は鏡を見せつけられたような気がした。何から何まで承知したようなことを云いながら、だんだん心を奪われて行く私ではないかしら、そう思うと、自分のだらしのなさが羞《はずか》しいような、同時にまた頼母《たのも》しいような気がした。

五十八

マースという亜米利加の飛行家が来て、目黒の競馬場で飛行を見せるというので、私は君に誘われて、麻布の三浦君のうちで落ち合った。三浦君は秋の文部省展覧会の出品にそろそろ仕度を初めている頃だった。モデルの女を早く帰して、私たちは目黒までぶらぶら歩いて行った。

盛《さかん》な爆音をあげながら暗紅色に塗った機体が地上を走りだすと、間もなく吸いあげられるように軽く空中に浮び昇って行くのを見た時には、私は思わず胸の迫るほどの亢奮を感じた。人間が、空気よりも軽い瓦斯《ガス》の力を借りずに自由に飛行するのを初めて目前に見ることは、人々をして、人間の可能の範囲に一歩を進めた喜悦を感じさせずには置かなかった。口を衝《っ》いて出るような叫び声、拍手の音は暫く鳴りも止まなかった。

やがて砂埃の街道を、田舎の祭礼の日を思わせるような人通りの間を縫って、絵葉書や玩具の飛行機材料などを売る大道商人の呼声を聞きながら帰って来る時分には、しかし私はもういつものように疲れてやや不機嫌になっていた。ところが君はいつまでも不思議な亢奮状態を続けていた。

「愉快だネ。人間はやっぱりえらいんだなア」こんなことをステッキを振りふり云うかと思うと、少し上気したような赤い顔をして、考えごとでもするように押し黙って大股にスタスタと歩いて行った。私はぼんやりこんなことを考えていた。

——小説を読んだって絵を見たって、芝居や音楽のようなものだって、坂本がそのなかから感じ得るだけのものは大抵俺にも同じように感じられていた。それが今日の飛行機ばかりは、俺の感じられない何かを感じているらしい。——その「何か」は私にも解っているようで、やっぱりはっきりしなかった。ただ一時熱心な信徒だった君と、一度も宗教的な敬虔を経験したことのない私との相違が、そんな思いがけないところに現われて来たような気がした。

その晩おそく君と私と二人きりになって往来を歩いていた。月のあかるい暖かな晩だった。

「伊吾はあんまり亢奮しないようだったネ」君はその日のことをもう一度思い出してこう

云った。「僕は近頃にないほど愉快だったナ。なぜ人間はあんなことをするんだ。君、一つ間違えば死ぬんだぜ。どうしても何かしないじゃアいられないんだネ、本能的に。実際、人間にゃアなんでもやれるんだヨ」

当時の私の感情にはちょっと君のそういう心持を容《い》れる余地がなかった。

「僕にはどうもそういう英雄的な興味はないナ」

「人間は興味ばかりで動くもんじゃないからナ。しかしそれアそうだろう。伊吾は実際手のつけようのないNil-admirariだからネ」

それから君は私の作品を無遠慮に評し始めた。だんだん私の書くものは正宗白鳥のもののようになって行く。そんなことを云った。私たちの間では作品の批評はとりも直さず性格の論である。それに、或る人間をもって来て話をされることは、それだけでもいい心持はしなかった。

「それア白鳥だっていいサ。しかしまだ今の所じゃア白鳥も中途半端だネ。中白鳥だネ。大白鳥にならなけれア、僕は、そんな芸術ならあってもなくてもいいもんだと思う。伊吾のは、どうも、まだ小白鳥と云うところだからナ」

「大白鳥になったら土台書きものなんかしやしまい、なんにもしやしまい」

私はちょっと問題の方向を振ろうとした。

「そんなことはないネ。どんな大きな厭世《えんせい》思想だって述べられているのだからナ。しかしネ、伊吾はその行き方ならそれで、もっとドシドシ徹底して行けばいいと思うんだ。小白鳥じゃア……」
「その、小白鳥だけはよしてくれョ」

　君も初めて気がついたようにふき出して、

「要するに、伊吾の生活が中途半端なんだョ。えエ？　どうだい、君はそうは思ってないかネ？」

「ううん」

　私は例によって肯定とも否定ともつかない返事をした。暫く二人は黙って歩いて行った。

「いい月だネ。十三夜くらいかしら」

　私がやがてこう口を切ったのを聞くと、君は急に面白そうに笑いだした。

「うん。伊吾はきっと、今度はまるで違ったことを云い出すゾと思ってたら、――ほんとにそう思って、何から云い出すかと思って待っていたんだョ」

　それでも私はただ苦笑するばかりだった。

五十九

　吉原大火の翌日、もの好きな私たちは早速誘い合せて見物に出かけた。私は大火の前晩から角海老にいて火事の有様は最初から詳しく見ていたし、君も号外で知るなりすぐに駈けつけて行って、丁度角海老などが焼け落ちる時分、間近から眺めていたとか。私たちはお互に前日見て来たことを語り合いながら焼け跡に向った。

「伊吾は多分行っていて、今ごろ焼け死んでいるだろう、なんて話していたんだ」

「どうして大働きサ。千歳の一遇だからネ」

こんな冗談を云いながら人波に揉まれもまれ廓内にはいった。前の日、立ち昇ろうとする焔を横さまに煽った烈しい西南の風はまだ吹き止まず、雲のように灰を捲きあげていた。方々にヒョロヒョロと立った水道の鉛管の焼け残ったのから、だらだら水が流れ出ていた。そこへよって行って目にはいった埃を洗っている男などもあった。どっちを見渡しても赤黒い焼野原で、見当がつかないくらいだった。その混雑の中で、君は、丁度その一ト月ほど前に廓を出ていた「安住」に行き遇った。別れて来ると、君は、その頃企てていた長篇小説のいい結末だなどと笑っていた。

やがて私たちは前年の夏水見舞に行った榊君の今戸の家の方へ出て行った。そこで顔や手を洗わせて貰った。夕方、馬道《うまみち》の通りをぶらぶら帰って来ると、新聞社の旗を立てた車や、泥まみれになった箪笥《たんす》長持を載せた車が、穴から出たりはいったりする蟻のように頭をぶつけそうになっては摺れ違って行った。思いがけない素人屋の二階の窓から穢《きたな》らしい女郎が往来を眺めていたりするのを見た。

夕闇がくだって、ぼんやり灯《とも》っていた街灯の光が輝き始めると、私の疲れた神経が急に活々《いきいき》して来る。その晩もおそくまで歩き廻った。

　この時分には、君と私とのぶらぶら歩きはまるで一つの病気のようになって来た。どうかすると私は溝《どぶ》のなかへ落した鉛のように沈み込んで行く心から、かえってはしゃぎ切った饒舌に駆られた。なんにでもかぶれやすい私の性分は、その時分のべつに聞いていた落語の調子を、こういう場合になると滑かに私の舌の上へ送った。

「伊吾はどうもすっかり落語家《はなしか》にかぶれちゃったネ。かぶれた以上だネ」

「じゃタダれたかネ」

　すぐこんなことを云った。仕舞には「人生の落語家」とまで云われた。君には仕事の慾が益々《ますます》堅い根を張って来た時だった。こういうだらけた気分はおろか、私たちの間には絶えることのない友達の往き来をさえ厭《いと》いながら、やっぱりそういう私から離れられなくなって来る。夜がふけて電車もとまり、行きどころもなくなった時分に、私たちはお互のうちの丁度中間を目ざして歩いて来る。弁慶橋の袂《たもと》がどうしても別れなければならない場所だった。あの欄干に腰かけて幾度私たちは娓々《くどくど》と云い争ったろう。君は自分のうちへ来て泊れと云う。私はいやだと云う。いつまでもそんなことを云い合っているうちに、私は堪えられないほどいやな心持になって来る。その頃私はよくうちをあけては父に叱られた。その、父の前に坐っている時の心持までが思い出される。文房具屋に売っている墨汁の瓶ヘロをつけて、ドクドクと五合ばかりも飲んだあとの心持はこんなだろうと思われるような、なんとも云われない胸苦しさがジリジリと圧《お》して来る。

「あア。また墨汁を飲んだ！」

「だからさア、一ト思いに来いョ。来てしまやア癒《なお》るョ」

もう私たちはまるで平生の自分たちを失ったようになっていた。来いと云う君にも、行かないと云う私にもなんの理由もない。私たちはただ反対のことを云い合っているだけなのだ。そうしていつまでも苛立たしい溷濁《こんだく》と不決断の焦慮に、不知不識《しらずしらず》、昔の五分だめしの刑にみるような快さを自分の体に味うのだ。君はとうとう私の胸ぐらを捉まえて引っ張って行こうとする。私も腕力で抵抗しながら、思いきり悪く、まだグズグズ云っている……。

「そいじゃ、君のうちへ自動電話をかけてやろう」

「もう寝ちゃッてらア」

「そいじゃ、酒でも飲めョ」

「御免だ」

「そいじゃアと、……兎も角も来いョ」

「いやだ」

こんなことを云いながら腕をとられてだんだん君の家の方へ引っ張られて行く時の胸苦しさを、私は他のいかなる場合にも経験したことがない。

それでも、そうこうしているうちに君のうちへ行き着いてしまえば、またケロリと忘れたように、快く、時には真面目な問題を夜明けまで話し合っていたりした。ただ翌日の午《ひる》ごろ床を出てから、私独り離れに残して君がお母屋《もや》へ顔を洗いに行っているあとだけは、私はなんとなく不安な、いたたまれないような心持に陥るのが常だった。

「さアさア、こんなことしちゃアいられないゾ」

俄にこう私を督促するものが迫って来た……。

てきぱきしない昌造の性分では、種々《さまざま》な対象との間に結ばれた困った関係が、根を断たれないで、いつまでも、ぐずりぐずり尾を引いて残った。そういう幾條かの尾に纏《まつ》わられて、彼の生活が次第に息苦しく、随って活気も失われて来た。彼にはそれをかなり切実に感じることは出来た。悶掻《もが》いて、そこから浮びあがろうと希《ねが》う心も決して弱くはなかった。ただそれを実行に持ち来たす意力の点になると、全くだらしがなかった。ここに問題は元に還る、――昌造は若いに似合わず、誠にてきぱきしない、歯切れの悪い青年である、と。

二十五歳の春、彼は、今度こそいよいよ今までの生活からすッぽり蟬脱《せんだつ》してしまおうと計画した。第一に始末をつけなければならないのは、或る年上の女との関係だった。それは案外にも容易《たやす》く成就されたが、その顚末《てんまつ》はここには省く。次には、もう一人の年上の女、お京との関係だった。

ところで、彼には、「俺はもうお前がいやになった」と、女に面と向って言い切るだけの勇気は未《おろか》、そう考える勇気さえもなかった、――からして、そうは考えなかった。

　相手が自分に対して好意をもっていると考えられる間は、誰に限らず、こっちからその人に対して悪意を抱くことの出来にくいのが、彼の性分の一つだった。しかも、その女とは、ともかくも三年越しの関係だった。そこで、彼がいやで堪らなくなった「生活」というもののなかから、その女だけは全く控除されていた。実際彼にはその女に対してまだなかなか未練もあったが、それよりも、自分のほうから先に相手が嫌いになり、随ってまた、その女から薄情者のように思われ、そう記憶されることのほうが更に辛かった。別れてしまった後までも、女の胸のなかで、懐しい昔の恋人として永く生きていたい慾があった。そこで「生活を一変する」という漠然とした考えから発して、女とのこれまでの関係を続けるということが、勢《いきおい》また不可能になるという結論へと自分を導いたのだ。しかし彼は夢にもそう意識的に工《たく》らんだ覚えはない。そんな悖徳《はいとく》（?）なことを自分の考えとして考え得るだけの勇気があるくらいなら、もっと手ッ取早く事が運ぶ。自分を悖徳漢なりと意識することを恐れる彼は、その恐れているということをも意識に上《のぼ》せないでいる。こういう融通の利くあたまを必ずしも狡猾と譏《そし》ることは出来ない。――それよりももう少し悪い「怯懦《きょうだ》」と呼ぶほうが、もっと適切である。だから、彼は自分を、お目出度《めでた》いほど善い人間だと思っていられた、――決してほじくろうと試みなかった或る微かな不満足な心持を除けば。そうだ、そうして彼は慥《たしか》にお目出度いほど善い人間なのだ。――ただ、だいぶ卑怯なだけで。そしてまた、ひとのいい人間には、多くの場合、大抵かような弱点が伴うのを常とする。

　この女と、決して再び会わないつもりで別れて来る、歓ばしかるべき日は、実際彼にとってずいぶん悲しかった。房事と飲酒とでひどく衰弱していたあたまは、かなり感傷的に傾いていたとは言え、彼は永い間畳の上に泣き伏して、何年たったらこの悲みが忘れられるだろうと思ったりした。イゴイストなる彼は、別れて行く自分を潔くするために、同時にまた善良なる彼は、女の幸福のために、それまでに女から立替えて貰った遊蕩《ゆうとう》費の二、三倍にも当る金を女に贈ることにした。それをもって女が、ひどい商売に繋がれている身の自由を購《あがな》うことが出来るだけ多く。

　そのために昌造はこういう犠牲を払った。

　四月中旬の埃立《ほこりだ》った日だった。彼は定期預金の証書を懐中《ふところ》にして京橋の銀行へ向った。この預金は、名義上にも事実上にも彼に属したものではあったが、彼自身の労苦とは全く無関係に、祖母から伝わった遺産の一部だった。その上、それは実印と共に、堅く母親の保管の下に置かれてあった。その朝、母親の留守中にそっとその証書を取り出し、裏書をして、実印を捺《お》した彼は、いかに自ら弁護しても、懐中しているものと、「贓品《ぞうひん》」という意識とを引き離すことは出来なかった。鉛のような罪の感じは胸いっぱいになって、時々体が微かに顫《ふる》えるのを覚えた。勿論それは決行する前から当然覚悟されていた筈である、——その盗みであることは。それにしても、この胸の暗さは全く予想外だった。

「お出しになるのですな」

出納掛《すいとうがかり》の男は彼の顔を見ながら確めた。いま彼の運命の毬《いとだま》が、この生若《なまわか》いへッぽこ行員の手に握られていると思うと、彼は忽《たちま》ち自分の顔から血の気の引いて行くのが感じられた。

「そうです」と喰い扼《しば》った歯の間からわずかに答える。暫くして、

「これはと、なんですな」別な行員が停車場の出札口のような穴へ顔を差し出して言った。

「これはつい先達《せんだって》書き変えになっておりますが」

「はア、期限前だと出せませんのですか」彼はもうそれを証書の儘《まま》で返して貰いたくなる。もうこのうえ恐しい瞬間に堪えきれなくなって来たのだ。

「いえ、そういうことはありませんが、ただ利子が大変御損になりますが、それさえ御承知でしたら、こちらはいつでもよろしいので」

　彼は危機が去ったのを感じると急に図々しくなって、ひと思いに承知の旨を答えてしまった。ほどなく札の束を握った時に、彼にはもう犯罪人らしい自棄《やけ》くそな度胸が据って、すぐその足で、女の手へ渡して貰う約束になっている友達のうちへ、それを届けた。一時間ほどの後に、彼は十四、五の時分から買い集めていた錦画を擁《かか》えて、今度は顔馴染の古

道具屋の店に現われた。そこで、まるで踏みつけられるような想いを我慢しながら、愛着の深い秘蔵の品を二束三文で金に換えた。盗んだ金で義理以上の慈善をなした彼は、まだその上にも、こんな血の出るような金を、女やその周囲の者ども（度々彼を陰険な手段で苦しめた者ども）に贈ろうとする。それで別れの記念になるような品を調《あつら》えて貰うことを頼もうとして、また以前の友と、今度は出先に近いミルクホールで落ち合った。盗んだ金の一文も自分の手には残らず、総ての計画がひとまず滞《とどこお》りなく片づいたので、彼の心は今やや落ついていた。そして、この大きな犠牲の報酬として、彼は二度と再び言葉も交さない筈の女と、電話で話すだけの釈弁《エキスキュース》を、自分自身に対して拵《こしら》えた。そのミルクホールの帳場に近い電話口で、友達が呼びだしてくれた女と、何か、この大きな犠牲の報酬としては甚だ平凡なことを二分間ほど話し合って、満足して電話を切った。

　前からの約束があって、友達と別れると、その足ですぐ帝国劇場へ、そこで両親や兄弟たちと一緒になるために急ぐ。或る不愉快な社会劇の幕が明いていて、扁平《へんぺい》な頭をした畸形児のような子供が、彼と同じ名の少年の役を勤めている。この少年に何か悪い遺伝が現われて来るらしい場面が演じられていた。

「昌造さん、あなたまア……」甲高《かんだか》な女優の声が響く。——その一日種々《さまざま》な、色の濃い刺戟に悩まされた彼の神経は、哀《あわれ》に痩せ細っていた。恰度《ちょうど》声がわりの時期にいる畸形児のような少年が、頻《しき》りに昌造々々と呼ばれるたびに、彼は腹も立たないで、擽《くすぐ》ったいような、泣き出したいような気持になってしまった。やがて、時間を見計らって家の者に別《わかれ》を告げると、すぐ新橋の停車場へ行き、そこから彼は、逃げるように京都への旅にのぼった。

　夜汽車のなかの昌造を外的に写し出すならば、それは悔恨と不安とに身の置き所もなく悩んでいる青年の、立派な、しかしどこか空虚な肖像画が出来上って行くだろう。彼は非常な速さで走っている列車の中にいて、しかも刻々追い縋《すが》って来るものがあるように感じた。ふと、殺人犯が高飛びをする場合の心理が思われる。母親の用箪笥《ようだんす》に鍵を差し込む時の、戦《おのの》く胸の、恐しい瞬間を思い出す。彼は頭を振って、立ちあがって、食堂車へ酒を飲みに行く。その酒が醒めかける時分にまた飲む。――こういう風に書いて来ると、しかし、その次に来るべき、「とうとう彼は、翌朝米原《まいばら》で目を覚ますまで、なんにも知らずにぐっすりと深い眠に就いた」という本当の記述が、前半と互にその効果を食い合うような形を免れなくなる。しかしここで作者が出会わなければならないこの矛盾は、そのまま作中の主人公の方へ転嫁して差支えなかろう。彼は体中の筋肉を搾りあげながら心で叫ぶ、「ああ、俺もとうとう泥棒だ！」と。そうして肚《はら》のなかで何か呻《うめ》きながら杯の酒をガブリとあおる。しかし次の三分が経たないうちに、彼は今度は冷かな笑いを浮べる。「不安と悔恨か。筋書通り！」そして酒飲みらしい手つきで唇へ持って行った杯をちょっと嘗《な》めて味う。「お前が今日一日に仕遂げたことを、なぜ杯を挙げて祝う気になってはいけないんだ！

お前は何か悪いことでもしたのか？・」更にまた次の三分が経たないうちに、「いくら自ら欺《あざむ》こうとしたって、良心の声に耳を塞ぐことは出来まい！・」――かくの如くにして、結局どっちが本当の自分の心なのだか、決して彼にはわからなかった。わかろうとして、深く追究しようともしなかった。作者もまたそのいずれにも与《くみ》しまい。「彼は煩悶《はんもん》する」「彼は安眠する」小説的効果を互に相殺《そうさい》するこの二つの事実も、そのまま事実として止め置くより仕方がない。――既にこの小説の冒頭にも述べた通り、彼は少し卑怯なだけで、慥《たしか》に善い人間で、正直であるから。そうして、そういう型の人間は、二つの全く矛盾した思想や感情に支配されることに馴らされているから。

　京都には全く違った春が彼を待っていた。着いた日の晩、彼と友達の佐々とが工事中の四條大橋の竹矢来《たけやらい》について、御影石《みかげいし》の破片《かけら》がたくさん落ち散っている泥濘《ぬかるみ》に悩みながら、仮橋の方へ曲ろうとした時に、突然うしろから「オーイ、昌坊主」と声をかけたのは、大学の制服を着た市村だった。痩せてヒョロヒョロとした体が、ダブダブな、薄い夏服のなかでピエロオのように気軽で、滑稽で、放埒《ほうらつ》に見えた。その印象と、旅先で久振りの友達に会った喜びとで、昌造は急にウキウキして来た。京都に住んでいる市村は彼等をお茶屋へ案内すると言って自動電話にはいる。昌造は、遊びの興をいろいろに予想しながら、半鐘の梯子に凭《よ》りかかって待っていた。

ほどなく彼等が各自《めいめい》の間に脇息を控えて坐った、（それと調和するにはみんな痩せて見すぼらし過ぎたから、やや荷厄介に持て扱っていたが）茶がかった庭に面した座敷に、猿のように赤い頬をして、髪の仰山《ぎょうさん》な飾にそぐわないポソポソとした装《なり》の娘が、何か叫びながら飛び込んで来た。これが、昌造の初めて見る舞妓だった。頬を思い切り臙脂《えんじ》で染めて、眉を粗雑《ぞんざい》に紅《べに》で引いた顔の扮《つく》りは、遠くから見るによい都踊のこしらえで、髪も同様、ただ衣装だけが近くで見るによい自前の襟かけの着物に変ったところから起る不調和であることも聞かされたが、当分の間、どうも彼には美しく見えなかった。すぐ、やや小ぶりで同じものがその隣に来て坐った。

その晩彼等はそこの二階で雑魚寝《ざこね》をした。その時分には、舞妓の言葉がいくらか昌造にも通じるようになったが、彼は故《ことさ》ら選んで市村と同じ蒲団のなかに寝た。夜中に彼は何かひどく堅いもので頭を打たれて目を覚ました。佐々がひとりでクックと笑っている。折から目を覚ましていた彼の話で、初め市村も昌造も自分たちの枕を外していたが、そのうち昌造は自分のでなく、市村の枕をしてしまった、すると暫くして、市村も枕をしようとして、いきなり昌造の頭へイヤというほど自分の頭をぶつけたのだということがわかる。一部始終を見ていた佐々の可笑《おか》しさが思いやられて、彼等も痛い頭を擦《さす》りながら長い間笑った。床の上に伸びあがって、ほの暗い行灯《あんどん》の火影に舞妓の寝姿を眺めて、「相手がああいう尫弱《ひよわ》な毀《こわ》れものでなくってよかった」などと言ってまた笑った。

その翌々晩くらいには、昌造はもうすッかり舞妓好きになっていた。唐木《からき》の机を前にして彼等は纏《まと》まりのないことを話す。むしろ舞妓たちの話しているのを傍聞《かたえぎ》きする。サイダーのコップのなかを箸でくるくる掻き廻してから、玉虫色に光る小《ちいさ》な唇へ持って行くのを眺める。中で年かさの勝弥が、生意気にコップ酒など飲んでトロンとなって、ひとりで喋っていた。その様子に、才はじけた一奴《いちやっこ》が何か適評をした。小さな酔ッぱらいが聞き咎《とが》めて、一人前らしく、ぐッと開き直って、

「一奴はん、あんたあてをあなずっといるえなあ」その「あなずっといる」の辺で呂律《ろれつ》が廻り切れなくなる。

「へえ、あなずってます」一奴は平然として受ける。昌造はなんともいえず嬉しくなってしまう。――そとには春雨がシトシトと降っていた。

翌朝、雑魚寝の蒲団の上に市村が起きあがって、宿酔《ふつかよい》の脂ぎった蒼白い顔をして、生《なま》欠《あくび》を噛みながら、帯しろ裸になってしまった前を掻き合せていた。

「まアま、市村はん、帯とって情《じょう》のあること」この一奴の言葉に、市村は「こいつ」と言って立って捕《つかま》えに行く真似をして見せた。彼の隣には、まだもの心もつかないほどの小さな子が、口をあけてスヤスヤ眠っている。

或晩昌造はひどく酔って、どうして寝たかも覚えなかった。ふと目をあくと、雨戸をたてない部屋のなかに、紫色の美しい暁が静かに立ち迷っていた。寝返りを打って見ると、

一つ蒲団のなかで、思いがけなくおそめが寝ていた。この悧口《りこう》な舞妓に、いつからともなく昌造の心は惹かれていた。彼は自分の酒臭い息を恥じる。おそめの寝顔をつくづく眺めているうちに、いつかそっと小さな掌《て》を握る。それは案外にもそう柔《やわらか》ではなかった。そうしていても目を醒《さま》しそうもないので、だんだん力を入れて行く。だしぬけに、涙ぐましいような恋心が起る。もしや、寝ていると思ったおそめのほうからも、そっと握り返しはしないだろうか、極く微かにでも。そう思って神経を集注して待っていたが、どんな微かな手答もないのに、悲しく、泣きだしたい気持で、鼓《つづみ》や太鼓の稽古で堅くなった掌の平をさすったりしていた。

活動写真小屋の椅子に、おそめと小龍とを彼等の間に腰かけさせていた時には、とうとう昌造も市村もすっかり労《つか》れ切って、感傷的になっていた。この五、六日殆ど昼も夜もぶッつづけに一緒にいて、都踊の花道と見物席とでも、目と目で笑い合うくらいにまで心やすくなってしまった可愛らしい舞妓たちが、まるで彼等のもの悲しい心とは没交渉に、時々何か面白そうに私語《ささや》き合いながら、一生懸命活動写真ばかり見ている。それは当然のことで、それ以上可愛らしいことで、しかも彼等の心を苦しめた。それならば、どうすれば満足するかと言うに、それは彼等にもわからなかったが、ただなんとなくそれでは物足らなかった。

そこを出てから、みんなに別れて、彼等は久振りで自分たちばかりになった。まるで憑物が落ちたようにポカンとして、なぜかお互い同士でうら恥かしいような気持もする。俄にウカウカと遊び過ごしてしまったことが、取り返しのつかない過失のように、他愛もなく心苦しくなる。悪戯《いたずら》をして、先生の叱言《こごと》が目の前に迫っている小学校の生徒のように、肚の底からたよりない気がする。二人とも黙って、薄ら寒く曇った夕方の町をぶらぶら歩いた。

「あああ」思わず一人が洩した溜息で、相手は噴飯《ふきだ》してしまう。この場合、それがこの上もなく適切な「言葉」のように同感されるので。そのままた黙って歩く。各自《めいめい》いろんなことを、反芻《はんすう》動物の食物のように、ひとつひとつ丁寧に味い反《かえ》してみながら。

彼等の十分でもない小遣は、「男性の gallantry（婦人に慇懃《いんぎん》なること）」という、この遊蕩の間に新らしく出来た、冗談とも本気ともつかない箴言《ウオッチウオド》が繰り返される度ごとに、小間物屋の帳場などへまでも滑って行ってしまった。昌造は黒谷《くろだに》に住んでいた友達から帰りの旅費を借りて来たが、市村はまるで予算が狂ってしまった財布を持って、それから暫くの間下宿の二階に立て籠るにしては、余りに「男性の gallantry」が発達し過ぎてしまった。とうとう彼は、もう目の前に迫っている試験も顧ずに、昌造と一緒に東京へ帰ることにした。それでも彼等は、東京へ着いたら一文なしになる覚悟で、先に帰っていた佐々に、電報で、金を持って新橋駅に出迎えろといってやって置いて、大風《おおふう》な顔をして昼の急行の二等車に納まった。

彼等の話は舞妓遊びで持ち切った。おそめや一奴やコップ酒を飲んだ勝弥などが、代る代る彼等の話題に上り、同時に眼前に髣髴《ほうふつ》した。全く覚える気もなしに聞いていたつもりの唄の一節などが、どうかしたはずみにヒョイと口に出た。

「羅《うすもの》の軽き袂に通うなり」うんぬんというその年の都踊の立唄《たてうた》を頻りに繰り返す。

「(どんたくお見舞申します)か」

「(オヤオヤお前はどんたくさん)さ。(そこは端近《はしぢか》いざまずこれへ)か」

「(然らば通るでござんしょう)だね。(しかしゆうべの……)」

「(夜前《やぜん》の)だよ」こんな稽古を始める。

「(ずうきずうきとするであろ)」

「(ずうきずうきといたします)」

「(オホホ)」

「(アハハ)」

「(ヨヨイガヨイ)」

「ツツツツ、トントロ、ツテッツトントントロ」彼等は夢中になって口三味線の声を合せる。そしてあたりの人に聞かれはしなかったろうかと見廻して、その当座だけ低声《こごえ》になる。

――まるで京都に浮かされていた。そのくせ二人とも、殆ど恋らしい心はもってもいずに。

東京に帰っても、市村は自宅へは寄りつかないで、郊外に住む妻帯した友達のうちに泊り込んでいたが、五月になっても京都から着て来た綿入のままで、することもなくブラブラしていただけに、いつまでも京都の余熱《ほとぼり》が醒めにくかった。相変らず「男性のgallantry」を包んだ胸を、懐手をした掌《てのひら》でピタピタ叩きながら、友達の庭の西洋花を見て廻ったりしていた。そこに昌造や佐々が誘い出しに来た。東京の雛妓を相手に遊んでも、彼等はどこかに京都の舞妓の誰かとの似寄りを見つけ出して、「和製のおそめはん」などと呼んだり、京都で覚えて来た「でえんこでえんこ、誰の隣に誰がいる」という他愛のない遊戯をしたりして、せめても、「心ゆかせの薄荷《はっか》パイプ」(そんな流行《はやり》言葉も出来た)にしていた。

それほどの京都熱も、やがて次第に醒めて行った。殊に各自《めいめい》が一人でいる時には、夢のような思出ばかりではなんのたそくにもならなかった。なかにも昌造は、愛慾に渇いて、陰鬱な心でいた。それでもさすがに、時々お京らしい女から、知らない名前で掛って来る電話には、決して出ないでいるだけの我慢はあった。

カラッと晴れ渡った初夏の或る日のこと、彼は俥夫《しゃふ》が持って来たという一封の手紙を受け取った。一目見てそれはお京の手蹟だったが、咄嗟《とっさ》に彼は、それをどう処置してよいものか迷った。やっぱりあけて読んだ。そこには、昌造のうちから余り遠くない或る四辻まで、ともかくちょっとでもいいから出て来てくれ、と書いてあった。暫く考えていたが、結局彼は出かけて行った。殊更に、どうにでもなれ、というような気持になって。そこには、廓《くるわ》にいた頃のお京に使われていた小女《こおんな》が一人で立っていた。彼は、ふと、女が瀕死の床にでもいるのではないかと思った。しかし、彼等が目礼を交したまま、無言で一町ほども行くうちに、お京はどこからか出て来て、二、三間あとを歩いていた。電車通りへ出た時に、追いついて来て、毎日会っている人にでも言うように、いきなり、

「築地に、ちょっと変った料理屋が出来ましたって、……行ってごらんならない？」

こういう場合、相手の意外なことを言うのがお京の慣用手段だった。復《また》か、と思いながら、昌造は暫く女の顔を黙って見返していた。お京は、金歯を出して、「駄目よ！」とでもいうようにウフフフフと笑った。彼も誘い込まれて、顔だけで笑って、そこへ来た電車に乗ってしまった。

その料理屋の二階で、

「一体どういうつもりなんだ」と昌造は、いやに改まった顔つきをして言ってみた。そこに酒や料理が来て話が逸《そ》れる。暫くして酔った。

「一体どういうつもりで俺を呼び出したんだ」昌造はもう一度繰り返した。

「どうって……」女は甘えるように、口に入れたものをわざとカチカチいわせて嚙んでいたが、「これからうちへいらっしゃらない？　それア汚いんですのよ。吃驚《びっくり》なさるわね、きっと」

と、後半は小女の方へ向いて言った。

「吃驚するもしないも、まだ誰も行くともなんとも言ってやしないじゃないか」

この返事で、お京のうちへ行くことが、殆どきまったことになってしまった。——やがて酔った体が電車に揺られる。浅草のゴミゴミした街の古道具屋の店先から二階へあがる。お京の母親がいて初対面の挨拶をする。酒が出て更に酔う。母親と小女とがいつの間にかいなくなる。暫くして昌造は、男便所のない汚いはばかりのなかで、前後にフラフラしながら、「成程こういうつもりだね。……そういう俺は？　やっぱりこうなるつもりか。フン」と、自分で自分を嘲っていた。世の中というものはみんな馬鹿げたくだらないことで埋まっている。俺ばかりじゃアない。——こんな心持が、今まで見聞きした種々《さまざま》な醜怪事《スキャンダルス》でつまっているあたまの一隅から湧き出て来た。その掃溜《はきだめ》のような一隅には、老《としと》った昌造の父親が、手燭《てしょく》を持って、いぎたなく寝くたれている女中どもの姿に見入っている恐しい夏の夜の絵があった。彼の情婦であった女中が、彼の兄の部屋から赤くなった耳のそばの毛を掻きあげながら出て来る絵もあった。その他ここに書くことの許されない種々な醜怪事、——虚飾と獣心とが背合《せなかあわ》せに貼りつけられている人間の住むかぎりのどんな隅々からでも嗅ぎ出すことの出来る醜悪な絵が、その時彼のあたまのなかで一時に跳梁《ちょうりょう》を極めた。その仲間では、彼のしたことは、——血の出るような思いをして別れた女と、忽ちまたズルズルに関係してしまったという、ただそれだけのことは、ほんの些細な「馬鹿げたこと」だった。世界には、ただ一人或は二人の人が知っていて、その人たちの死と共になんの痕跡《あとかた》も留めず消えてしまった恐しく、かつ憎むべき醜怪事が山ほどあるに違いない。昌造に醜怪邪悪を喜ぶ心がふと頭を擡《もた》げる時、よく彼はそれを感じる。そして一種憧憬に近い心持で、その永久に知られざる秘密の匂を嗅ぎつけたい欲望に捕えられる。桀紂《けっちゅう》とか、ティベリウスとか、クレオパトラとかいう暴王の話を読む時、誰でも、多少ともその欲望を感じない人があるだろうか。そこに至ると、昌造はいつも邪悪な秘密の前に頭をさげたくなる。ただそれが卑近な例としてあるかぎり、あたまの一隅に掃溜のように汚らしく積まれていた。そしてそれを、良心を鈍らす必要のある場合に、あたかも死体を柔かにするために振りかけるお土砂《どしゃ》のように、あたまの中いっぱいに振り撒いてしまう。

「いずれは他愛ないもんさね」女の傍に帰って来た時に昌造はこう言った。女は顳顬《こめかみ》を抑えて、畳の上にうつ伏せになっていた。

　程なくお京は目黒に一軒小さな家をもった。山ノ手線の停車場を出て、ジリジリと焦げつきそうな陽光《ひかり》を洋傘《こうもり》越しに受けながら、昌造は急な坂をおりた。廓《くるわ》で会っていた頃とは全く違った趣がそこで彼を待っていた。北窓の青葉の反射《てりかえし》で、無智な女の額も、時に神経質らしく、蒼白く見える時がある。西日が次の六畳まで差し込んで来るような暑い台所で、丈《たけ》のヒョロ長いお京の母親がセッセと夕飯の支度をしている時、女がクスクス笑いながら何か半紙に包んだものを持って来て、黙って昌造の前にさし置いた。昔風な字で「神様のもの」としてある。あけて見ると、その前の時に昌造が置き忘れて行った手巾《ハンケチ》が、綺麗に洗濯されてはいっていた。

「うちのおッ母さんてば、あなたのことを、いつでも神様々々って言ってるのよ」

昌造は本当に神様のように、心からニコニコして、それを彼に与えてくれた者に感謝したいような心持になる、――そう呼ばれてもいい何かを。

永い薄暮の時に、彼等は競馬場の高台のほうへ、蜩《ひぐらし》のトンネルの下を径《こみち》づたいに登る。ハンディキャップをつけておいて、埓《らち》に沿って、砂を蹴立てて彼等は駈け出す。きめて置いた決勝点まで行かないうちに、女は急に、「あたし、いや」と言って、浴衣《ゆかた》の両袖に顔を隠し、小娘のようなそぶりをした。彼方《むこう》の茂みの間から十三、四の女の子が飛んで来た。続いて、切りさげにした茶の湯の師匠が、遠くから、「まア、お京さん」と声をかけた。彼等は野花を摘んで、帰りには師匠の家で娘のお手前を一服御馳走になる。人通りのない道を、二人は戯れながら、小さな住家へ帰る。……翌る朝、「神様」はなんとなく不機嫌に、慍《おこ》りッぽくなって坂道をあがる。か、さもなければ、(更に機嫌の悪い時には)昼近くまで床のなかにいて、起きるとすぐ酒にした。――その間に彼のうちでは、もっと不機嫌に、もっと慍りッぽくなった彼の母親が、女中たちに当り散らした。そして彼の書斎にはいって行って、乱雑になった机の上から書きかけの原稿を取りあげて、一、二枚読んでみて、舌打ちをしておりて行った。

秋が来た。澄み透った空には、吹き千切られたような笹毛《ささけ》を出して美しい雲が流れる。光と雨とを得て、実は熟れ葉は落ちる。齢《とし》を逐《お》うて書かれていた昌造の長い自叙伝は、十四歳の或る日、或る暗い事実にぶつかってこの方、机の上で埃《ほこり》を浴びていた。

或る日昌造は、友達の北島と一緒に「和製のおそめさん」に会っていたが、彼が夢想していたほどには、相手がなんとも思ってないことを知って、ムシャクシャして、友達と別れてからお京のところへ廻った。お京はもう目黒のうちを畳んで、また浅草へ（古巣のある区へ）帰って、ひとの二階を借りて住むことになっていた。

昌造が、路地の溝板《どぶいた》を踏んでそこの勝手口へ廻ると、恰度そこにいたお京は、ちょっと狼狽《うろた》えた色を見せたが、すぐ決心したように先に立って二階へ案内した。六畳の部屋中いっぱいに物が取り散らされている。そのなかで男が古新聞で瀬戸物を包んでいた。お京は突立ったまま、

「もうここも落城、……明け渡し」

「そうして？」

「伯父さんとこへ転げ込むの。……いいえ、それは別よ」そう言って道具屋の手から、かつて昌造が描いて与えた楽焼の菓子皿を取り戻し、うつ伏せに胸に当てがって、（何、こ

れしきの悲運に！）という風に微笑んでみせて、「神様さんは婆や奉公」「一家散乱だね」昌造は冷かに言った。前に別れる時にはあれだけのことをした。もう今度は俺の知ったことじゃアない、という心持で、――「俺の三味線は？」

「売っちまった」

道具屋がヘヘラ笑いをして昌造の顔を見あげた。そこへ、つい近所にいるお京の伯父の娘が荷物を運びに来て、昌造を見て、羞恥《はにか》んですぐおりて行こうとした。女は呼び止めて、挨拶をさせてから、何か二品三品持たせてやる。その晩彼等は、黄色い薔薇《ばら》のような顔色をした内気な娘をつれて外で食事をして帰ってから、何一つないガランとした空家のような六畳で、明る過ぎる電灯の下《もと》で寝た。寝ながら昌造は、さっき仲見世《なかみせ》で半襟《はんえり》を買ってやった娘の、日本人に独特な、黄色い薔薇の花のような、わりに光沢《つや》のない、細かな肌理《きめ》の皮膚を思う。――蠅が一疋《いっぴき》、寝静まった夜に、甲虫《かぶとむし》ほどの羽音をブンブンいわせながら、彼等の露わな体に来てはとまった。

翌日二人は、体と寝道具だけをお京の伯父の家へ移した。そこは六畳と長四畳二間きりの平家《ひらや》だった。四畳のほうには、女房《かみ》さんが内職の鼻緒《はなお》を縫うミシンもあり長火鉢もある。そこへ伯父夫婦と娘とお京親子とが、昌造を上座に据えてギッシリつまって別れの宴を張った。お京の母親の兄に当る伯父は、職業に要求されるままに、いかさま売卜者然《ばいぼくしゃぜん》と蓄えた山羊鬚《やぎひげ》を撫でながら、松茸の土瓶蒸しの通《つう》を言う。そうしてみずからその料理を用意する。杯がそれからそれへと廻った。

「……どうぞ今後とも末永く面倒を見てやってください。これだって」と自分の妹を指さして伯父は続けた。「この齢《とし》になって、こんな想いをしようとは夢にも思わなかったでしょうが、まアま、みんな持って生れた運でさアね。人間は七転び八起……」

　こんな話になって来ると、心のいい、デブデブと肥った売卜者の女房さんは、すぐに亭主の言葉に感動して、半纏《はんてん》の袖で鼻の穴を突きあげるようにしながら目を繁叩《しばたた》いた。

「申しちゃアなんですが、私もこれで元はと言えば、日本橋で五本の指に数えられるくらいの問屋で、まア、御新造《ごしんぞ》さん御新造さんと立てられたこともある女なんでござんすが……」お京の母親が亢奮して、いつものオドオドした様子に似げなく、こう上吊《うわず》って顫《ふる》えを帯びた声で始めた。「それがあなた、まア、恥を申上げなければわかりませんけども……」

「およしよオ、おッ母さん」とお京は故《ことさ》ら平気を装って、涙ッぽろいみんなの気持を陽気な世間話のほうへでも誘って行こうとして、晴やかに笑ってみせたりするところに、彼女はまた彼女らしいセンティメンタリズムに裏切られながら、「昔は昔、今は今さ。くそ面白くもない……」

　母親は恨めしそうに娘の顔を眺めていたが、「そうさねえ、くだらないね。……だがね、伯父さん、お前さんだけはみんな知ってるがね、考えてみれア、あれもこれもあたしの身から出た錆《さび》さ。これといい、長三郎といい……」こう言ううちに、彼女の老《としと》った目から、涙は、幾筋となく頬を伝って光った。「ああ、一度は二十人三十人の奉公人を使ったこともある身が、この齢になって、他人の釜の飯を食べなきゃアならないような羽目になるというのも、みんな……」

「大袈裟だねえ」とお京は鼻の先で笑った。

「いいえ、ちっとも大袈裟じゃアないよ。お前は知るまいがね、……ねえ、伯父さん、まだ先の旦那の生きてなすった頃にゃア……」

「奉公人のことなんぞ言ってるんじゃアないよ。そんな者アよしんば四十人が五十人だって、どの道今のたしにゃアならないやね、くだらない」お京は酔って、目を据えて、ガミガミ噛みつくように言った。「そうさ、全くおッ母さんの言う通りさ、みんなお前さんから出たことだよ」

「お京さん、まアお前さん、なんですね」と女房さんが聞き兼ねて窘《たしな》めた。

「ハッハッハア」と伯父は咽《のど》で笑って、「いいえね、旦那の前でがすが、とかく女てえ奴は愚痴なもんでしてね、アッハハハハ」そう言って彼は、さも可笑《おか》し涙でも拭くように、目の周りを擦《こす》った。そのとき老った同胞《きょうだい》の心には、古い日のことが、同じように徂徠《ゆきき》していた。黄色い娘はいつの間にか六畳のほうへ寝に行ってしまった。お京の母親は、女房さんを捕えて呶々《くどくど》と泣言を聞かせては、二人して襦袢《じゅばん》の袖で目を拭いていた。昌造と伯父とは、くだらないことをポツリポツリ話しながら頻《しき》りと飲む。お京は急に黙り込んでしまって、ぽかんとひとッところを見詰めていたが、

「サア、もう寝ましょう寝ましょう。いつまで言ってたっておんなじことさア」と大声に言って、昌造を促して、近所で借りて来た屛風《びょうぶ》で囲った寝床にはいった。屛風一重《ひとえ》彼方《むこう》には、山羊髯を胸の上に載せて、伯父が盛《さかん》な鼾《いびき》をかき始めた。女房さんと母親とで、カタコトとあと片づけをしてしまってから、四畳のほうにたった一つあるきりの電灯を消そうとした。

「伯母さん、点《つ》けといて」お京の気違じみた嗄《しゃが》れ声が屛風の裏から聞える。「そいからおしやを一杯、コップに」

　昌造の荒《すさ》びた心は、この陋巷《ろうこう》の棟割《むねわり》長屋の屋根の下に、一家が散乱しようとしている光景のなかに、みんな少しずつ亢奮し、苛立《いらだ》ち易くなっている無智な、善良な人々の間に、最も居心地のよい安住の地を見出した。普段いやに常識主義なお京までが、苛々と反抗的に、捨鉢《すてばち》になっているのも、彼には変った興味を与えた。そこでは総ての感情が、善悪美醜ともに浅墓で、小規模で、昌造の小《ちいさ》な心も、それを分解したり味ったりするのに十分広かった。彼はその小な世界を肴《さかな》に、イゴイスティックな立場に泰然と構えて、欲するだけ

の慾を十分に満《みた》しながら、引止められるままに、十枚の畳に六人寝の二晩を過ごしてしまった。

深く靄《もや》の降りた朝、昌造は珍らしく早起きをして、愈々《いよいよ》一同に別れを告げて出た。病気挙句《あげく》に久振りで外に出た時のように、爽かな朝の空気が彼の皮膚には強すぎた。足腰にも力がなかった。ついそこらまでのつもりで一緒に出た女が、電車通りに来ると、もう少し歩こうと言う。彼等はなんということもなく、一銭蒸気で向島へ渡った。廓にいた時分ずいぶん贔屓《ひいき》になった老《としと》った発句の宗匠の庵室めいた家を、土手の上から眺めて、お京は長い間の遊女生活をぼんやり思い出しながら歩いた。百花園へはいる頃には、だんだん靄が晴れて、日光が彼等の上に照り始めた。若い芸者風の女と、昌造よりもまだ若いほどの青年とが、石の上に腰をおろして、肩を押しつけ合って休んでいた。彼等は一組ずつ、互に、互の前の晩を想像し合った。そうして自分たちをちっとも幸福だとは感じない。——不穏な沈黙を続けたまま、彼等はそこを出た。心の上からクルッと濡紙《ぬれがみ》を貼りつけられたように、総て彼等の感情は、いま、鈍く、息苦しかった。通りがかりの人のような心持で、ただ並んで歩いた。

そのまま昼近くまで歩き続けて、人形町へ出て来た時には、日射で体がクタクタにだるくなってしまった。ふと、或る鳥屋へはいって酒を飲んだ。焦《や》け爛《ただ》れた胃の腑に、溜飲に似た苦さで酒がチリチリと滲みる。——酔が廻るにつれて、それでも彼等は少しずつ活気づいて来た。

「これから先、一体お前はどうして行く気なんだ」昌造は言わず語らずのうちに愈々《いよいよ》別れる時が来たと思って、それをもう既定の事実として、殆ど義理一遍にそう尋ねてみた。

「どうにかなりましょうさ」

「女にゃすたりがないか」と毒々しく、「しかし、いつまで伯父さんの厄介にもなっちゃアいられまい」

お京は、（そんな生意気いうなら、話して聞かせてやろうか）というように、暫く男の顔を見詰めて、勿体らしい間《ま》を置いてから、「今夜から活動に出て、唄を唄わされるんですとさ、金龍館でね」

それを今まで秘《かく》していて、いざ別れようというドタンバへ来てつい喋ってしまった女の心持を、はっきりと感じながらも、昌造は苦笑いを浮べただけで黙っていた。けれどもさすがに活動小屋の内部を思い描くと、堕ちて行く女の運命を哀れまずにはいられなかった。

（出獄したために、獄中より、入獄以前より、更に悪い、暗い生活へはいらなければならなかったとしても、それは獄吏の知ったことではない。まして俺は、どんなに控え目に考えても、少くとも、女をより不幸にしようと思って、彼女の身の自由を購ってやったわけではなかった。それが、その結果は！　六十近い母親は婆や奉公に出る。女は浅草の活動小屋で唄を唄う。人間の善良な意志が、思いがけぬ不幸の因《もと》をなした例は山ほどある。

「運命」の皮肉な悪戯《いたずら》！　人間の道義心を嘲笑う「運命」の悪戯！）――こんな風に昌造は、自分の一時の出来心に等しい「善良な意志」――それを貫徹させることに全く無努力無責任だったこれまでの態度、そんなことは全く棚に上げて置いて、この不幸の源を、「運命の悪戯」という、決して不服の出ない、うまい所へおッ被《かぶ》せて考えた。そしてその思考にあおられて、傲慢《ごうまん》になって、まるで彼が意地悪な「運命」とグルになって、初めからこの結果を見越していながら、「善良な意志」でお京親子を不幸の穴へ落し込みでもしたように、その企が着々思う壺へ嵌《はま》って来たようにさえ思い曲げて、竊《ひそ》かに邪悪な心に阿《おもね》った。悪心が満足して、出かした出かしたと褒めそやした。

　鳥屋を出ると、お京は、或る用事で横浜へ行くから、新橋の停車場まで一緒に行こうと言った。新橋まで来ると、もう横浜行はよしたと言う。いよいよ別れようとした。すると女が、もう一生会わないとしても、場合によっては、手紙はあげるかも知れないと言い出した。昌造はもういよいよ怺性《こらえしょう》をなくして、「断然いかん！」と往来なかで思わず大きな声を立てた。この争いの間に、彼等は日比谷公園にはいった。夕栄えが永田町の丘の上に美しく空を染めていた。落ち葉の浮いている池で水禽《みずとり》が群れたり離れたりしている。――むっくりした胸で水を分けて、丸い黒い目であたりを見廻しながら、自分の行きたいほうへ勝手に游《およ》いで行く。一羽がどう思ってか、岸にあがって、身震いをして水を切る。足下の丸石が少し濡れただけで、なんにも重大な結果を生まない。昌造は、人間の行動のちょっとした左右から分れて来る善悪の結果と、同じく自由な意志をもって行動している禽の、全く善悪のない結果とをぼんやり思い比べていた。それが難しい理窟になって行かずに、ただなんとなく彼の心も禽のようにゆったりと緩んで来た。胸の閊《つかえ》が消えて、長閑《のどか》な鳥獣の世界を感じた。——ふと背後《うしろ》を向くと、女が労《つか》れ切ったようにぽかんと口をあけて、夕日を見詰めて立っていた。ほんの瞬間的に、昌造は、雄鳥《おんどり》が雌鳥《めすどり》を愛するような心持になりかけた。が、すぐまた苦い顔をして黙って歩き出す。広い芝生へ出た。あたりにまるで人影がなかった。

「おい、もう帰れよ、いい加減に」

「近いうちにもう一度だけ会わない？」

「いやだ！」

「いやならよござんす」なんの執着もなげに言う。昌造はカッとなった。

「そんならなぜ初《はな》ッからそんな余計なことを訊くんだ。俺をいやがらせるだけの目的で言うんだな」

「あなたはすッかりもう気が変っておしまいなすったのね。あたし、憎い？」

言葉に現わせないほどの憎さを、十分に伝えてやりたい欲望で胸がいっぱいになって、口が利けなくなって、洋傘《こうもり》の柄《え》を力まかせに握り締めたまま、昌造はブルブル顫《ふる》えていた。

「おいやでしょうね、金龍館の下座《げざ》を情人《いろ》にしていると言われちゃアね」

昌造は女の代りに力まかせに大地を打った。洋傘の先が折れて飛んだ。女はその飛んで行った先を見ていた。草のなかで金物が斜陽を弾《はじ》き返している。

「俺を責める気だな、貴様。貴様が一体俺のよし悪を言うなんて、第一考えるなんて……」

頭の上を烏《からす》の群が鳴きながら帰って行った。女はチラとうわ目づかいに見あげた。羽音が静かな夕空に遠ざかって行く。暫くして女は落つき払って言った。

「人間てものは、誰でも倦《あ》きるわ」

「生意気いうとほんとになぐるぞ」

「あなたはどうかしていらっしゃるのね」

「もういい！　どうかしていようといまいと、お前の世話にゃアならない」

「堪忍してくださいね、あたしが悪かったんだから」

「なアに、あやまるにゃアあたらないよ。お前という人間はそういう人間なんだ。あやまったりするとまた嘘になる。本性を現したままで引きさがったほうが男らしいぞ」

「何をそんなに慍《おこ》ってらっしゃるの？」

「もういいんだよ。これですッかり片がついたんだ」

「なにが」とゆっくり引張って言った。

「俺たちが一番お仕舞に本当の肚《はら》を言い合って別れるんだ。やっとこれで落ちつくとこに落ちつけたんだ」

そう言ってしまうと昌造は歩き出した。それでも彼の注意は背後《うしろ》に惹かれがちだった。

——どうしただろう？

烈しい怒のあとで、彼の心は次第にもの柔かになって来た。少し言い過ぎたような気もして女が哀れでもあった。

しかし彼は努めてその心を抑えつけた。暫くして、二、三間あとから女の足音がついて来るのを知った時、まアよかった、と思った。彼は停留所のほうへは出ずに、そのままうちのある方角へ歩いて行った。——女がついて来ることが出来るように。

足がうちに向うと同時に、彼の心は重くなった。永い間無断で、電話一つかけないで、うちを明けていた結果を、彼はよく知っていた。屢々《しばしば》繰り返したことだが、両親は容易にそれに馴れなかった。父の怒、母の心配、兄弟の迷惑、彼も容易にそれに馴れなかった。結局彼は友達のうちに寄って、そこから兄でも呼び出して、一緒に帰って貰おうと思った。

その友達のうちの門前に来た時に、昌造は振り返って、今度はまるで違った優しい声で、労《いたわ》るようにこう言った。

「北島ンとこへよるがね、もし留守だったらすぐ出て来るけれど、いたらもう別に断りには来ないからね、五分ほど待ってみて、出て来なかったら帰っておくれ」

もう全く夜だった。女の顔がほの白く、ただ頷くように見えた。

「じゃア、さよなら」昌造はサッサと門のなかにはいった。

北島は彼を見るなり、

「オイオイ、冗談じゃアないぜ。一体あれからどこに行ってたんだい。君のうちじゃア大騒動だぜ。俺は何遍電話口に呼び出されたか知れやアしない」

同じ夜の九時頃、俊之助兄の後から、昌造がションボリ部屋にはいって来た時に、父母は「まア助かった」と思った。五人の男の子のうちで、この四男のような放蕩者は初めてだった。どの伜《せがれ》もどの伜も、成年になる前後に、きっと何か知らで苦労をかけたけれども、昌造のように無遠慮に彼等を苦しめる者もなかった。

「一体どこへ行ってたんだ！」父親の今までの心弱い不安が、急に劇《はげ》しい憤怒に変ろうとした。しかし、その時彼は、伜の、四、五日の間にゲッソリ痩せてしまった顔を見た。蒼く縁《ふち》どられた目は、労《つか》れて力なく見えながらも、思い迫ったように潤《うる》んで、深い縦皺を刻んだ眉の下に落ち窪んで光っていた。髯《ひげ》なども汚らしく延びて、一層顔色を悪く見せていた。口にこそ一言も出しはしなかったけれども、心のごく底では、実際生命さえも気づかっていた我が子の、こういう衰え切った様子を見ると、さすがに父親も哀《あわれ》を誘われた。母親は情ないことだと思うと、ハラハラと心弱い涙を落した。昌造は、自分を一文の値うちもない放蕩者だと心から感じて、父母の前に身の置き所もないように恐縮していた。しかしそこには、どこか人の心に触れるものもあった。例えば、悪心の風に吹き曝《さら》され、善心の雨にたたかれながら、面窶《おもやつ》れるまで誘惑の旅をさまよい廻った足弱な旅人が、宿を頼むのも恥じらわれて、軒先でウジウジしているような趣があった。

「俺はなんにも尋ねまい」と暫く沈黙が続いた後に父親が言った。「また叱りもしまい。が、これからはもう少し気をつけてくれ。老《とし》った親たちのことも思ってくれ。よウく自分で一度考えてごらん。……しかし、それよりもまア、今夜はゆっくりお休み、まるで……」身投でもしかけて助けられて来た男のような顔つきをしている、と父親はその時思ったのだけれど、もとよりそれは口へは出さなかった。

　昌造は労れ切って自分の書斎にはいると、これという理由もなく、声を立てて泣き出してしまった。久振りで父母に対する愛を感じながら、子供のように泣きじゃくりながら寝入った。

　或る日の午後、昌造は佐々を訪ねようと思って電話で都合を訊くと、市村と牧野とが来ているが、よければ、という返事だった。昌造はその明け方「蟬脱とずるずるべったり」と題する、幾度か生活を改めようと志しては幾度も失敗に終る意力のない生活を描いた自叙伝風な小説を脱稿した。それは出来次第に、そのなかの副主人公のモデルである佐々に見せる約束になっていた。それで佐々は、他に来客があってはという遠慮を言葉のうちに現わしたが、昌造はちょっと考えて見て、かえってそのほうがいいと思い、行くことに約束して電話を切った。――この小説のなかで、昌造は、佐々に対して身を切られるような思いで或ることを白状していた。それは次のような事件だった。

一体佐々は昌造の兄の俊之助の友達だった。随《したが》って齢《とし》も六つほど上だった。早熟な昌造が、この友達と対等に交際《つきあ》いたい欲望をもっていたために、往々自分を実力以上に吊るしあげなければ丈《せい》が足りなかった。その吊るしあがった足と地面との距《へだた》りが、この友達との関係に於て、昌造の最初の弱味となった。うわ吊った彼の言説でも、時には、鈍厚な佐々には才気煥発《かんぱつ》に聞えた。だから彼等の交際は、はたからは、齢のわりには対等らしく見えた。しかしその実は、昌造の宙にぶらさがった足と地面との間には、佐々の思想、趣味、道徳などが、芝居の岩組《いわぐみ》のように一見巌丈《がんじょう》らしく踏み台にされていた。昌造もそれに心づいていて、幾度《いくたび》その空洞《うつろ》な足つぎを自分の大地にまで踏み砕いてしまおうと悶掻《もが》いたり、或はまたそこから飛びおりてしまおうと企てたか知れない。しかしかの張子の岩の周囲は、日と共に膨大して、遂には己の立っている大地を見失ってしまいそうな形勢になって来た。

その時分の或る日、小網町の河岸《かし》に臨んだ西洋料理屋の二階で、彼と佐々とは、画家である英国人の友達から、オーガスト・ジョンという画家の話を聞いたことがある。まだ弱冠ながらジョンは、恐しいような一種の強い性格をもった男だった。彼の性癖は一々オリジナルだった。彼の周囲には、磁力に引き寄せられる鉄片のような崇拝者が、常に必ず五、六人ずつは集っていた。そのなかの一人であったオスボルンという画家は、立派に己自身の才能をもっていながら、その作画は、どう悶掻いてもジョンの足跡をあとからあとからと追って行くようになった。とうとう彼は、ロンドンを去って、或る田舎に引込んでしまった。そして子供の心にかえって、ひたすら自然を観て描いた。しかしオスボルンは、その一枚が出来あがると同時に、ピストルの弾丸《たま》を己の頭脳へ射込んで死んでしまった。

——こういう話になって来た時に、昌造と佐々とが殆ど同時に尋ねた。

「その一枚は？」

「オオ。非常なもの。彼自身の芸術！」

その後二、三日の間というもの、昌造は、佐々を殺してしまおうという考を、どうしてもあたまから追い出すことが出来なかった。自分が殺されてしまうよりは、と思ったのだ。

（しかしこれに関する詳しい記述はここには省く。）

昌造と佐々との間にはまだ次のような関係もあった。仲間の中にまだ一人も遊びを始めた者がなかった以前に、昌造はうちで使っていた年上の下婢と通じていた。この事実は最も親しい友達の佐々にも打ち明けずにあったが、ただ彼がもはや童貞ではないというだけは、いつ話したともなく通じさせてあった。その後或る冬の晩、佐々が遊びを始めたことを肇《はじ》めて昌造に打ち明けた時に、昌造はそれに対する償いのように、彼自身の秘密をも語れと迫られた。その時以来四年ほどの間、佐々は、昌造の相手が神田に住む煙草を商《あきな》う女だという虚構《つくりごと》を信じさせられていた。それでも彼は、何故ともなく、あの下婢ではないかと想像して、そう突込んで尋ねたこともあったが、昌造はどこまでも白《しら》を切り通した。この嘘のために、昌造は益々《ますます》佐々の前に己を暗く弱く感じなければならなくなってしまった。遂に彼は、名を創作に藉《か》りて、佐々に本当のことを白状しようとし、同時に今までの関係にも幾分か光明を持って来ようと企てた。「蟬脱《せんだつ》とずるずるべったり」の一部分がこの目的のために割《さ》かれていた。昌造にとって、どの道それは苦しい仕事には違いなかったが、この頃になって、彼にそれを成すだけの勇気が湧いて来たというよりも、むしろそうするだけの図々しさが生まれ来たのだと言ったほうが当っていた。小説のなかで、彼は、人を陥れようとした嘘の穴のなかで、如何《いか》に己みずからが苦しんだかという事実を書き、（そこには少しの誇張はあったとしても、無根の嘘はなかった）また作者の主観としては、苛酷なまでに主人公を鞭うって、あたかもそれで永い間友達を偽っていた罪が償われるもののように感じた。そこには、友達の前に罪を謝する代りに、この労作に芸術品としてのよい批評でも受けながら、対等な笑い顔のうちに、永い間の嘘を白状し、同時にまた過去に葬ってしまおうという、（そう明かに意識しないまでも）甚だ横着な態度が潜んでいた。

こういうひどい意味の作を佐々の手に渡すには、差向いで目の前で読まれるより、かえって相客のあったほうがいいと感じて、原稿を袱紗《ふくさ》に包んで、昌造がその日佐々のうちへ出掛けたわけだった。

先に来ていた友達はもう倦《うと》んじ果てたように、仰《あお》むけに寝ころんで出鱈目《でたらめ》な鼻唄を唄ったり、両膝を抱いて床柱に凭《もた》れながらユサユサ体を揺ったりして、中心になる感情も話題も明かに失われているように見えた。この空気はいま昌造が身を置くに最も適していた。

佐々はこの空気のなかから昌造の創作を持って隣の部屋へ出て行った。昌造の心はワクワクして来た。それを紛らすにはあたりの空気を一層ダルにすることが有効だった。

四年の間親しい友達に偽られていたことを知った時には、人を信じることの厚い佐々はかなり不愉快な心持にされた。その上、読み終ってからもとの座敷へ帰ってみると、そこでは昌造がだらけ切った冗口《むだぐち》をたたいていて、恬《てん》として恥じる色もなかった。佐々は大抵の場合この年下の友達に対して兄貴らしい愛情や寛大や、尚また相応の尊重をも失ったことはなかったが、その時には彼を下等だと思った。

「どうだったい？」と昌造が殊更平気を装って訊いた時に、

「そのうち、ゆっくり話そう」とただ一言いっただけで、露《あらわ》に苦り切った顔をしていた。

その晩彼等は酔って吉原へはいって、雨に会ったが、牧野の童貞に敬意を払って、或る馴染のない引手茶屋へあがった。また酒を飲んだり、芸妓たちが来たりした。昌造は乱《みだれ》籠《かご》のなかに原稿の袱紗《ふくさ》包《づつみ》を見つけて、「こんなものが顔を出してちゃ面白くねえ」などと言って帽子の下に隠してから、頻《しき》りと燥《はしゃ》ぎ始めた。「蝉脱とずるずるべったり」を読んだ後で、佐々がさして不機嫌でもないのが昌造には嬉しかった。と同時に、友達の目色を窺《うかが》うような己の態度に劇しい不愉快をも感じた。酒がその不愉快に働いて、ガサツな無神経な酔漢を拵《こしら》えた。――芸妓の一人に佐々の心は惹かれた。しかしそれには誰も心附かなかった。ただ昌造はそのみさ子というのが一番佐々を厚くもてなすと思って、微かな嫉妬を感じていた。しかしその嫉妬に根ざす意地悪は、友達へは向けられないで、その女に対して、殊更に佐々のほうへ押しやるという、いわば幸福という形で苦しめるとでもいうべき心持で現われて来た。銀貨隠しの遊びをしている時に、佐々の拳固《げんこ》を指して、「その熊のような手！」と言ったのも、翌朝芸妓たちが帰ってしまった時に、「ああ、御婦人連がいなくなると、急にみんな気をぬいてしまって、惘然《ぼうぜん》たる顔つきをしてるぜ」と言ったのも、昌造の心持には、無遠慮すぎたという以外には、全く咎められるべきなんの他意もなかった。所が、二、三日してから昌造は、「あの晩君が僕に対してした下劣な『心の遊戯』で僕は君に対してかなり不愉快を感じている。そしてその心持を今小説に書きかけているから、当分君とは会いたくない」という意味の佐々の手紙を受け取った。佐々は自分がみさ子に対して抱いたかなり真面目な愛情を、昌造が馬鹿にして、わざと女の前で自分の毛だらけな手を熊のそれに譬えたりしたのだと釈《と》ったのだった。

それ以来暫く二人は遇《あ》わなかった。昌造は、自分に対する佐々の不愉快が、日ごとに彼の原稿紙の上に形を取りつつあることを思うと、ふと苛立たしく感じるような時もあったが、しかし彼にとっては、この友達との間に、どんな形でも変化の来ることは、心竊《ひそ》かに望むところだったから、さしてそれを苦にもせず、他の友達と一緒に、相変らず悪所《あくしょ》ばかりほッつき歩いていた。

　もう冬が来てからの或る日のことだった。昌造は北島からかかって来たという電話に出た。すると、「あたしよ、わかって?」と言うのがお京の声だった。彼はすぐ電話を切らなければならぬと感じながら、やっぱり受話器を耳に当てがっていた。

「なんと思って電話なんぞかけるんだ」

「ただよ。急にかけてみたくなっただけ」お京は明かに酔っていた。デレデレとよく廻らない舌で、くだらないことを喋り続けた。その背後《うしろ》からは、楽隊の音や人の話し声などが騒々しく聞えて来た。活動小屋の楽屋の酒宴。酔っぱらった下座《げざ》の女。たまらなく不愉快になって、昌造は黙って電話を切ってしまった。

　この時肇《はじ》めて昌造は、別れて後のお京の生活を眼前に思い浮べてみた。彼はなんとなく胸苦しく情なく感じた。

「いやだいやだ。たまに善いことをすれァ、その結果はこんなもんだ」

　その秋同じことを鳥屋の二階で感じた時と比べると、彼はずッと簡単に、概念的にこの問題を片づけてしまった。人の心に在る善の力が、いかに成すなきかを思うことは、一面から彼の生活をジャスティファイし、不安を麻痺させる効力があった。しかも彼は善のために悲しまなければならないように感じた、――末世の世には、善もその力を収めなければならないという風に。そしてこの幻滅は、（彼の考に従えば）末世の世に目を開く前に、必ず受けなければならないdubであって、これを経て後、人は、自分達のうちに何か或る尊いものを建立《こんりゅう》し、常にそれを力綱としていずには、一日も生きて行かれないようなヒロイズム時代から、肇めて現実に直面してたじろがない不屈の気力を備えた成熟の時代にはいるので、あたかも彼が今その一転期に際して、別れて行く過去の時代を懐しみ、かつは幻滅の悲みに会っているのだ、とこう昌造はみずから解釈した。――しかしまた別な見地から言えば、彼の所謂《いわゆる》dubは、徴兵検査のように、誰でも人が必ず受けなければならない「凡人検査」の試験であって、昌造がそれの甲種合格者であったと言うことも出来る。この考に従えば、その日の短い電話が、彼を立派な「凡人」に「成熟」させた。昌造はそれを進歩だと考える、――それも事実である。人はいかなる場合にも幻滅を恐れてはならない。滅しないものは、どうしたって滅しないのだから、滅するだけのものは惜しげなく、ドンドン滅しさせるがいい……。

　社会的に名誉も位置もない「素町人《すちょうにん》」がなんでもするように、（と昌造は或る友達への手紙に書いた。）心の上に君臨するもののない「素人間《ずにんげん》」は、またどんなことをも恐れない。何かの役《ロール》に拵《こしら》えてない役者の顔を素顔と言うように、近頃の彼は全く「役」のない

「素人間」になったような気がする。早熟な、なんでも知った風な顔をしたがる少年——無自覚な煩悶《はんもん》を道楽にする青年——漁色家——情人、こんな様々な「役」をおえて、俺は顔を洗ってしまった。その時、こういう「役」が、思いがけず、心の状態の君主であることを知った。自由な心の所有者は「素人間」に限られている。しかしその「素人間」が、また今の俺の「役」でないとは言えない、「心の君主」でないとは言えない。が、ともかく俺は永い間望んでいた心の自由をやっと近ごろ得たような気がする。所がそれは、言葉を換えて言うなら、「自棄的傾向の少い放埓《ほうらつ》」と言い換えてもいいようなものだった。俺に於ては、それは淋しい空虚に等しかった。俺はこれに馴れなければならないのだろうか。この行手に本当に大きな自由が待っているのだろうか……。

（一週間ほどたってからの手紙に）

我々は「自由」というものを掴むことが出来ようか。他人との対立に於てでなく、自分一人の、絶対の自由というものを。

自由とは畢竟《ひっきょう》「意識の自由」であることは論を俟《ま》たない。人はごく不自由な自分を自由であると意識する自由も、どんな自由な自分をも不自由であると意識する自由も、決して失うことはない。悪はただその「意識」が外的な何物かに支配されるか否かに帰する。絶対の自由とは開放されたる意識である。外的な何物をも含まない「人格的意識」——もっと砕いて言うなら「自然な心」「素な心」それだけが自由だ。僕は近頃こう思って、したいことをし、思いたいことを思い、全くなんの目標もなく、批判もなく暮している。が、しかしどうも淋しい。

　こういうのが、昌造の「成熟」した「自由な心」の哲学だった。彼の心のなかに「建立」された尊かるべき筈の哲学だった。――それは恰度、輸入される時に少々損じた上に、日本人の性情にはピタリとは合いにくい「自然主義」というものが、青年の心に種々《さまざま》な形をとって働き始める時代だった。――哲学はそれでもよい。所で彼の所謂「自由」な生活とはどんなものだったろう。

　翌年の二月頃、昌造は汚い小さな待合の、長火鉢の置いてある部屋で、連れの友達が二階から降りて来るのを待っていた。そこに友達の呼んだ女だけが先に降りて来て、軽く女房《かみ》さんに挨拶をして帰って行った。――三、四時間後に、友達と別れてから、彼はその近所の或る他の待合にいた。

「フム、あなただったの。よくない人ね。あなたは」さっき友達の呼んだ女が座敷にはいって来るなりこう言った。昌造はニヤリニヤリ笑っていた。

「お馴染《なじみ》かい」

「あの方と？……いいえ」

「何、お馴染だってかまやしないがね。……さっきお前が帰る所を見染めたというわけさ」

一時間も経たないうちに、昌造はこの色白で小肥《こぶとり》な、女学生上りの摺《す》れッからしを、「ガラガラ蛇」と字名《あざな》して、それからまた一週間もすると、すぐ文通などを始めたりした。

この女の生家は江戸川の終点の近くにあった。今そっちへ帰っている、一緒にどこかへ遊びに行くから、誘いに来い、という手紙を受け取った昌造は、約束の時間に終点で降りて、夕闇のなかに人待ち顔に立っている「ガラガラ蛇」を見つけた。彼はこの女相応の、（或はそれがまた彼自身の財布にとっても相応の）料理屋へでも行って、飲食いしたりする気でいたが、女は頻りに「活動」へ行こうと言って強請《せが》んだ。その時昌造に、ふとこういう名案が浮んだ。――この女と並んで腰かけながら、金龍館でお京の声を聞こう、と。この思いつきが頗《すこぶ》る彼の「自由な心」を興がらせたので、快く承知して、二人は電車で浅草へ向った。所が行って見ると、生憎《あいにく》金龍館は表がかりの改築中で、折角の名案も駄目になってしまった。それで他の小屋で、立廻りの多い旧劇の写真を我慢しなければならなかった。暫くして、やっと女に頼むようにして彼等はそこを出た。

けちな鰻屋《うなぎや》の入れ込みの二階で、晩《おそ》い夜食を終る頃には、女はすっかり酔っていた。

「ちょいと姐《ねえ》さん姐さん。これで熱く煎《い》れ変えて来たってえのかい」

まだよかろうと思っているうちに、がッくり酔われたので、昌造は面喰《めんくら》った。

「なんだね、お前さんところの脂《あぶら》ッこい稼業でさ、熱ウいお出花《でばな》を飲ませることも知らないなんて……。もう一度煎れ変えといで！」

昌造は厄介なことになって来たと思いながら、やっと女を宥《なだ》めておもてへ連れ出そうとした。入れ込みの相客はジロジロ二人の顔を眺めて、お互に囁《ささや》き合っていた。

「なんだって？　六区だって？　巫山戯《ふざけ》ちゃいけないよ」その上、「こう見えたって」までやられてはと、可笑《おか》しくもあり、恥しくもあり、昌造は女を引きずるようにして往来に出た。実は彼とてもかなり酔っていたのだが、「ガラガラ蛇」の景気に怖れをなして、醒めてしまった。馬道《うまみち》まで来ると、これから吉原《なか》へ繰り込むのだ、と言って、女はなんと宥めても肯《き》かなかった。「俥夫《くるまや》ア、二挺《ちょう》だよ」などと叫んだりした。吉原では、彼女は衆目を一身に集めてしまった。着物を前はだかりにして、ヒョロヒョロよろけて行くのを、妓《ぎ》夫《ふ》どもはよい慰みものがはいって来たと、てんでに巧《たくみ》な冷罵を浴せた。辻卜売《つじうらうり》の鼻ッ垂れも、「やア、女の酔ッぱらい女の酔ッぱらい」などと囃《はや》し立てて、ゾロゾロ跡からついて歩いた。いかな昌造も、側へよれなかった。時々「女の酔ッぱらい」は背後《うしろ》を振り返って、昌造の姿が見えればよし、ちょっとでも見附からないと、委細かまわず大声で彼の姓を呼び立てた。昌造が知らん顔で静かに近よって行くと、見附けて、安心してまたヒョロヒョロと歩きだす。群衆は彼女の視線をたどって、連れの男を見附け出そうとする。そのなかで昌造も、群集の一人のような好奇《ものずき》らしい顔つきであたりを見廻したりした。――だいぶ遅れていた昌造が仲の町の通りに出た時に、「ガラガラ蛇」は、姿が見えないほどの人立《ひとだち》に囲まれていた。彼女は辻卜売の子が五月蠅《うるさ》いと言って、その一人の頭を打ち、それを見咎めたやっぱり酔ッぱらいの義憤家との間に喧嘩が始まったものと思ぼしかった。昌造は、今度こそ知らん顔をして先へ帰ってしまおうかと思ったが、それが出来る性分なら、もう夙《とう》に浅草で女をまいていたろう。彼は人立を押し分けてはいって行って、女の手首を取ると、黙ってグングン大門《おおもん》のほうへ引ッ張り出して来た。「やア、刑事だ刑事だ」などという声を背なかで聞きながら。

　荒れ狂う女を無理やり俥に乗せて、低声《こごえ》で俥夫に所番地を言って聞かせてから、「刑事」はやっと肩の荷をおろしたように、人通りの比較的少い三《み》ノ輪《わ》のほうへ歩いて行き、やがて俥に乗った。寒い月が中天に冴えていた。俥は鶯谷《うぐいすだに》の下へ出る寂しい町を走っていた。それほどの目に遇わされた「ガラガラ蛇」が、彼には、まだそういやではなかった。何か哀れなような愛情さえ感じだしていた。——行手に、灯《ひ》をとられた提灯《かんばん》を点火《とも》そうとしている俥があった。梶棒をおろさずに、後押の俥夫が前に廻ってマッチを摺っていた。俥の上には「ガラガラ蛇」がいい心持に寝入っているらしく、ぐッたりと首を曲げていた。

「オイ、気をつけてやっとくれよ」昌造は俥の上から声をかけて行き過ぎようとした。

「なアんだ。あんただね。わかってらアい」と女は急に顔を振りあげた。その顔にはいっぱい月がさして蒼白く見えた。

　その晩二時頃に、若い泥酔している女を、知れにくい路地の奥の、小さな汚い家へ送り届けた二人の俥夫は、家内には彼女と妹らしい娘との二人きりで、男や大人がいないことを確めた時に、「わっちらも、これから仲まで帰りゃ夜が明けちまいますから、どこの隅でもよござんさア、一晩泊めてやっておくんなさいな」と芝居の台詞《せりふ》のような口を利いた——俥は路地の奥に霜《しも》と月光とを浴びながら朝までそこにあった。

露骨この上なしの「ガラガラ蛇」からこの話を聞かされた時には、さすが「自由な心」の所有者《もちぬし》も悄《しょ》げ返ってしまった。

再び夏が環《めぐ》って来てからのことだった。その時分には既に以前のような友誼《ゆうぎ》に復していた昌造と佐々とは、かつて一週間のうち少くも二日まではそうしていたように、一緒に連れだってあてもなく街を散歩してから、その年納涼のために公開された御台場の一つへ渡ってみようということになって、芝浦の埋立地の海岸に立った。旧暦十五日の月があがりかかっていたが、いかにも夏らしく、夢のように足もとが暗かった。ボウボウと、締りのない、生温かく湿った風が肌にベトついて快くはなかった。それで、御台場に渡す艀《はしけ》の出る場所もちょっと知れにくかったが、むきになって探してみる気もなく、堤防近く舫《もや》ってある舷《ふなべり》の高い和船の舳《みよし》から暗い海の水へドブンドブンと飛び込んでいる若者たちの呑気な夜の水浴を眺めた。元来こういうことの大好きな昌造にさえ妙に危《あぶな》っかしく思われるような晩だった。それは、耳朶《みみたぶ》を鳴らしてボウボウと吹いて行く、日照り続きの海上で温められた風や、浮雲が流れる度に息をつくように明るんだり暗くなったりする寝惚《ねぼ》けた月光のせいでもあったろう。いくらか予期して来たような、爽かな涼味とは恰度正反対と言ってもいいような、怠けた、或はそれ以上不気味な感じを受けながら、二人は下駄を揃えてぬいだ上へ腰をおろして、暗い水平線を望んでいた。潮の匂いに混《まじ》って、腐った魚腸《わた》の匂いもして来た。それが、湯のようになった海の上へ、白い腹を出して浮んだ死魚の体からでも匂って来るような心持をさせた。

広々とした埋立地の草原を横ぎって、彼等はそろそろ帰りかけた。往き道には心附かなかった小屋がけの素人《しろうと》相撲の前へ出た。彼等はそこにはいって、猿股の上から緋金巾《ひがなきん》の褌《ふんどし》など締めた逞しい青年たちを、薄暗いカンテラの光の下《もと》に眺めた。好悪の劇しい彼等は、およそ頭数の知れた力士たちのなかから、すぐに贔屓《ひいき》々々《びいき》を見つけ出した。規定の時間が来て、木戸番の爺に追い立てられるようにして、最後に彼等がそこを出た時には、いくらか元気を回復したような気がした。いつか月は天心に昇って、青く澄んでいた。桟橋のような危っかしい橋を一つ渡ってから、安普請の小料理屋や小待合のゴチャゴチャと建て込んだ一郭へ、例の好奇心から折れ込んではいった。その道は湯屋の前へ出て行き止ってしまった。片側は石炭殻がガスガス頽《くず》れ落ちて来る暗い傾斜で、上には鉄道のシグナルが雲を突くように立っていた。あと戻りをするのが業腹《ごうはら》なので、彼等はかまわず鉄道線路の土手へ登った。そこを横切ればすぐ田町の通りにおりられることとばかり思い込んでいたのに、あがってみると、土手と彼方側《むこう》の往来との間には、コンクリートの壁か何か工事中らしく、その上案外往来は低かった。

「これアおりられない。廻ろうか」

「なに、線路についてもうちっと行ってみよう。大抵どッかでおりられるよ」

彼等は新橋のほうへ向って線路のわきを歩いて行った。そこへ前方から大地を震動させて下り列車が来た。

「あぶないよ」

「大丈夫だ。こいつは気違じゃアないから」

自動車のことを、けんのん性の牧野が「気違電車」と呼んでいた。電車も可怕《こわ》いが、自動車と来たら、いつ何時《なんどき》どこへどう逸《そ》れて来るかわからないのだから、こんなあぶないものはない、とよくその友達が言っていた。それでも彼等は出来るだけ線路から離れて、土手ぎわの草を踏むくらい、端を歩いていた。下りの列車は彼等の歩いている側からは一番むこうのはずれの線路の上を轟々《ごうごう》と凄じい響をたてて走って行く、——昌造のつい目の前から、浴衣《ゆかた》がけの佐々の、薄ら白い後姿が、パッと消えてなくなった。途端に昌造は、非常な音響と、吹きよろめかされる程の空気の攪乱《こうらん》に合った。熱気を帯びた焦臭い風が裾をあおる。すぐ頭の上を四角な明るいものがチカチカカッと飛び過ぎる。次の瞬間に、昌造は、目の前に山ノ手電車の丘のように大きな後姿と、赤いランプの光を見る。恐らく一秒よりも短い間にこれだけのことを感覚する一方では、佐々が鞠のように五、六間さきへケシ飛んで行く瞬間の姿をも見た。そしてその次の瞬間には、切腹した人のようにうッぷしている佐々を後から抱き起している己を感じた。——額から鼻柱の横へ流れている血を見た。目はあいている……。

「大丈夫か」

「大丈夫だ」

怪我人の声は思ったよりしっかりしていて、何か自ら嘲笑《あざわら》うような調子さえあった。けれども昌造は、（これア佐々は死ぬかも知れないぞ）と思った。（どうして死ぬのだろう）と自問して、その時肇《はじ》めて、佐々が山ノ手電車に触れたという事実をはっきり意識した。——もう一筋の血が唇から顎《あご》へ流れて来た。これが血へドなら助からない！

「シッカリしてくれ！」

「大丈夫だ。大丈夫だ」佐々はひと言ずつ確かめるように言った。

そこは、往き道に彼等も潜った三丈ほどある陸橋《ガード》の天端《てんば》で、佐々の膝頭から一尺とは隔てない所から、下の往来へ石垣の絶壁になっていた。そのつい鼻の下を、涼みの客がゾロゾロ歩いている。それが、彼等とは交渉を許されない他界の人々のように、こっちを振り仰ぎながらも、立ち停りも慌てもせずに、平調な足なみでゾロゾロ動いている。——昌造は心細くなって来た。

「誰か来てください。大変です」と彼は幾度も呼んだ。谷の底で「どうしました」という声が聞えた。

「誰か早く来てください」

その間佐々は、膝頭で立って、前こごみになったまま一言も口を利かなかった。昌造は背後から、その、ガックリ前こごみになろうとする頭を顎で支えるようにして、脇の下から差し込んだ両腕でしッかり抱き擁《かか》えた指先を、佐々の乳のあたりで組み合せていた。その昌造の指の上にまた佐々の掌《て》が軽く載せてあった。そこには、生温い、サラサラに乾いた、アレ性の、いつも通りの佐々の掌の感覚があった。それがいくらか昌造に勇気を与えた。「大丈夫だろう」とも思った。そして急に「とにかくこれア大変なことが出来てしまった」と肇めてそう感じた。どこからともなく彼等の周囲には人々が集って来た。角灯を持った線路工夫もいた。

「どうしました」

「電車でやられたんです。……大変です」

「とにかく往来までおろさなくっちゃいけない。お待ち」こう言って手を藉《か》しに寄って来た中年の男は、ひどく酒の匂いをさせていた。

「あなたはいけない」昌造はその男の手を払いのけてあたりを見廻した。湯屋の帰りらしく、手拭をぶらさげた屈強の若者が目にはいった。「さっきの相撲とりの一人だな」と彼

は心丈夫に思いながら、

「あなた、すみませんが手を藉してくれませんか」

その若者は、人々がこういう場合に得て陥り易い、義に勇むという風な、気負い立った様子もなく、無愛想に近よって来た。昌造にはそれも気に入って、その若者に対しては無遠慮になってかまわないような心持で、さげていた手拭を貰い受けた。それで佐々の頭に後鉢巻《うしろはちまき》をした。濡手拭はグッと堅く締った。髪の毛のなかで、傷の在りかは知れないが、顳顬《こめかみ》の動脈を締めつけて置いたら、いくらか出血が防げるだろうと。

そこへ白服の巡査が来て、「医者はまだ来ないか」と言った。そのとき佐々は癇癪《かんしゃく》を立てたような声で、

「警察医なんぞに来て貰わなくてもいい。それよか早くどこか病院に連れてって貰おう」

昌造は、自分がすっかり顚倒《てんとう》しているのに、怪我人のほうがかえってはっきりこんな思慮を保っているのを頼母《たのも》しく、心丈夫に思った。

「そうかそうか。だけど、……大丈夫か」

気だけはしッかりしていても、案外途中で、……と、それも案じられるので、昌造はためない当人にそれを確かめる。何しろ傷の程度がちっともわからないので、彼の不安は手遅れという点にあった。そこには、もし手遅れにでもなったら申訳がない、という、自分を護るイゴイスティックな考え方も慥《たし》かに混っていた。

「大丈夫だ」佐々は受け合うようにしっかりと答えた。

「それじゃア医者はいりませんから、大急ぎで俥を二台いってくれませんか」

巡査は、昌造にものを言いつけられたことで、ひどく感情を害したらしく、「そんなことは自分でしろ」というような言葉を残して去った。ともあれ往来へおろすことになって、湯帰りの若者が前に廻って背負《おぶ》った。昌造が背後から助け載せようとすると、突然怪我人が、「痛い痛い」と叫んだ。見ると背で浴衣が五、六寸ほど二ヶ所破れていた。彼の心はまた暗くなった。

自分のステッキと、折から持って歩いていた『罪と罰』の英訳本と、佐々の下駄の片一方とを拾って、昌造は人々のあとからあぶなっかしい急坂を田町の往来へおりた。誰が呼んで来てくれたのか、俥が二台待っていた。

「一緒に乗らなくってもいいか。一人で大丈夫か」

「大丈夫だ」

佐々は俥の腰かけの端へほんの僅か腰を載せて、前こごみに窮屈そうにしているので、昌造がうまく掛け直させようとすると、「体を延ばすと背なかが痛いのだ」と言った。そこに、ズブ濡れになった佐々の麦藁帽《むぎわらぼう》や、下駄の片一方を持って来てくれた人があった。昌造はさっき拾った片々の下駄を、「こんなもの片ッぽだけ持ってってどうする気だ」と心附いて、どこかに捨てて来たのだ。帽子は自分のの下から二重に被ったが、下駄は目立たないようにそっとまた捨ててしまった、もう出かけようとしている時だった。

「君等逃げてしまっちゃいかんじゃないか」と言って巡査が近よって来た。昌造は腹を立てて、「逃げやしないが、何か用があるのか」と喰ってかかった。一応交番まで来いと言うので、佐々の俥夫に田町の通りをソロソロ先へ行くように言いつけて置いて、昌造は交番へよった。いつの間にかあたりは大変な人立だった。巡査は彼等二人の姓名職業住所などを訊こうとした。昌造は人立のなかでそれを口にしたくなかったので、自分の名刺に佐々の姓名や番地を書き添えて、精《くわ》しいことはこれからＵ病院に行くから、そっちに調べに来いと言って俥に乗った。怪我人の註文で、ソロソロと引いて行く俥は往来の視線を集めた。湿った手拭が血を吸って、褐色《ちゃいろ》に染っているので、尚更人目を惹き易かった。で、昌造は暗い裏通りのほうを行かせた。そしてＵ病院、――彼の親戚の男が外科の主任をしているそのＵ病院へ行こう、と佐々に告げた。

「Ｕ病院だと不愉快なことはないかな」佐々はこう言った。どういうつもりか、昌造にはその言葉の意味がわからなかった。

「なぜ？……ないだろう？」

「慥か俺は、この頃Ｋ病院に通ってるんじゃないのか」

「ウン」と答えはしたが、昌造はギョッとした。そんなことを人に確めるとは……。

「そんならやっぱりＫ病院にして貰おう」

佐々は、その時分K病院で治療を受けていた病気を、友達の親類などに知られたくないと、それを気にしているのだった。

「でも、大変遠いよ」

「タクシイをいって貰ったらわけないだろう」

「それでもいいが、U病院ではいやかい」

「不愉快なことがありそうだ。我儘《わがまま》を言ってすまないが、やっぱりK病院にして貰おう」

そこで、新橋のタクシイへ電話をかけて、彼等の行く道を逆に迎いに来させようということにして、昌造の俥だけ先に自動電話のある街角まで走らせた。いろいろの名で引いてみたが、気が急《せ》いているせいか、どうしても番号が知れないので、昌造がひとりでワクワクしている所へ、もう佐々の俥が追いついて来た。その由を告げながら、自動電話の灯で佐々の顔を見ると、蒼ざめてもいたが、瞳孔が開いたとはこういうのを言うのだろうと思われるような、生気のない、凄い目付をしてひとッところを見詰めていた。昌造はこれアいけないと思った。

「U病院で我慢して貰おう。それだともうすぐなんだから」

「そうか、じゃアそうしよう」案外佐々は柔順《すなお》だった。昌造はU病院に電話で知らせて置くことにして、佐々の俥を先にそこへ向わせた。電話でだいぶ手間取って、彼が再び俥に乗った時は、急にいてもいられないような不安に襲われて、「大急ぎ大急ぎ」と彼は俥の上でじだんだを踏んだ。俥夫も、人通りの少い公園を一生懸命に走ってくれた。しかしいくら急いでも、行手に佐々の俥が見えなかった。昌造は目を睜《みは》りながら、両手に力を込めて、手拭を絞るように、籐《とう》のステッキをギリギリ捩《ねじ》り廻していた。濡れた佐々の帽子で箍《たが》をはめられたように堅く締めつけられている彼の頭は、なかがキューンキューンと鳴っているような気がした。

――佐々は死ぬかも知れない！

四、五年前に昌造は、オーガスト・ジョンとオスボルンの話を聞いて、佐々を殺そうと思ったことはあった。しかし、佐々が死ぬかも知れない！　という心持に直面したのはこれが肇めてだった。それは全くあり得べからざる、考えても考えられないことのようだった。その言葉には意味があるようでないようだった。

佐々は死ぬかも知れない！

いくら思っても、恐しくも、悲しくも、嬉しくも、なおさら可笑《おか》しくも、――どんな感情ひとつ浮びあがっては来なかった。そのくせ彼は、かつて自分が彼を殺そうと思ったことも知っていた。そうかと思うと、佐々の遺稿のあとにでも書くような、追憶の文章の突飛な一部分がありありとあたまに浮んで来た。佐々が死ねば彼は非常に悲しむだろう、と思われた。しかし、死ぬかもしれない！　という事実に伴う感情は、あるようで、漠々《ばくばく》として霧のように取りとめなくあたまのなかに拡がっていた。

その晩昌造は、怪我人の枕もとで一夜をあかした。医者は、傷としては生命に関するような重傷ではないが、右の肩胛骨《けんこうこつ》の下の打撲傷から何か内臓に余病を惹き起せば、と危ぶんでいた。そのうえ佐々は、全く記憶を失ってしまった。手当を終って病室の寝床に横たえられた時に、彼はひどく亢奮して、頬を赤くして、機嫌よくニコニコと笑っていた。そうして、

「一体俺はどうしたんだい」と昌造に尋ねた。あらましのことを話して聞かすと、

「そうか、電車でやられたのかい。そうかなア、ずいぶん間抜けなことをしたもんだなア」と笑った。それから、K病院に通っているのかどうかを確めて、「俺はあの病気が悪くなったのかと思ってた」と言った。「俺はこの頃何か仕事をしていたのかね」と訊く、長篇を書きかけている由を答えると、「そうかなア、ちっとも憶えていないなア、どんなのだい」「君がR市へ行った時分のことから書き出してさ」「ア、そうか、俺はR市へ行ってたのかね」と、ここらまで来ると、また、「一体俺はどうしたんだ」と初めの質問にあと戻りして、殆ど一つも狂わずに同じ順序で同じことを一順尋ねてしまうと、すぐまた最初の質問に戻って行く。そして、それほど記憶を失ってしまったということには、自分で全く何等の不安をも感じていないらしい。初めのうち昌造は、「これア悲惨なことになってしまった」と思っていたが、一晩中、少くも二十遍以上同じ返事を繰り返させられたの

で、仕舞には五月蠅《うるさ》く、少し癇癪さえ立って来た。彼も亢奮していてとても寝られそうもなかったのに、わざと横になって目をふさいでしまった。それに、その記憶力を失ったことは、一時的の現象だろうと思われもしたから。

翌る日午近く、昌造は血に染った羽織や『罪と罰』などを風呂敷包みにして、炎天に寝不足な眉を顰《しか》めながらうちへ向った。その時分には、佐々はスヤスヤ眠っていた。帰りしな外科医の控室で医者に確め得た所では、もう十中八九心配はなさそうだった。

――佐々も助かった！

こう思うと昌造は、何かもの足らない気がした。彼は吃驚《びっくり》して、「俺は、ほんとに呆《あき》れ返った人間だ！」と思う。が、しかし彼は心の底では安心していた。「俺がしんからそんな男なら、ゆうべあんなに夢中になって世話を焼きゃアしない！」

佐々の怪我はドンドン快《よ》くなって行った。昌造は見舞に行ってよく佐々の母親や同胞《きょうだい》たちと一緒になった。この上もなく佐々を愛している祖母が、孫の枕もとで、溢れるような喜びに老《としと》った体を震わしているのを見た時には、昌造は不思議な不安を感じた。「俺は佐々の生死よりも、この人たちの喜びが見たかったのではなかったろうか。もしこのお婆さんが、喜びの代りに悲みで震えていたとしたら……」

老祖母は繰り返し繰り返し昌造に礼を言った。そうされると、昌造も、何か自分のしたことが、特別善いことでもあったような気がして来て、心から嬉しく、ニコニコしていた。

世界一

起きた時分には深い霧だったのだが、やがて糠雨《ぬかあめ》と云うやつになった。雲も薄くはなかった。初めて来たこの鳥取へんの気候のことは知らないが、六月初旬のことで、このまま入梅へ降り続くのか、と情なかった。

どのみち、温泉と云ったところで、東京のことなら、五反田とか、以前向島にあった太陽閣とか云った趣の、がさつ極ったこの宿屋に、もう一晩でも逗留する気はないのだが、すぐ汽車で、次の目的地である東郷温泉へ発《た》ってしまおうか、それともここらの名所古跡でも見て行こうか、——私と佐竹とは、目に見えない雨の空を見あげながら、その相談をした。

「ほかは兎も角、是非奇岩だけは見て行こうじゃアないか」

笑いながら、しかし内心一寸本気で、私はそう云った。——鳥取には、おそそ岩と云うのがあるから、見ていらっしゃい、と、一晩二晩ずつあちこちに泊り泊り来た私たちの旅の間に、二、三度それを聞かされていた。前の晩、宿で絵葉書をとりよせて見たなかにも、そこの写真はあった。自転車からおりて、上を見上げている男の後姿から推すと、ほんの一寸した岩山で、中腹に岩の裂目があった。

「なアんだ、……くだらない……」

「一寸々々、『鳥取の奇岩』がいいじゃァないか。成程、奇岩に違いない」

私たちは、折角の名所も、固有名詞が書けないために、『奇岩』などと、ひどくつまらないことになっている絵葉書の説明を読んで笑ったのだ。

「よそう。つまらないよ」

「いや、しかし、絵葉書じゃァよくわからない。大して遠くもないんだってから、俥《くるま》で行ってみようじゃァないか」

「だけど、まァ、一寸考えてもみろよ。俥夫《くるまや》に、どちらへ、って云われて、一体だれが、なんてって返事をするんだい……」

「だから、奇岩までやってくれ、って云やァいいさ」

「馬鹿々々しい」

そんなことで、一度は沙汰やみになってしまった。そして、前夜の食事に給仕に出た女中から聞いた、海岸の大沙漠や、そこにある池の伝説などを話し合っているうちに、そっちへ行ってみようということになって、女中を呼んで、里数を尋ねたり、俥を云いつけたりしたときに、

「その大沙漠と云うのと、おそそ岩とは、見当が違うのかね」

「馬鹿々々。まだこだわってやがる……」

が、同じ見当と聞いて、「じゃア、まア、見たくもないが、前を通るんじゃア仕方がない」と云うようなことを云い云い、私たちは出かけたのだ。

奇岩は、けれども、絵葉書で見たよりは真に迫っているというだけのことで、やっぱりつまらなかった。横幌をかけてない俥の上から、覗いてみたばかりで、すぐに先へやらせた。

やがて沙漠と云うのへ出た。長汀《ちょうてい》七里、幅は広いところだと三里と云う話だったが、成程見渡す限りの砂浜は、東海道あたりの海岸を見馴れた私たちにとっては、恐しくなるほど広漠《こうばく》たるものだった。雨に濡れた淡墨色《うすずみいろ》の砂のつらなりで、ただ一面に平坦に見えるけれども、緩いながら大きな起伏があるかして、俥をおりた小高い砂丘《しゃきゅう》の上からでも、水平線は、まるっきり望めなかった。いきなり天とつらなって、際涯《はてし》もないような、一望千里とも云えそうな景色だった。

私たちは、昨夜《ゆうべ》聞いてひどく気に入ってしまった伝説、——その話はここには省くが、その伝説をもった池を、沙漠のなかに、遠くから眺めた。それは全く、独逸のルドウィッヒ・ホフマンと云う画家《えかき》の好んで描いた景色をそのままだった。海柔風《かいなんぷう》が、永い年月《としつき》かかって拵《こしら》えあげたようなむッくりした砂丘に囲まれて、静な、不思議に蒼い水を湛えていた。

だんだんそばへ行ってみると、その画家の作のなかでも「暑い晩」と云う、夏らしくけうとい月光をあびて、体のしなやかな豹どもが、急な傾斜をおりて来て、真ッ黒に、どろりと眠った池の水を飲もうとしている素画《そが》が思い出されるような、静まりかえった凄さが感じられだした。殊に、そこばかりは、松やそのほか多くは常磐木《ときわぎ》が鬱蒼と茂っている小さな岬へおりて行った時などは、――そうしてその突当りに、小さな叢祠《ほこら》を見出したときなどは、とても永くはとどまっていられない気持がした。

　そこから、私たちは、沙漠を、どんどん海の方角へ行ってみた、いつか、子供らしい冒険の気持が湧いてきて、フランネルがじとつくほどの霧雨《きりさめ》などはものともしずに、洋傘《こうもり》もつぼめてしまった。砂が湿っているので、そう歩き難いこともなかった。

「どっちだい」

　私たちは、一二の三で、声を合わせて、遠くにいる倬夫へ叫んだ。砂丘の頂辺《てっぺん》に、四本の脛《はぎ》を並べて、インキの瓶ほどにしゃがんでいる倬夫たちが、手を振って、もっと右とか、左へ行けとか云う合図をしてくれるのをたよりに、話に聞いて来た「大摺鉢《すりばち》」「小摺鉢」と云うのにたどりついた。

　それは、あたりの丘や何かの関係で、そこへ来ると風が必ず渦を巻くところから、初《はじめ》はほんの一寸した小穴だったのだろうが、永い間にだんだん掘れて行って、摺鉢型に、深い深い、舐めてとったように綺麗な穴が出来てしまったのだった。「小摺鉢」の方は、一方が潰《く》えていたが、「大摺鉢」は、やや完全に近い摺鉢型で、深さも二十丈の上あった。なんのことはない、馬鹿々々しく大きな蟻地獄だった。その「小摺鉢」の傾斜を、佐竹が駈けおりて行くうちに、ふと思いついて、足跡で、大きなSの字をかいてみた。

「こいつア面白い。何か、素敵に大きなものをかこうじゃアないか」

「うん、よし。じゃア……」

「二人がかりで顔を描いてみようか」

私は、丁度、運動ごとを控えなければならない病気にかかっていた。

「しかし、どうも、少し弱ったな」

「なに、構うもんか。大仏様の顔を描こう。さア、早くあがって来いよ。大摺鉢の方へ行ってやろう」

大摺鉢の傾斜面は、風で綺麗に掃き清められた上を、糠雨《ぬかあめ》にしっとり濡らされて、もとより足跡一つなく、どんな名人の左官でも真似られないような、飛切上等の砂壁になっていた。私たちは、その急角度の壁の頂辺で、砂の上にまず下図をつけてみた。——洋傘の先で、大きな顔を描いてみた。そうして、目口鼻の均衡をしめし合せた。

面白がり屋で、すぐものごとに熱中する点で、よく似た性分の私たちは、もう、雨も病気も、午後鳥取を立つ予定の汽車の時間も、一切忘れてしまって、尻をからげるやら、跣足《はだし》になるやら、洋傘を、中心を見るための目標として砂に突ッ立てるやら、いろいろと支度をした。

まず、これから傾斜にかかろうと云うあたりに線を引いて、それを幅飛の踏切にして、二人一間半ほど間隔をおいて、一二の三で駈けだすと、その線のところから、思い切り下へ飛びおりた。学校にいた頃から、二人ともそんなことは不得意な方ではなかった。平地でも一間半やそこらは楽々飛ぶ方だった。それが傾斜を飛びおりるのだから、――その上、重みで、足がついてからでも、ずるずるッと辷《すべ》りさがるのだから、揃って、三間ほど下に、膝近くまで砂に埋《うずま》って立った。――皮がむけたように、なかから流れだす白く乾いた砂には、ぬくもりがあった……。すぐ私たちは、背なかを向けて、一二三四……と、歩数《ほかず》を数えながら、心持上へ彎曲さした線を歩きだした。始終うしろを振り返って、見当を正し合った。十五歩行ってから、前の足跡をはずして、出来るだけ砂の乱れを太くするように歩いて、起点に帰って来た。――これが、大仏様の眉毛だった。

今度は、私たちは、そくでまた一間半ほど飛びおりた。――云うまでもなく、目頭に立ったのだ。それから、左右へ、前よりも彎曲を強くつけて十二、三歩、それを太くするためになぞって帰ってから、下へ彎曲さしてまた彼方《むこう》へ行って、帰りがけには、その真ン中を円く、あちこち駈ずり廻って黒目を描いた。次には、鼻の両側をおりて行って、小鼻を円く結ぶと、頂上に立てて来た洋傘で、一応中心を見て置いてから、二人手を把《と》って、上脣《うわくち》へ飛びおりた。あとはもう娓々《くどくど》云うまでもない。口が出来ると、顎へ飛んで、そこから、頬、顳顬《こめかみ》の輪郭を、えッちらおッちら頭の上へと匍《は》いあがって行った。おりる時にはさほどでもなかったが、殆ど穴のどん底から、ずるずるとたわいなく辷り落ちて来る灰のように細《こま》かい砂を踏みしめ踏みしめ、急な傾斜を頂辺まであがる時には、六、七間隔てたところから、へとへとになってしまったお互の顔を見合せて、思わずふき出してしまったほどだった。やっと上へあがりついても、最後の一筆である頭の毛の部分を踏み荒す勇気もなく、からからに渇いてしまった咽喉《のど》へ頻《しき》りと唾を飲み込みながら、息をはずませて、暫くはそこにぶっ倒れていた。が、それでも、気を取り直して、最後の仕上げを終って彼方側の崖《がけ》ぶちに廻って、自分たちの努力のあとを眺めた時には、私たちは、ぐたぐたになりながらも、心持だけはひどく亢奮してしまった……。

勢《いきおい》にまかせて駈けおりたせいか、鼻筋が少し延びてしまったのと、私が歩いた方の頬ッぺたの肉が、佐竹の方よりはいくらかそげて見えるのとを除けば、大体立派な出来栄えだった。歩数を合せながらやった仕事だけに、左右の均整《シンメトリイ》などは確かなものだった。

「どうだい。素敵だね」

「ま、何しても素敵な大きさだぜ」

「奈良の大仏……」

「とても！　あの何十倍……」

「何十倍もないだろうが、兎に角日本一だね」

「北斎がどこかの寺の庭で、四斗樽に墨汁を入れて、箒木《ほうき》で描いたって云う達磨なんざア、足もとにもよれまい……」

「恐らく世界にだってないね」

「ないさきっと……」

「俺たちは、世界第一の仕事をしたんだぜ。人類始って以来ないと云う大きな絵を描いたんだぜ！」

「そうだね、慥《たしか》に世界一だね！」

私たちは、自分が世界一の大きな仕事をした人間だと云うことを、しみじみ味い考えてみるために、亢奮から、一刻も喋らずにはいられないような気持をじッとこらえて、暫く黙っていた。——愉快で愉快でたまらなかった。

「だけど、ほんとにないだろうなア、これだけの大きさの絵は」

「それア、いろんなものを描いた絵はあるかもしれないが、顔だけを一つ、こんなに大きく描いたものは、ありよう筈はないさ」

「そうだね、何しろ片ッぽの眉毛だけで三間からあるんだからね」

「無論、世界一だね」

「無論そうだとも、きっとどこにもないよ」

「うん、大したことをやっちまったもんだなア……。いい気持だねえ……」

「だけど、これが幾ン日《ち》保《も》つだろう」

「東京の近所なら、すぐ小学校の生徒でも運動会に来て、踏みこわしてしまうだろうけれど、ここらじゃアそんなこともあるまいから……」

「雨で濡れてるところだから、わりにもつね。すっかり乾いてからでなくっちゃア、少々風が吹いたって、そう消されやアしないよ」

「四日ぐらいかな」

「もっともつよ。一週間くらい……」

「だけど、折角の世界一の仕事も、一週間や十日で消えちまうんじゃアつまらないね」

「もしこれが消えない仕事なら、俺たちは今ごろ、こんなところで、こんなことをしちゃアいないよ。大変な騒動だよ」

「ノーベル賞金は間違いないな」

「だけど、惜《おし》いね。……写真を撮らせて置こうか」

「写真じゃア大きさがわからない」

「しかしそれにしても撮っときたいね。この辺にゃあ写真屋はいまいな」

「鳥取から引っ張って来るんじゃア大変だからね」

「鳥取から、誰か、心あるやつが来て、これを見たらどう思うかな」

「俺だったら、何者の仕業か、はて心憎い、と思うがな」

「ヤア、俥夫のやつら、感心して見てやがらア」

饅頭笠が小豆《あずき》ほどにしか見えない遠くに、相変らず脛を並べて待っている俥夫の方を、遥《はるか》に振り返って、私が云った。「あすこで、初《はじめ》ッから見ていたら面白かったろうなア」

「初は、あの人たちはまア気でも狂ったかと思ったろう、それがだんだん絵になって行ったんだから驚いているに違いない」

「面白くもあったろうが、感心もしているぜ、きっと。何しろ描きあげて、今ここへ来るまでは、どこがなんなんだか、大体のことなんぞ、まるで見当もつかないほどの大きさのものを、あれだけに仕上げるのは大したもんだからな」

「仕合《しあわせ》な俥夫だよ。世界一の仕事が出来上って行くのを、初から見ていたんだからね」

「うん、何しろ世界一なんだからなア」

私たちは、そこに腰をおろしたきり、なかなか起《た》とうともしなかった。一度霽《はれ》かかっていた小雨が、やがてまた、睫《まつげ》に玉になってつくほどにやって来た時に、仕方なく、幾度も幾度も「世界一の仕事」を振り返りながら、俥夫の待っている方へ引き返して行ったが、まだ、どうしても酒に酔っているような気持だった。

「何しろ愉快だね」

「でも、この気持は実際経験しないやつにはとてもわからないね。いくら、俺たちが東京に帰ってから話して聞かせたって、誰にだって俺たちの今のこの気持は、そっくり同感して貰えやしないよ。……それほど、尊《たっと》い、得難い気持なんだ」

「あの顔が、一週間かそこらで消えてしまったって、俺たちがこう云う経験をしたってことだけで、大したことだよ」

　しかし、倬夫のそばへ行くと、彼等は退屈し切ったような、むしろ、余り待たされたことで腹を立てているような不愛想な顔をしていた。

「どうだい。素敵なもんだろう。奈良の大仏なんぞより、幾倍大きいか知れないんだぜ。日本一は勿論だし、世界にだって、顔だけあんなに大きく描いた絵なんぞ、一枚だってありゃアしないんだぜ」

　そう云って油をかけてみても、ただ「エヘヘヘヘ」と、興《きょう》もなげに笑っているばかりだった。

「絵の上手下手じゃない、大きさだぜ。大きさじゃァ、兎に角世界一なんだからね」

「へへへへへ。えらいことどしたな。しんどいこと、ござりまへんか」

　顔を見合せて、仕方なく苦笑をしたが、それくらいのことでは、まだなかなか私たちの亢奮は消えなかった。いや、どんなえらい人がやって来て、どんなに私たちのしたことを、馬鹿げたことだと説伏しようと努めたところで、びくともするような、そんな生やさしい亢奮ではなかった……。

或る年の初夏に

朝から貸家探し旁《かたがた》、生垣の多い、いかにも城下の屋敷町といった感じの静かな裏通りや、溜り水のような掘割の彼方側《むこう》からすぐもう水田《みずた》になっている街はずれのほうまで、普通の旅客が俥夫の案内で俥の上から見て廻るような名所はあと廻しにして、この古めかしい松江の市《まち》でほんとに趣のある部分を見歩いた。かなり労《つか》れてから、昼飯の時刻をよほど過ごした時分に、私たちはまた賑《にぎや》かな街なかへ引き返して来た。小泉八雲の気に入った、景色のいい町とよりほかには、格別の牽引力《けんいんりょく》があったわけでもなく、私たちはいつもの気まぐれと身軽さとで、もし気に入ったら三月《つき》や四月いるつもりで、昨日の午ごろ着いて来たばかりだった。騒々しい停車場を出て、陽炎《かげろう》のユラユラ揺れている駅前の広い砂利場に立った時には、いかにも新開地といった風な、ひどくザラついた印象を受けて、うんざりしてしまったが、俥があの名高い大橋にかかって、左に渺々《びょうびょう》たる宍道湖《しんじこ》を、右に船舶や橋や河岸《かし》の家々を映した大川を眺めた時には、「ああ、やっぱり出掛けて来てよかった」と思った。大橋のそばの、湖に臨んだ宿屋に落ついて、旅労れのした体を、二階の縁近くに横たえた時分には、「これなら暫く住めそうだ」などと考えるほどになっていた。それで、連《つれ》の佐竹は貸家を借りることにし、私は素人《しろうと》下宿でも探してみようと思い立った。

それは、綺麗に晴れた日だった。袷《あわせ》に袷羽織では汗ばむほどの陽気を、早く食事にありつこうとして、せッせと歩いて行くと、木造の、いやに丈《せい》ばかり高い洋館に、西洋御料理の看板が出ていた。私たちは一議に及ばず、そこの二階に通った。なんとなく田舎臭くて面白くないので、更に三階まであがってみた。そこでは椅子テーブルが一層やわなものになってしまったが、そうかといってもう階下《した》へおりる気力もなく、ぐずぐずにそこへ腰をおろした。もとより一人の相客もない。ここばかりでなく、街全体にシンカンとしているような気がした。私たちも、もう喋り労れて、黙り込んでいた……。

急に窓の外でゴワゴワと音がした。見ると、鯉幟《こいのぼり》がすぐ窓の外で、泥絵具のけばけばしい色彩を動かしていた。引き上げられている鯉幟をつい鼻の先に見るのは変った心持だった。ここの鯉には、口から二尺ほど、瀧の水の切れッぱじが附け足してあるのもの珍しかった。私は椅子を窓ぎわに寄せて眺めた。裏日本の五月空《さつきぞら》は地平線に近く薄霞んで、晴れ亘りながらもまだそうギラつかなかった。少し遠くの鯉幟などは陰鬱にさえ見えた。ギイ、カラカラカラ。矢車が乾いた音を立てて廻ると、鯉の体が懶《ものう》げに柱をはなれて、すぐまたダラリと垂れてしまう。日向を歩いて来た身には、この微風もよかった。眼の下の往来に沿った掘割で、汚い小舟を竿に舫《もや》って、老人が釣をしていた。もう少し向う岸近くに繋いだら、日蔭でよさそうなものを、カンカン照りつける陽に、編笠を傾けながらやっている。鶴の羽根を織り込んだ羽織だか被布だかを着て、まるで日向ぼっこをしている人のように背なかを丸め、じッと水面を見詰めている。白い顎鬚《あごひげ》が編笠の下に少しばかり見えている工合も面白く思われた。東京ではもう士族という階級で人を見分けることは困難になったが、こういう土地でこういう老人を見ると、第一にその言葉が浮んで来る。水は青くおどんで、流れているとも見えなかった。……ずいぶん待たせる。階下も静まり返っていて、料理、殊に西洋料理など拵えていそうな匂いもしない。

すぐ目の前の屋の棟に鳥が二羽おりた。窓枠に頬杖をついて、じッと動かずにいる私を、人臭いとも思わない様子で、恐れげもなく、ギイギィと鳴いていた。鵯《ひよどり》に似た名を知らない鳥だ。一羽のほうは何か穢《きたな》いものを銜《くわ》えていた。それを奪おうとしている他の一羽は、雌か、さもなければ子鳥だろうと思われた。そうはさせまいとして、あっちこっちへ跳んで逃げる様子に、いずれはお前にもやるんだが、という肚《はら》で、戯れに意地悪をしているようなところが見えた。家畜の感情はわりに観る機会もあるが、こういう名も知らぬ野鳥の生活を観察するのは、人間ばなれのした心持で面白かった。三階まで足を運んだおかげに、かなり永い時間を退屈しずに、ぼんやりいろいろなものを眺めているうち、やっと料理が運ばれて来た。

私たちは椅子をテーブルのそばへ寄せて、黙って食い始めた。都ならば一品料理のそれのようにまずい料理ではあったが、ひどく空腹だった私たちはムシャムシャと貪り食《くら》った。だんだん腹が張って来た。静まり返った昼に、上草履をパタパタと鳴らしながら、二枚の皿を両手に持って、一度々々長い階段をあがりおりしている給仕女の顔をも、気をつけて見るような気力が出て来た。皿を取り換える時に側近くよって来る十七、八の、堅肥りらしい丸顔には、水蜜桃のように、生毛《うぶげ》がいっぱい生えていた。陽が天心に在って、部屋のなかの光線はすべて幾度かの屈曲に柔げられていたから、生毛でホヤホヤと暈《ぼか》された頬が大層美しいものに見えた。

「もうフランネルか、早いね」

私は初めて給仕女にこう話しかけてみた。女は無愛想な返事をしておりて行った。テーブルの両脚に渡した桟を踏ン張りにして、入用《いりよう》のない力を、一時に気持よく出し切ってしまうような勢で、私は椅子の上でいきなり後《うしろ》に反り返った。途端にギュッと鳴って、やわな桟が撓《しな》った。私は慌てて椅子の前足を床におろすと、深くウームと唸った。

「食った食った、ガッチャン、かね」

佐竹がこう言ったのは、私たちの間に屢々《しばしば》繰り返された言葉で、出典は紅葉山人の「多情多恨」――洋食を食って満腹した主人公が、フォークやナイフを投げ出して、そう呟くところがある、――あれだった。

微笑しながら、もう一度、ウーンと私は唸った。しかし、私の反り返ったのは満腹からばかりでもなかった……。

「あの女、大変な生毛《うぶげ》だね」

佐竹は煙草の煙を咽《のど》へ吸い込まずに、モクモクと吐き出して黙っていた。それから私が、

「衣食足って礼節も知るが……」と言いかけた時に、

「わかったわかった」と煙のなかで佐竹は微笑していた。

私たちは永い友達だった。或る時代には、自分の好きな女のことを話すのに、いつも少しも溺れていない覚めた心持を失うまいとした。惚話《のろけ》というものは、左を後手《うしろで》について上体を靠《もた》せかけ、膝の上へ置いた右の指先で扇子をパチつかせながら、オッホンという咳払いをして、黄色い調子の声を出す、落語や芝居に出て来る「通人」と呼ばれる低能児の専用物ときめ込んでいた。けれどもまた、事実咽喉もとまで突かけて来るのを、ぐッと嚥《の》み込まなければならない場合もあった。もっともその頃は、好きな女というのが総て遊里の者で、かなり惚れていても、ちょっと嫌気がさせば、すぐに「放蕩」の或る一つの挿話にしてしまうことも出来る立場にいた。このことは、その頃の生活としても、強味であり、同時にまた弱味でもあった。その強味ばかりをうまく利用している間は、惚話にならないように十分吟味をしながら、……ほどよく自嘲の調子も混ぜながら、よく自分の女の噂をした。それがだんだんに、そういう話は親しい友達にもしないようになって来た。性慾生活を人の前に恥じず、悪くすると誇示するような趣味が、皮肉でも痛快でもなく、ただ下

等なだけで、いやになってしまった。腹が張ると、途端に女の生毛に注意を惹かれだしたというような穿《うが》ちも、言わないでいるほうがよかった。私はちょっと自分自身に対して嫌悪を感じた。……自己嫌悪！　こいつがまた私とは永い間のくされ縁だった。殆ど一日も私を安らかにしては置かなかった。勿論、導きもしてくれた。再び起《た》つ気がなくなるほど鞭うちもしてくれた。随《したが》って絶望的な自棄にも突き落された。私には、どうしてもそれが自分の一面であるような気がしないで、どこからか喰附《くっつ》いて来た「護摩《ごま》の灰」のように思われだした。自分に重々の落度《おちど》はあるにしても、何もお前にそう頭ごなしにやッつけられる覚えはない、と言いたいような心持が、どこからともなくだんだん頭を擡《もた》げて来た。しかしそんなことを、ちょっとでも考えれば、その「道づれ」は、すぐに、「この安逸好きのぐうたら奴《め》、俺に叛《そむ》く気なら叛いてみろ。破滅が来てお前を骨ぬきにするだけの話だ」と怒鳴る。その声音が、「良心」の声にそっくりなので、その当座はぐうの音も出ないでいるけれども、負惜しみの強い私は、誰にでも、どんなに尊敬している人にでも、叱られることが大嫌いだった。「自己」にすら叱られたくなかった。その上、真面目ということは、私にとって、眉間に八の字を寄せている顔と切っても切れない縁をもっていた。悲壮、暗澹、苦悩、後悔、痛烈、こういうものの裏《うち》でなければ、決してそれは得られないような気がしていた。自己嫌悪にいやというほど打ちのめされたあとでなければ、容易に真面目にはなれないことに、殆ど掟《おきて》されていた。「厳粛」という文字などは、見るからぎこちなく角《かど》ばっていて、苦しそうで、辛そうで、息がつまりそうなのだ。——それが、いつとはなく、私には、明るく、広々と、快調な、大声に笑えるような、やたらに叱られてばかりいないようなところへ出て行きたい欲望が、革命党のように、密々に勢力を養い始めてはいたものの、それが、みずからを謀叛人という悪名で呼び做《な》していなければならない時期がまたかなり永く続いた。東京を去って、大阪を去って、この松江へ来た時分には、私はもう自分自身にくさくさしてしまって、なんでもかまわないから、力一杯手足を延して、ふん反《ぞ》り返って、ジャジャばってやりたい気持になっていた。

やがて、その丈《せい》の高い洋館から、日向へ出て行くと、私は眉間《みけん》に皺をよせて、目を細めなければ歩けなかった。急に、並んで歩いて行く佐竹が、いやでいやでたまらなくなって来た。なんだって一緒に旅なんぞに出たのだろう。第一こんな松江みたいな田舎に、一月《つき》も二月もいられるもんか、と、いっそ腹立たしかった。

……だが、要するにこれは神経衰弱の一つの徴候だ。辛抱してここにいる間に癒《なお》してしまわなければいけない。

最後にこう思うと、私はいくらか元気づいた。ここへ来たことも、予《あらかじ》め定められた運命で、そしてそれはきっと総ていい結果になって行く。——ふとそういう心持になった。

＊

佐竹は、肱《ひじ》かけ窓のすぐ下まで湖の漣《さざなみ》がひたひたと寄せて来るような、二間ほどの、小綺麗な貸屋を見つけた。簡単ながら世帯道具を買うやら、東京から届いて来た荷物を解いてそれぞれの品を、それぞれの戸棚に蔵《しま》うやら、相応にすることがあったが、そういうことにひどく不精な彼は、私を捉《つかま》えて離さなかった。私はまたブツブツ不平をいいながらも、実はそういう仕事にも興味をもつほうだったから、一人で片づけものをしていた。

「梟鼠《きゅうそ》に限るよ、そういうことは」出窓に腰かけて、佐竹はこういって私の働くのを眺めた。旧くに使っていた「梟鼠」という号で、いつも友達は私を呼んでいた。

「そんなことを言やア、片づけてやらないばかりだ」

「ごめんごめん。やってくれよ。……それとも一年ひくか」

荷物のなかから出て来た花札を見ると、むらむらとまた気が変って、佐竹はこう言った。私たちは取り散らしたままの部屋で、すぐもう遊びに心を奪われてしまった。

翌日になると、窓のそとの桟橋に肥船《こえぶね》がつくからたまらないといって、また佐竹の貸家探しが始まった。一人で大橋のそばの宿屋に残っていた私も、五十婆さんと小さな娘の子とでやっている素人下宿を見つけて、そこの二階へ移った。四畳半と二畳で、四畳半のほうには、それでも半間の床があって、茄子を三つ描いた下手な懸物が掛けッ切りにかかっていた。二、三日は佐竹の貸家探しにつき合って、日向の往来を、目を細めて、いやいや随《つ》いて歩いた。それでも、白ペンキ塗りの、どう見ても「明治初年の西洋館」という感じの建物の前などへ通りかかると、面白がり屋の私は、急に元気づいてしまって、結局、この、見知らない古い市街の遠足を楽しむことになった。

　二度目の佐竹のうちは、旧千鳥城の外濠《そとぼり》を庭先の池のように眺められる、もう街はずれめいた下中原《しもなかはら》だった。彼方《むこう》岸には鬱蒼とした大木が茂っていて、いつもコローの絵にあるような涼しげな蔭が静な水の上にあった。藺《いぐさ》か何かがスースー立っている間を、よく、モグリという水鳥が見えたり、見えなくなったりしていた。……どうやらこれで二人とも寝ぐらが出来た。

　私の四畳半の部屋では、東向きの一間半の窓に、硝子障子ばかりで雨戸というものがなかったから、人並はずれて朝寝坊な私が目を覚ますと、顔の上まで陽がさして、部屋のなかは温室のようにムンムン蒸れ返っていた。これには閉口した。いくら西側の壁につけて床を敷いてみたところで、四畳半では、朝日はやっぱり顔の上まで這い寄って来た。鼻の周囲《まわり》から上唇をテカテカ脂光《あぶらびか》りにして、不快げなしかめッ面をして、私が楊枝歯磨を持って井戸ばたへおりて行くのは、大抵もう十一時だった。水漉《みずこし》の四斗樽へ二、三杯汲み込んで置いて、ゆっくり楊枝を使った。肌理《きめ》のあらい海石《うみいし》で畳んだ流しの隙間から、よく綺麗な蜥蜴《とかげ》が匍《は》い出して来た。私は何も被らない頭だけ木影《こかげ》に入れて、じッとそれの動作を眺めていたりした。

朝昼兼帯のまずい食事を仕舞うと、古道具屋で一円で買って来た小さな机に向って英語の本でも読むか、日本語の本なら、大抵は寝転んで読んだ。一時頃になると、天気さえよければきっと佐竹が誘いに来て、門口《かどくち》から二階へ声をかけた。

「オイ、梟鼠、出かけようか」

「まア、あがらないか」

私たちの間に共通の友達から手紙でも来ていれば見せたりして、その間に私はタオルや猿股など水浴の支度をすまし、一緒に出かけて行った。大橋のそばに貸ボート屋があった。私の設計図で、ミシン屋に縫わせた三角帆や、竹の帆柱がそこに預けてあった。私たちは借りつけの二挺《ちょう》ボートで湖へ漕ぎ出す。水浴に寒過ぎる日は、帆走《ほばし》って遊んだり、嫁ヶ島という小さな島にあがって、無人の境を楽しんだりした。しかしこの地方の陽気では、五月の中旬《なかば》過ぎには、もう毎日のように水浴することが出来た。われわれの皮膚は見る間に黒く焦《や》けて行った。それほど急にはいかなかったが、私たちの体力もだんだんに回復された。初めはボートの力漕《りきそう》もそう永くは続かなかった。或る時浅瀬に引きあげて置いた船の舳《へさき》に両手をかけて、押し出しながら続いて自分も飛び乗ろうとした佐竹が、どうしたはずみか、でんぐり返しを打って船のなかへ転げ込んで来た。また或る時、恰度《ちょうど》私が立ち上っていたところへ、急にグラリと船が揺れたため、着物のまま湖に落ち込んで、懐中のもののなかの帳面まで、ずぶ濡れにしてしまった。こういう時に、私たちの笑いは容易に止まらなかった。運動ごとにかけては、学校にいた頃の私たちは、ちょっとぐらい得意だった。今だにその気でいるのに、いつの間にかからきし体が利かなくなっていて、他愛もなく不態《ぶざま》な失策をするのが、我ながら可笑しくてならなかった。それが、少しずつでも体力の盛り返して来るのが感じられて、これが何より嬉しかった。

遊び労《つか》れて、夕方湖から帰って来ると、晩飯は、私の下宿か佐竹のうちかで、大抵一緒に食べた。夜も散歩か将棋か花かで一緒に送った。私の部屋で花を引く時に、よく佐竹が力いっぱいめくりを叩きつけようとして、手を振りあげる拍子に、札を背後《うしろ》に飛ばしてしまった。探してもそこらにない。私たちは笑いながら、裸蠟燭《ろうそく》をつけて、古池のある庭へ探しに出た。こうして幾度か彼は二階の窓から庭へ札を打った。佐竹のうちのほうで夜を更《ふか》すと、私には帰り道がなかなか難儀だった。片側が監獄の二丈もある煉瓦塀で、片側は掘割になっている人通りのない道を三町ほど行かなければならない。何よりも私は脱獄人を恐れた。この、どっちに避けようもない道で、もしもそういう者に出会ったら最後、十の八、九まで助からないと思った。それから、古い掘割も余りいい気持のものではなかった。ブクブク、ブクブクと、よく泡沫《あぶく》の浮きあがる音が、静まり返った夜更の闇に聞えていた。駈けだすとなお可怕《こわ》くなるので、努めてゆっくり歩こうとしながら、私の足はついひとりでに早くなっていった。

帰って来ると、大抵毎晩のように、もう一ついやなことが私を待っていた。——机の上へ寄せて電灯を引っ張ってあるほうの障子の腰硝子に、宮守《やもり》が灰白《かいはく》な腹を見せて外側から吸いついている。佐竹のほうはそうでもなかったが、どういう加減か、私の部屋には不思議にこの性《たち》のいやな虫が多かった。障子の外側にいる時にはまだまだよかった。障子を明け放した晩などには、悪くすると机の上にもいた。昼間でも壁をチョロチョロと匍《は》いおりて来たりした。宮守は虫のなかでも一番私の嫌いな奴だった。あの色や、先のふくらんだ指の工合などが、何とも言えず不気味だった。そのうえ「宮守が噛みついたら雷様の鳴るまで放さない」とか、「宮守に指さしをすると、指が腐る」とか、「一匹でも宮守を殺すと、あとからあとから何匹でも出て来て尽きることがない」とかいう、不愉快な言い習わしも聞いていた。何もそれ等を本気にしているわけでもないが、とても手出しをする気は出なかった。見つける度に顫《ふる》えあがってしまって、階下《した》から箒を借りて来て、遠くから追い逃がすことにしていた。

「松江もいいが、こう宮守が多くっちゃアとてもやり切れない。寿命が縮まっちまうから帰ろうかと思うよ」佐竹にこう言ったのは、万更の冗談でもなかった。

「どんどん殺してやれよ」

「いやア、ごめんだ」

「なんだ、たかが虫けらじゃアないか」

「それじゃア君殺しに来てくれよ、俺はごめんだ」こんなことを言い合ったこともあった。

　或る時昼寝をしていると、瓜のような質《たち》の少し重みのあるものが、ばさッと枕頭《まくらもと》に落ちたような気がして目が覚めた。で、ヒョイと枕頭を見ると、つい鼻の先に、五寸ほどもある蜈蚣《むかで》が、東京あたりのそれに見る、毛のようなのでない、太く逞しげな沢山な足をガサゴソと動かしていた。私は悲鳴をあげて跳《はね》起きるなり、出窓の閾《しきい》に飛びあがって、そこから、黄色い畳の上で、方向を定めようとして、立ち止って触角を動かしている褐色の虫を見詰めた。憎悪の念がむらむらと起って来た。殺さずには措かないぞ、ときッと思い定めながら、私は爪先歩きで机のそばまで行って、筆立から重い青銅の文鎮を取ると、また閾の上の陣地に戻り、しっかり狙いを定めて置いて、力まかせにそれを投げつけた。文鎮の角が畳をグザと破って、二、三尺彼方へ跳飛んだ。――そのあとには、憎むべき蜈蚣がまん中あたりで千切るほどヒシャゲて、数多い足で徒《いたずら》に畳をガリガリと掻いていた。文鎮を拾って来て、もう一度私は叩き附けた。もう一箇所がグチャグチャにつぶれた。……私の心には兇暴な愉悦が湧いた。

　翌日佐竹が来た時に、私は畳の破れ目を示しながら、蜈蚣退治の一條を仕草まじりに、詳しく話して聞かせた。それからというもの、味を占めて、急に強くなってしまった。壁にいる宮守まで、雑誌を投つけて落して置いて、例の陣地から例の文鎮鉄砲で狙撃した。大抵はうまく当った。仕舞には閾のようなところにいる奴は、遠くから投つけないでも、忍び寄って一撃のもとに打ち殺した。不思議なほど殺しても殺しても出て来た。いやな話を聞いているにつけても、内々これには少からず神経を悩ましていた。ちっとは蚊も出て来たが、至急に東京から蚊帳を送らせて、台ランプになった電灯を持ち込んで、夜はなるべく蚊帳のなかに陣どる算段をしたのも、一つはそれがためだった。或る朝蚊帳をはずそうとすると、白い西洋蚊帳の上に、大ぶりな奴が一匹じッと吸いついているのが、静かに目にはいった。まるで一晩中私の命をつけ狙って、蚊帳の破れ穴でも探し廻っていられたような気がした。こいつを生かして置いては大変だぞ、と思うと、全身寒くなっていた私だが、一方ならぬ勇気を振い起して、とうとうそれをも退治してしまった。

快晴の日が続いた。夜晩《おそ》く少しばかりの読書するとか手紙でも書く時より外は、一切机とは縁を切って、よく遊んだ。五本、十本、二十本と力瘤の続く数もだんだん殖えて来た。佐竹は胸の三角筋と上の二頭筋との発育を、殆ど日に一度ずつ検査して、その度に、どうだ肥ったろう、肥ったろうと、私の肯定を強要した。

＊

昼間の遊びには困らなかったが、夜になっては、散歩するといっても賑かな町は少しばかりだし、席亭《よせ》らしいものもないので、すぐ行きどころに困《こう》じてしまった。小遣の制限もあったが、色街《いろまち》の遊びにはあまり興味がなくなっていた。私の下宿などは、或る色街の真ン中にあって、出はいりには必ず芸者屋の間を通るのだが、一度も遊びに出かけなかった。うちにも来るから呼んだらどうだ、と、下宿の婆さんに一、二度勧められたが、宮守の巣のような四畳半へ芸者に押しかけられても困ると思って、断っていた。どうかすると、階下《した》の下宿人のところでは、安来節《やすきぶし》などで晩くまでジャンジャカやっていた。もっとも性慾を整理するだけの目的で遊女屋へ出かけることはあったが、それも烈しい運動をするようになってからは、そう屢々《しばしば》でなくても済んだ。私たちはそういうところへ出掛ける時には、一度誘って応じなければ、執拗《しつこく》は言わないことにしていた。夜、佐竹が出かけて来ない時には、それと察して大抵間違いがなかったし、佐竹が来ても私が留守なら、これも間違いなかった。

　或る時子供芝居がかかった。市《まち》に一つしかないその芝居小屋まではだいぶ離れていたが、早速私たちは出かけた。吉野山の道行で忠信になった、十一、二と思われるが、柄からいったらもっと小さいほどの子が、すッかり私たちの気に入ってしまった。顔立も可愛かったが、小さいなりにテキパキときまる形も鮮かで、それに嗄《しゃが》れたような声がよかった。ほかはみんな娘役者だったが、この鶴松《つるまつ》というのだけは、声から考えても体つきからいっても、どうしても男の子だろうと思われた。二番目の何かの狂言では侍になって、「イヤナニ、佐々木氏」などとやっていた。夜が更けてから私たちは、鶴松のことばかり話し続けながら帰って来た。田舎のことで毎晩外題《げだい》が変る。私たちはその翌晩も出かけたが、その時にはもう「吾々の鶴松」という心持だったから、いい役がつかないので憤慨してしまった。贔屓《ひいき》役者が出来ると同時に嫌な役者も出来たが、それが訥子《とっし》のような腰の据え方をして、光秀などで幅を利かすのに業を煮やした。それでも、その小訥子も、「もとより三代将軍の主君でなく」などと地口以上の名文句で私たちを笑わせてくれた。佐竹はとうとう女の出方をつかまえて、二番目で鶴松が何を勤めるかを尋ねずにはいられなくなった。出方は楽屋へ訊きに行って、今夜は鶴松はもう出ないという返事を持って来た。私たちは、落胆してすぐ小屋を出てしまった。三日目は雨に風さえ添うていたが、私たちは二十町以上の道のりをものともせずに出かけて行った。すると小屋が締っていた。裏へ廻って訊くと、こんな晩には客が来ないから休みだということだった。私たちは恋人に会えないで帰るような心持がした。四日目に木戸をはいると、「今夜は鶴松さんが助六をやりますよ」という意味のことを、女の出方が方言で言って、ニヤニヤ笑っていた。

「どうだい、冷かされるにゃア驚いたね」桝のなかで私たちは、嬉しいような、少し得意な心持にまでされていた。助六は黒手組のでもなく、変なものだったが、鶴松が活躍するので嬉しがって見ていた。そのうちに驚くばかりエロティックな白《せりふ》や科《しぐさ》があって、それを平気で言ったり演《し》たりする鶴松が、私に一種不思議な刺戟を与えた。男の子だろうか女の子だろうかというのがまた問題になった。女役者ばかりのなかにたった一人男が混《まじ》っているのも可訝《おか》しいし、だんだん見ていると男らしくないところもあった。佐竹がまた出方に訊いてみると、何を白ばッくれているのだ、という顔つきで、御冗談でしょう、とばかりさッさと行ってしまった。

「へえ、そうかなア、あれで、やっぱり女の子かなア」

　私たちは当がはずれたような気がした。いつだれが言い出したともなく、どこかの料理屋に鶴松を招待しようという相談が殆どきまりかけていた。そこに私たちは、男でも女でもない、「子供」と一緒になって、食ったり遊んだりする面白さを思い描いていたのだが、女の子だとなると、なんとなく面白くないものがはいって来る。その年頃の女の子らしく、悪くこまッしゃくれていたりして、もじもじ遠慮ばかりしているかと思うと、急に図々しくなったりしそうに想像される。そのうえ卑げな慾ばり婆さんでも随《つ》いて来て、見えすいた追従《ついしょう》を言ったり、私たちをこの少女に対して野心でも抱いているもののように独断《ひとりぎめ》して、ここまでおいでという風なまねでもされたひにはやり切れない。そんな心持で、私の鶴松に対する愛情は妙に白け返ってしまった。と同時に、その同じ理由から、全く別な、或る新な興味がどこからともなく匐《は》い出して来た。これは、友達と共有することの出来ない興味だった。その時の私としては、しかし、ゴルキイの「二十六人に一人娘」ではないが、佐竹と一緒に、その「子供」に夢中になっていたかったのだが。……その翌晩も通った。料理屋で鶴松を呼ぼうという相談は、いつの間にか立ち消えになっていたけれども、私たちの彼女を贔屓《ひいき》にする心持はなかなかまだ衰えてしまったわけではなかった。幕間に、見物の子供たちが平気でドヤドヤ舞台のほうへはいって行くあとから、私も便所の帰りに、可怕々々《こわごわ》ついてはいった。私自身がその子供たちの無邪気さをもっていた時分、東京の或る小屋でそれをやった時に、酷《おそろ》しく苦《にが》み走《ばし》った大道具の親方にドヤされて、縮みあがった覚えがあるので、今だにそういうところにはいるのは恐しくもあり、そのうえもう年恰好からいっても決して似合わしい行為でもなかった。しかしはいってみると、田舎のことで、大道具なども人の好さそうな爺さんだった。私は、書割が重ねて立てかけてある薄暗い隅などから、小さな役者たちがキャッキャッいって戯れ遊んでいる様を眺めた。なかでも鶴松は悪戯《いたずら》らしかった。女郎屋の舞台に持ち出してあるしッぽく台の、作りのものの鯛の尻尾を掴んで振り廻していて、幕が半分ほども明きかかった時分に、バタバタ逃げ込んで来たりした。揚幕へはいっても奈落へはぬけないで、桟敷の後《うしろ》の廊下を衣裳鬘《かつら》のまま婆さんに背負《おぶ》さって、何かねだりごとをしながら楽屋へ帰って行くのも見た。

「イヤナニ、ざざき氏」などと、昼間ボートの上でも、私は鶴松のかすれ声を真似て悦に入っていた。……漁師にも負けないほどの真ッ黒な顔をして。

一週間で、この旅役者たちも市《まち》を去ってしまった。私は二、三度鶴松の夢をみた。その後も、活動写真や、レート印の化粧品をなんでもひと品買って行けば無償《ただ》で見せるという、芸者たちの踊の会や、円々斎天なんとかの奇術がかかったけれど、どれも二日と続けて行って見る気はしなかった。夜は退屈で淋しいことがあった。そんな時私は大阪に残して来た愛人に長い手紙を書いた。私は彼女と必ず夫婦になろうとまでは思っていなかったが、自分たちの恋を楽しもうとするだけの心でもなかった。よしんば、彼女と別れる時が来ても、その時の彼女は、私と会わない以前の彼女よりも、数倍立派な正しい人間にしてやりたいという希望《ねがい》をもっていた。この希望《きぼう》は、それまでの経過から考えて、さしてむずかしいことではなさそうだった。しかし、彼女の芸者という境涯で、「正しい」ということが、「立派」ということが、どれほど彼女を幸福にできるかを考える時に、私の目の前は暗くなって行った。「幸福」という点からばかり考えていると、「正しい」などということは、殆ど問題のなかへはいって来なかった。でも、とにかく正しくなければならないと思った。それには、第一に自分が正しくなければならないと思った。

　それまでに私は、一生忘れられないと思った女を、事実、何人か忘れて来た。私が大阪をたつ時には、永い間松江に滞《とど》まっているうちには、この女もそれ等の一人になるかも知れないという、漠然とした予感があった。ところが、遠く離れて、彼女の手紙を受け取る度に、私が手紙を書く度に、愛する心はいつとなく次第に私の裏《うち》に深くなって行くのを感じた。それでも、自分を彼女の「良人《おっと》」として考えると、まだなんだか不満があった。娘にはほしかったが、妻としては、もう少し立派な女が現れて来そうな気がしていた。ここに用いられる「立派」という言葉の内容は、自分でも不明瞭だったが、まず総ての点でもうちっと進んでいる、……私自身に近づいている、というほどの心持らしかった。そして私の彼女に対する愛情は、しじゅう彼女を導き進めつつあったが、ただ私たちの間の距離が、牴牾《もどか》しくてならないほど遠いものだった。

下宿は、維新前まで家老職の屋敷の庭先にあたるあたりに建っているとかで、今では小さく埋め狭められてはいたが、古い池が残っていた。夜、夥《おびただ》しい蛙の鳴き声に耳を弄《なぶ》らせながら、よく私は愛人の上を思った。口のなかが百畳敷もある巨人が、ギワギワギワギワと酸漿《ほおずき》を鳴らしてでもいるかと思われるような、仕舞には気味が悪くなって来るほどの蛙の音《ね》と、愛人を恋うる心とが、いつか丈夫な紐で繋ぎ合されて、蛙の音を聞けば愛人を思い、愛人を思えば、耳の底で蛙が鳴き出すまでに、私は同じ思いの夜々を送った。

*

私たちは、美保関《みほのせき》や、加賀浦《かがうら》や、玉造《たまつくり》の温泉などに小旅行をした。小泉八雲の綺麗な温和な心に映り、驚嘆すべき紀行文のうちに書き綴られているこれ等の、旧い神話の舞台である土地は、私たちにも忘れられない美しい印象を残した。八雲が「インキのように黒い」と形容したこの辺の海の水に、私たちは元気の回復した体を、ザブンザブンと投げ込んで遊んだりした。もう全く真夏のような陽光《ひかり》が、ギラギラと水の面に躍っていた。加賀浦の沖にある離れ小島では、自分たちで水底に潜って捕った栄螺《さざえ》を、岩に叩きつけて殻を去り、海の水で洗ってすぐ口へ入れた。その時には大阪から来た友達も一緒だったが、その画家は、裸のまま私たちに別れを告げて、別の小船に乗ってこの小島を離れて行った。松籟《しょうらい》と波の音とが私たちの耳なかでのべつに鳴り続けていた。いつか脳《あたま》までほどよくぼやけて来た。水のなかにさえ差し込んで来る日光の直射が堪えられなくなって来た。

玉造に行く時には、私たちの小さなボートに帆をあげて湖の上を横切って行った。翌日は逆風《さかて》で、力漕を続けて帰って来た。私たちは、また袋に縫った手拭を前にぶらさげて、湖の底に潜り、蜆《しじみ》を掬《すく》ってはそのなかに蓄えてから浮びあがって船にあげたりもした。二人で二、三時間ほどに五升ほど掬ったこともあった。大嵐の時にも船を出して、力限り波風と戦ってみたりもした。

夜、私は久振りで仕事の机に向った。その金があるかないかでは、死ぬか生きるかという場合に迫った博奕打《ばくちうち》が、畢生《ひっせい》の精根を振って、一度失った二千両という大金を取り戻す、という筋の物語を書き始めた。それは殆ど腕力で書くような心持だった。下腹《したっぱら》に力を入れて、ウンウン唸りながら書いたりした。しかしこの短い物語でも、終りに近づくにつれて、私の力は使い果されたかに思えた。

或る日私たちが、大橋の上を歩いていると、突然欄干の上に取りつけてある電灯がグワラグワラグワラと鳴って、体にすさまじい震動を受けた。私は全く夢中で、二、三歩飛ぶように歩いた。

「地震だ」

通行人が一様にそう呟いた瞬間には、もうやや自分を取り返していたが、佐竹を振り返ると真青な顔をしている。思わず私は笑いかけて、

「蒼いぞ」

「梟鼠だって同じことだ。真蒼だ」と、佐竹が刺々《とげとげ》しくいい返した。顔を見合せた時に、佐竹は私の蒼くなっているのを見ると、すぐ自分も同じように顔色を失っていることに気がついた、だから他《ひと》のことはいわれないと思った。それを君はすぐ口に出してしまうから駄目だ。こういって彼は私の無反省を攻撃した。それくらいの反省を失うほど顛倒《てんとう》していながら、こういう真面目なことで他《ひと》を嗤うとは怪《けし》からん、と思って、佐竹は不快に感じていたのだった。私が「蒼いぞ」といったのは、しかし、笑いたい慾求からだった。意識下で「助かった」と感じると、すぐ私は「笑う」種を見つけたのだ。それの故を以って、友達の臆病を「嗤おう」としたわけではなかった。

　或る時、やはり二人で往来を歩きながら、私は急に愛撫したい衝動を感じて、うっかり、

「あ、逢いたいナ」と口を滑らしてしまった。

「呆《あき》れた奴だ」佐竹は吐き出すようにそう言ったきり、黙って歩いて行った。急に私は恥しくてたまらなくなった。けれども心で、「逢いたいから逢いたいんだ、何が呆れた奴だ」などと無理に己を是認しようと努めていた。やや暫く沈黙のままで歩いて行ってから、佐竹が言った。

「あの人と夫婦になる気か？」

「そんなこたアない」私はドギマギしながら答えた。一体結婚などいうものは、形式だけのくだらないものだと考えていたかった。けれども、だんだんにそうばかりも言えなくなっていた。天から享《う》けた「愛する心」と、地上で拵えた「結婚」という形式とが、必ずしも木に竹を接いだほどに没交渉な二つのものではなく感じられて来た。愛する心が地上のものでもあれば、結婚がまた天上にありそうにも思われた。殊に私は、彼女の幸福を私自身の幸福と感じながら、それでもまだ彼女のそれを、自分のとは別々に、彼方《むこう》に、……彼女の身の周りに築こうとする考えを捨てられなかった。

「そうか」佐竹は私の返事が意外だったようにそう呟いた。すると私はまた急に後悔した。と同時に、心に言い訳を拵えた。「何もこれは未来々々《さきざき》のことまで約束した言葉じゃアない。今の私は実際その気でいるんだ、しかし今後どう変って行くかは、誰も予言出来やしない」などと。

　陽は熱く、空は高く明るく、青葉は深まさって行った。いつもほど悩ましい初夏ではなかったが、それでもムシャクシャする日もあった。東京の自宅《うち》からの手紙に、或る日突然探偵が来て、無理に母に面会を求め、私のことをいろいろ尋ねて行ったと書いてあった。母は旅先の私がどんなことを為出《しで》かしたかと、よほど心配したらしかった。これは、松江の警察で、私たちがなんの職業もなく、毎日ぶらぶら遊んでいるのを不審がって、うちのある区の警察へ照会してやったものと、後にわかった。もっとも、私が下宿へ移った時も五月蠅《うるさ》く調べに来て、住所姓名職業を書き出せといって紙を置いて行ったりした。職業欄に私が、「文学者」と書き込んでやったところ、文学者という職業はない、文学士か、ただしは文学博士かと言って来た。面倒だから、今度は「無職業」と書き直してやった。そんなことでも、田舎の暇な警察では、注意人物に数える資格になったのだろう。私たちに関係したことではないが、土地の新聞を見ていると、もっと腹の立つことをしていた。

——或る百姓が友達のうちで馳走になり、主客ともに酔った。夜が更けてから、そこの女房が近くの小川へ洗い物をしに行くのに、淋しかろうといって、客が一緒につきあってやった。酔っていた客は、そこで女房に戯れて、どこかにちょっとした傷をさせたが、翌日酔が醒めてそれを思い出すと、いかにも申訳がないと感じて、詫の印に松の木を一本持って行って、主人と女房とにあやまった。彼等は快く許した。これが警察の耳にはいると、殺傷罪だか猥褻罪だかの犯人として検挙された。——こういう記事だった。また、血のついたものを川へ洗いに行く婆さんが捕えられた。調べてみたら、産で汚れたものだった。——こういう記事もあった。前の話などは美談と言ってもいい。俺が署長なら褒美をやる。などと私たちは話し合って、憤慨した。——母の手紙を見た時も、私はかなり癪《しゃく》にさわって、早速佐竹のところへ話しに行ったが、話すうちに、もう腹が立つより可笑しくなって、笑い話にしてしまった。それでも佐竹は、それからは交番の前を通るのをいやがった。

佐竹が私のところへ泊ったり、私が彼方で泊ったりした。佐竹は自炊だった。以前私は、学校の休みに、度々鎌倉の別荘で友達と一緒に自炊生活をしたことがあるので、料理にはそうとう自信があったから、行くとよく料理番を勤めた。暑いので煮焚は一切庭先へ持ち出してやった。人並はずれて潔癖家の佐竹が、顔を洗う金盥《かなだらい》を鍋にして、台所の上板《あげいた》を蓋にして煮たものも食った。勿論、前に気がすむまで、それらのものを石鹸で洗い清めてからのことではあるが。そこへ移るとすぐ、苗を買って植えたトマトが、庭の隅でもうじき食えそうに実っていた。赤裸で、縁先で、私たちは野蛮人のように、金盥のなかから貪り食った。寝床が足りなかった時に、敷蒲団の代りに蚊帳を敷いたりした。そして、病人に床擦《とこず》れが出来るようになると、この上に寝かすくらいのもの、どうして、蚊帳を敷くというのは、なかなか上等なのだ、などと言って笑った。……晩くまで、真面目なこと、暢《のん》気《き》なことの区別《わかち》なく、のべつに喋り合った。

*

或る雨の降っている晩だった。私たちは一緒に町を散歩してから、私の下宿のそばまで帰って来た。右と左へ別れる角で、佐竹が、これからうちに泊りに来ないかと誘った。私は大した理由もなかったが断った。そんなことを言わずに来い、と言って私の手を取った。私
佐竹と私の関係で、こういう場合、これまでの永い習慣では、結局私が負けることにき

まっていた。一遍に諾《うん》と言って承知もしず、そうかといって断然振り切って帰ることも出来ないのが私の性分だ、とそう佐竹のほうできめ込んでいた。そうするのが臬鼠で、他のどういう態度でもが、結局不自然な附焼刃《つけやきば》だ、と口へ出してさえ言うくらいだった。反対のし方に強弱はあっても、一度反対して、それから折れて、従う、――事実、この形式は、殆ど一度も狂ったことがなかった。

その晩も佐竹は、例に依って、遂には従うものと独断《ひとりぎめ》して、無理に私を連れて行こうとした。十年近い習慣を破ることはなかなか難しいもので、いつも力一杯抵抗しながらも、私にはどこか心の隅に、言いなりになりたい気持が潜んでいた。不思議にもその晩は、それを全く抑えつけてしまう心の力があった。あとは腕力だけだった。私たちは、雨のなかもかまわず、洋傘《こうもり》をつぼめてしまって、両手で引っ張り合った。小砂利の上にガリガリ、ガリガリと足駄の歯を鳴らして、無言で争った。可笑《おか》しさと本気さとが、互に矛盾を感じ合わずに、私の心を一杯にした。けれども、だんだんには、むきになって行きそうだった。

「来いよ」

「いやだ」

「来いったら」

「いやだよ」

こんなことを言いながら、私たちは暫く息を入れた。二人とも、真面目とも巫山戯《ふざけ》ているともつかない声を出した。私たちの顔からは、笑いの影は消え去らなかったが、腕には本気の力が籠っていた。人通りの少い街とはいいながら、私たちの争いはかなり永く続いた。そのうち私の足駄は前歯が欠けてしまった。腋の下に挟んでいた洋傘が絞れて、単衣《ひとえ》が濡れ透《とお》っていた。二、三歩ずつあっちへガリガリ、こっちへガリガリと引き摺り寄せ合った。粉雨が小虫のように街灯の周りで散り、光っていた。

「それじゃア、帰れよ」

「ああ、帰るとも」

とうとうこういって、手を放した時分には、私はもうすッかり本気だった。さようならも言わずに私たちは背を向けて、さッさと歩き出した。そうすると、いつものとおり、急にまた私は行ってやりたくなって来た。けれども、じッとその心持を抑えつけながら、振り向きもしずにずんずんうちのほうへ帰って行った。そのうち、私は非常に愉快になって来た。床にはいってからも、興奮してなかなか寝つかれなかった。

翌日会った時には、私たちはまた前日に変らない友達だった。

しかし私は、――私一個としては、全然変っていた。

*

それから間もなく、私は東京からの手紙で、姉を看病するために、至急に帰らなければならないことになった。

私たちは、実際、心から名残を惜んで別れた。土地に対しても私はかなりの愛着を感じていた。けれども、私はとにかく久振りで懐しい東京へ帰って行くのだった。そのうえ大阪に寄って、恋しい愛人と二、三日を共に過す筈になっていた。佐竹は淋しい田舎に、たった一人で残るのだった。

大阪で私は佐竹の手紙を受け取った。私のたった日の午後は、夕立のような大雨になったのだそうだ。そのなかを彼は外套も着ずにメチャクチャに歩いた。或る興奮を感じていた。どんどん歩いているうちに次の停車場まで来てしまった。濡れ鼠で、彼はそこから汽車で帰って来た。愉快だった。――というようなことが書いてあった。

佐竹がどういうことを考えながら大雨のなかを歩いていたのか、なんでそんなに興奮したのか、私にはいろいろに考えられた。自分本位な考え方はしまいとした。またそう考えるほうがいいのだ、とも思った。ああともこうとも考えられた……。

いつの間にか私もひどく興奮していた。いきなり胸を打って突ッ立ちあがると、手足にウーンと力を入れて反《そ》りくり返った。――わけの解らない涙が目のなか一杯にたまって来た……。

幸福人

近頃の彼は兎に角善良だった。そして、日々の生活は兎に角幸福だった。――作者は今この二つの句を繋ぐのに、「そして」と云う接続詞を用いたが、しかし実際彼、――この小篇の主人公――が漠然と感じている所に忠実であるためには、むしろそこに、「だから」を置いた方がよかった。

　かつて彼は、自分が人並はずれて幸福好きに生れつきながら、――或は、そう生れついているために、日々の生活が幸福であることを嫌った。女房でも貰って、すっかり幸福になってしまった彼の放蕩《あそび》仲間などを見ると、馬鹿にしたい衝動を抑えられなかった。「人間も、ああ幸福になっちまっちゃあお仕舞だ」などと、警句めかして、他の友達のところへ、その納《おさま》り返った容子を喋りに出かけたりした。云うまでもなく、その頃の彼自身は不幸だった、――少くも、だと思っていた。始終、何か彼《か》にか不平を云ったり、不満を抱いたりしていた。

　たとえそれが浄財であろうが、悪銭だろうが、兎に角、貧しいものが富んでいるものを余りよく思わないのは人情だ。それが金銭《かね》でなくて、「幸福」の場合でも同じことだ。悪人が幸福であるのを見ると、彼は義憤、――と云うほどでなくとも、癪《しゃく》にさわった。善人が幸福であるのを見ると、（あめえもんだ。）と云った気持で、セセラ笑いたくなった。万人の幸福を一度没収してしまって、それを頭数に、平等にして渡してくれるのでなければ、彼は自分から「幸福」に手を出す気になれなかった。不徹底な資産の平等などよりも、彼としては、幸福の平等がほしかった。それこそ第一義的な問題だと思われたのだ。それほど彼は幸福好きだったのだ。

　幸福の平民である吾々の主人公は、憚《はばか》りながら宵越しの幸福などに恋々とはしなかったが、しかし洗うが如き赤貧に甘んじていたわけでもなかった。幸福にも小仕事があって、日給くらいのはした幸福をセッセと稼いでいたのだ。

　その内に、いつの間にか、彼は自分が相応の幸福人であるのを見出した。もう別段不平も不満もなかった。つい近頃のことではあるが、いつを区切ともなく、そう云う結構な身分になっていた。

「好きな女は女房にするし、文壇の流行児《はやりっこ》にはなるし、お父さんが亡《なくな》って遺産は貰えるし、××は仕合な男だ……」

　文壇第一の苦労人を以て聞えた某大家までが、こんなことを云っていたと云って、彼の友達が話して聞せた。

「そうだね、慥《たし》かに幸福な方かも知れないね」

こう彼は、少しの皮肉もない、すなおな心持で答えた。そう答える自分が、相手の目に、馬鹿げて映りそうだと思う不安もなく、その不安のないことが、（こりゃアちっと納り過ぎるかな。）と云う自嘲にもならなかった。

「……俺が、昔からこう云う身分だったと思っちゃア間違うぞ。十六の年に、東京――その頃はまだ江戸だ、――江戸へ出て来た時には、裸一貫、着換を入れた行李《こうり》がたった一つあったきりだ」と、亡った彼の父が、小言の序《ついで》に時々それを云い出した。

「お前がた、よオく伺ってお置きよ。その行李は、今だにちゃんと蔵のなかにしまってあるがね……」これが、側から母親の云う十八番《おはこ》だった。

父の清廉を信じ、その刻苦勤勉や質素節倹を目のあたり知っている彼だが、それでも、そう云う話になると、聞いていて、なんだか少し擽《くすぐ》ったかった。

――そのくせ彼は、自分の「幸福」の場合には、ムズリとも感じなかった。

（俺の今日あるは、俺が善良であったからだ。人格的努力の賜《たまもの》だ。偶然じゃアない。）こう云う気が、心のどこかにあった。ただそれを傲然《ごうぜん》と放語《ほうご》するには、彼の幸福の額《たか》があまり少なかった。――二、三百円の財産では、立志談も栄《はえ》ないように。――けれども兎に角、

彼の幸福が「浄財」であることだけは信じて疑わなかった。

――それでは、今度は云い直さなければなるまい、――近頃の彼は兎に角善良だった。

だから、日々《にちにち》の生活も兎に角幸福だった、と。こう書けば、吾々の主人公と、幸福の財産家である読者の多くが、初めて心の笑《えみ》を洩して頷くだろう。そうして、幸福の貧乏者である読者には、この物語は、頭から気に入ろうが筈がない。

しかし、幸福なる吾々の主人公も、他人の幸福の場合になると、いくらか自負している彼の世間智から推して、「善良だから幸福」と云う断定を、無条件に肯《うけが》うことは出来なかった。世間には「不仕合《ふしあわせ》な良い人」や「仕合《しあわせ》な悪人」の例が腐るほどあった。芝居で見ても、良い家来は大抵不仕合で、奸臣佞人《かんしんねいじん》がきっとうまい汁を吸うことになっている。尤も大詰に来ると、バタバタと片がついて、結局「勧善懲悪」が明白になり、善玉の勝利に帰する仕組みにはなっているが、しかし実世間では、仲々そう仕組んだようなうまい訳にはいかなかった。彼の短い既往《きおう》から、乏しい知人交友のなかから、下らない例を挙げるまでもない。現に、かの勧善懲悪の教を亡ぼしたものは、世にありふれた事実の仕業ではないか。人を殺しても栄達しよう、牛肉の代りに小石を売っても金を得よう、——それで実際大臣にもなれば、富豪にもなる。勧善懲悪でなければ、作のつづまりがつかなかった時代でさえも、大勢の人々の幸福のために、芦の湖の水を三島の方に引こうとして、兄弟二人で、一生かかっても足らないほどの大工事をコツコツとやっていたばかりに、彼等の首が胴を離れてしまったと云うのだから、恐ろしい世の中だ。しかし恐ろしがってばかりもいられない世の中だ。一体だれがそんな世の中を拵《こしら》えたのだ。人を拵えたものが「神様」なら、その神様だろう。が、直接の下手人はやッぱり「人間」だ。人の心が、さように住みよく、さように住み憎い世の中を拵え上げたのだ。棚から牡丹餅式に、惘然《ぼんやり》と幸福の来るのを待っていると、餓死《ひぼし》になる。と云うのは、体ばかりの話ではなく、あたまでも心でも、腹をへらすに変りはない。そこで幸福を見つけに、鉄の草鞋《わらじ》をはいて、人が立ち上らなければならなかった。善良に、極悪に、敏捷に、薄愚《うすのろ》に、丹念に、大まかに、そして、見当よく、或は見当違いに、遠くまで、ついそこらまで、楽々と、或は骨身を砕いて、——人それぞれの探し方があった。オブローモフのように縦のものを横にもしないのだって、一つの探し方に違いないのだった。もしも勧善懲悪の教《おしえ》に人心が帰嚮《ききょう》して、誰一人それを疑うもののない時代があったとすれば、誰が悪の道を辿って幸福を探しに行こう。それを敢てした第一人者は、狂者でなければ、大勇であった筈だ。

　しかし道が縦横無尽になってしまった今の世の中では、そして幸福が飽まで個人的になってしまった今の世の中では、釈迦《しゃか》や孔子や基督《キリスト》の踏み拓いた大道もくそ喰えと、己が目指す幸福へ、どこでもかしこでも、遮二無二押して行くことになった。運さえよければ、どこから、どう云う方法を取っても、望む所へ行きつける。——こう云う実用向きの教が成り立っている世の中に、吾々の主人公が生れていた。

　年のいかない彼にも、少しは勧善懲悪の文学に養われた時代がある。また、学校の修身はその類《るい》を以て集められていた。ところで、ぶちこわしは科学だった。一に一を合《た》して、二でもよし三でもよさそうな話では承知できなくなった時には、既に彼は自然人とは全く別の人種だった。神の存在や、善が善であり悪が悪であることを、立派に証明して見せる方定式も、実験の方法もないのだ。一寸したことなら、母も兄も嘘をつくくらい平気だった。監督者にさえ見つからなければ、どんな悪いことをしても、必ず悪い報いが来るわけではなかった。善いことをしても、陰でするのでは、誰も褒めてはくれなかった。子供が、幸福と云うものはなんでも外から来るもの、こう考えるのは当り前だ。「おとなしく待ってたら、いいおみやを買って来てあげる」この形をほかにして、善とその報いとを説く親はない。良心の愉悦だ、良心の苛責だ、安心立命だ、不安だ、そう云うものが、子供にないとは云えない、ただそう云うものが「幸福」そのものであり、「不幸」そのものであるなどとは、彼等は思いもよらない。悪事をして得た幸福感が、良心の苛責よりも大きくて、全く後者を覆い尽していたからとて、その子の道義心を疑うことは出来ないのだ。

　中学の一、二年の時、吾々の主人公は、友達と近県へ鳥撃ちに行く約束をしたことがある。その時分彼の父は或る私設の鉄道会社の重役をしていたから、そっちの線の汽車には、彼等家族のものまでいつも上等のパスでただ乗りが出来た。そこで連れの友達のために、兄の名義でもう一杯《まい》パスを貰って、二人で大威張で上等の車室に踏ン反り返った時には、彼は限りなく幸福だった。鳥撃ちも面白かった。所が翌日電報で呼び返されてみると、父は、今からそう云う不正直なまねをするようでは、碌なものにはならないぞ、と以ての外の立腹だった。実にそれは、彼にとって晴天の霹靂《へきれき》だった。叱られてみれば、ワアワア泣いて自分の罪を後悔するような気にはなったが、しかし、どこかに不平があった。父に対してではない。彼の素晴らしい幸福をメチャメチャにしたのは、人を偽ってはならぬと云う掟だった。翌日父の厳命で、運輸課長のところへ謝罪に行くことが、子供らしい負惜みからばかりでなく、どうしてもイヤだった。誰にもあやまるわけはない、と思われた。予《あらかじ》め良心の苛責と云う警戒を与えもしずに、折角得た幸福を、だしぬけに捥《も》ぎ取ったばかりでなく、罪の重荷までも降りかけたやつが、飽までも恨めしかった。

　そうかと思うとまた、六つか七つくらいの時分に、良心の苛責でヒドい目にあった覚えもあった。茶簞笥《ちゃだんす》の引出しから験温器を見つけ出して、水銀を下ろすつもりで、人真似に振っているうちに、火鉢の角へ打ち当て、見事に毀《こわ》してしまった。あたりを見廻して、誰も見ている者がなかったのを知ると、こりゃア叱られないで済むぞ、と云う気が、俄かに彼を捉えた。大急ぎで、しかし注意深く硝子《がらす》の破片を集めて鞘《さや》に収め、そっともと通り引出しに蔵《しま》って置いた。それで、その次に験温器の必要が起る時まで彼は無事だった、――そとからは無事だった。けれども、この最初の罪の意識は、彼を苦しめぬいた。誰か側に人がいて、「まア、何をなさるんですねえ……」と、立って来て、母親に告げでもした結果の方が、どれほど楽なものであったか知れない。そのことも感じられていながら、一旦人を誤魔化すつもりで、綺麗に破片《かけら》を片づけてしまったことが、――時機を失してしまったことが、どうしても今更ら白状する気にさせなかった。暫く後に、それが発見されて、誰のしたことだろうと云う詮議になった時にも、彼は白《しら》を切り通さなければならなかった。験温器を毀したことは罪とは云えないほどのことだったが、それを誤魔化そうとし、そのことに就いて人を偽ったために、段々自分から苦みのなかへはまらなければならなかったのは、慥《たし》かに彼の不幸だった。彼はかなり大きくなるまで、この秘密な苦みを背負《しょ》い込んでしまった。

かように、悪いことをしても幸福を得ることもあった。また悪いことをしたためにそれを失うこともあった。――要するに彼には解らなかった。

他力本願の仏教徒である彼の母親は、よく寝物語りに地獄極楽の話しをして聞かせたから、因果応報の理《ことわり》は、幼い彼の耳にも熟していた。後の世で、牛や馬に生れて、苦しい思いをすることは、慥かにイヤだった。恐ろしいことに思われた。しかしそれはこれから大人になって、年寄りになって、それから死んで、そのまたさきのことだ、と云う遠く隔てた感があった。その上、よく「南無阿弥陀仏」を繰り返しさえすれば、わけなく遁《のが》れることが出来ると聞かされていたから、それほど驚かなかった。大抵毎晩、母親の背後《うしろ》にチョコナンと坐って、阿弥陀経をあげる間、小さな蠟燭の光や、香の煙の立ち騰《のぼ》るのを、ボンヤリ眺めていた彼は、そのうち、若《にゃく》一日、若二日、若三日、……と若七日まで云う所などは、待ちうけていて、一緒に声を合せるようになり、仕舞には殆ど全部あとをつけられるようになってしまった。句調のいい所や、繰り返して何遍も同じことを称えるような所は、二十年後の今でもどうかすると、脣《くちびる》に滑り出るほどだった。そんな風で、彼はもう一かど極楽行きの資格を得てしまったように思っていた時代もあったのだけれど……。

学校へ出るようになった当時の彼は新入生と云うものをヒドく虐待するその頃の学習院の風習と、二、三の餓鬼大将の下にそれぞれの党派を組んでいた同級生の気風とで、かなり辛い思いをした。初めて「荒い風」にあたったのだ。理由のない不幸のあることを知ったのだ。中学に移る頃からは、しかし、彼もそろそろ古顔になって、羽根を延《の》しだした。随意科であった柔道をやる。片瀬の水泳場へ行く。同好の者と回覧雑誌を起す。運動会でも負けてばかりいる方ではなかったし、相応に悪戯《わるさ》もして罰を受けた。級中でも、いるのかいないのかわからないような学生ではなかった。殊に彼には年上の友達が多かったせいか、いつも年よりは早熟《ませ》ていた。芝居、錦絵の蒐集《しゅうしゅう》、小説、旅行、こんな「趣味」が夙《はやく》から彼に現われて、じみちな課業の勉強を怠屈なものにした。そのうちで旅行と錦絵とは、うちでもヤカマしく云わなかったが、小説と芝居とは、どうしても「かくしごと」にするよりほかなかった。兄が小説本を沢山もっていたから、その方は手当り次第持ち出して来て、勉強部屋でソッと読んでいるに差支はなかったが、芝居の方は、電車も今のようではなかったから、兎角帰りが晩くなるのでバレやすかった。よく、一刻も早くと、電車の来るのを、丁度試験の答案をみんなズンズン出してしまうのに、自分ばかり出来ないであとに残った時の、内腿のあたりからムズムズと寒くなるようなワクワクした心持で待っていたものだ。しかしそれも好きな芝居を見る幸福と比べれば、云うに足らないほどのことだったが。

若葉のように萌え出る好奇心で、幸福の破片《きれはし》を、次から次へと漁りだす時が来た。喫煙、玉突、落語、女義太夫、——こうなるともう、食物《くいもの》の贅を云い、酒のよしあし、女の醜美、着物の縞柄から着丈の寸法にまで、ぬからず気がつくようになる。乳のなかに、釦《ぼたん》のようなグリグリしたものが出来たり、肩がはると云う味を覚えたりする年ごろだ。厳しい母親の目を盗んで、乏しい小遣と、僅かな世間智との許す範囲で、コツコツと、ガツガツと漁り始めた「幸福」は、不思議に、暗いところ、よくないところ、本能的に人前の恥じらわれるところにあった。——或る種の日本紙に、抵抗すべからざる誘惑を感じさせる或る悦楽。——これは実に、当時の彼にとって、幸福と不幸との峠だった。何ものにも換え難い快味の坂を登りつめては、慚愧後悔の暗い谷底へ転げ落ちる、——これが生活の沸騰点だった。幸福とも不幸とも片づけてしまうことの出来ないものだった。

更にこの沸騰点が騰《のぼ》った。陥らなければならない谷の暗さも深さも増した。それをいやが上にも、暗く深く見せたものは、トルストイの「復活」だった。この本は彼の心にとって、実に恐るべき搾木《しめぎ》だった。

「悪行は悔《う》ゆるを得べし。されど悪心は悔ゆるを得べからじ。そは総ての悪行の母なり……」

この言葉で彼は頸根《くび》ッこを押えられてしまった。童貞の頃、彼は恣《ほしいまま》な空想に身も心も委《ゆだ》ね尽しながらも、それを「罪」とも「悪」とも感じなかった。それは、誰にも尻《し》ッ尾《ぽ》を押えられッこのない無形なものだった。そしてその「母」から、次第にヒドい生活が生れ、「悪行」となって現われた時に、肇《はじ》めて彼は「悔ゆる心」を識《し》った。しかも、その「母」である、蛇のように往生ぎわの悪い「悪心」の頭をつぶしてしまうことが出来ないでいた彼は、トルストイの云うように、それに向っては、後悔の刃先を向けることすら出来なかったのだ、と云うことが出来る。

所で、その蛇の頭をつぶして、再びのたくり出さないようにしてしまうと云うことは、彼にとっては、生活から、その沸騰点を奪ってしまうことだった。その上彼はまだ、放埒《ほうらつ》な若旦那ネフリュウドフが享楽したような、若くて美しいマスロワの恋やからだを享《う》けたことがなかった。今に見ろ、と舌舐めずりをしながら、その機会を待ち構えているくらいなもので、いい加減何も彼もし尽して来たネフリュウドフとは、年齢《とし》にしたって、半分行っているかいないかだった。しかも彼は、どう反抗しようもないほど善良な、真面目な、ネフリュウドフの厳命によって、母にして丁度いいほど年上の、賤しく醜い「マスロワ」の前に、総ての我慾を捨てて、懇《ねんご》ろに赦《ゆる》しと愛とを乞わなければならないハメに立ち至ったのだ。

（……それ位なら……死んだ方が余ッ程ましだ……）

後悔を素通りに通り越して、彼はもう自棄《やけ》くそだった。夏休に、四、五人の友達と自炊生活をやっていた別荘の一室で、或る晩、彼は蚊帳の裾をまくって出た。もの置き場にしてあった袋戸棚の上には、帽子や缶詰や、彼の頸ッ玉を押えつけたモウドの「復活」の英訳本、その他の書籍や、髭剃道具などが乱雑に載せてあった。そのなかから、手さぐりで、彼は西洋剃刀を把《と》った。恐ろしくて、体が顫《ふる》えた。ケースのままそれを膝の上に持って、真暗な部屋の隅に、安座《あぐら》をかいて坐ったきり、それから先へは、どうするにもこうするにも、身動《みじろぎ》一つ出来なくなってしまった。暫くそうして顫えているうちに、いつの間にか死のうなどと云う気は、拭い捨てたように消えてしまった。

（明日東京へ帰って、これまでのことをすっかり赦して貰おう。そうして、それきりもう必ずこれまでの生活から脱け出してしまおう。）こう思った。「悪心」は殺しきれないまでも「悪行」だけはきっと自制してみせる。――それくらいの所で勘弁して置いて貰おう。と云う妥協が成り立ったのだ。

夜通しマジマジともの思いに耽って、明方、お伽噺の勇者が不思議な利剣で武装でもするように、久し振りで或ることをして、それからマスロワの前に、覚醒したるネフリュウドフとして帰って行った。いかにだらしなく終ったとは云え、兎に角死のうとまでした彼が、そこにどう云う結果を見出したか。——呪禁《まじない》が行われて、不思議な利剣もバラバラに打ち砕かれてしまったのだ。——有繋《さすが》に、（俺のはマスロワが悪いんだ。あいつに理解がないから……）とは考えていられなかった。つくづく自分のだらしのなさにめいり込んでしまった。

その翌暁、彼は或る尊敬している先輩と二人で往来を歩いていると、急に雨のない大雷鳴が鳴りはためいて、市の西北に当る暗い空に、紫色に光る筋が、顫えながら現われては消えた。その一と筋が、二人の頭の上へ落ちて来ることを、自殺を断念した彼は、心の底から祈っていた。みじめな心が頓死を祈るまでになっていながら、しかもまだ、尊敬する友達を、冥土の道連れに欲していたのだ。

こう云う心にまで堕ちながら、（それは僅かな間に、雑作もなく堕ちてしまったのだが）なおかつ「良心」と手が切れない彼は、望み通り、自分を不幸な人間だと思うに、十分理由があった。

吾々の主人公は、徐々に価の下って行く幸福と、段々量の増して行く不幸との供給者である老《としと》った醜い下婢との関係を「秘密」の袋に入れて、首縄のさきの錘《おもり》として、ズルズル引摺って行った。そしてそれを、始終、苦しい、恥ずべき、情ない、堪えがたいことと感じさせる「良心」と手を携えていた。

しかも彼には、その縄を断ち切る力が萎《な》えていた。自然、錘の自滅を希《ねが》う心が折々頭を擡《もた》げた。高い熱のために、囈言《うわごと》に何か喋られでもしようものならと云う怕《おそれ》から、女が病気に犯されることは好まなかったが、頓死が来ることは、幾度心に描き念じたか知れなかった。そう云う彼の目の前に、女が三月《つき》に亘って見るものを見なかったと云う事実が現われて来た時には、彼は頭の毛を摑んで悶えながら、(いよいよ破滅だ!)と心に叫んだ。そして、ああ云うなんのために生きているのか解らないような女のために、自分のような、若い、これからどんなことを仕でかすかも知れない男の一生が、メチャメチャにされるとは、あんまり人類経済を思わないやり方だ、と、そう云うわる悪戯《いたずら》を企てた何ものかに向って、烈しい憤りを発した。所が、彼が「一生」と信じた、――その実は、彼一人《にん》のつまらないヴァニティ、――を脅したものは、遂にその「父」を証明しない肉塊として終った。云うまでもなく、彼は勇み立った。小ざかしくも彼を脅かしたものに向って、「ヘヘン、どんなもんだい」とセセラ笑ってやりたくなった。しかし、程経て後に、それが自然にそうなったのではなかったことと、それの「親権」を、時にまた「親責」をもっていたものが、彼以外に、もう一人あったことを知った彼は、自分の吐いた唾が、顔の上へ落ちて来た思いに、悄気《しょげ》返ってしまった。自分ほど、軽薄で、馬鹿で、それで傲慢な、イヤな人間はないと思わなければならなかった。

かの「秘密」の大袋は、次第に綻びかけて来るし、内味は、「不幸」ばかり多くなって、「幸福」の量がヒドく貧弱なものになってしまった。丁度そこに彼の放蕩時代が始まる。

芝居や落語や小説などでばかり馴染深くなっていた遊里の、「小道具」の多い遊びが、彼を有頂天にした。僅かな金で、奴隷のそれにもました屈服や阿諛《あゆ》を購《あがな》うことの出来る男女や、一夜のうちに幾度も会ったり別れたりする毎の痴話口説《くぜつ》や、平常着《ふだん》つけない、襟のかかった半纏《はんてん》や、夜更の陰気な長い長い廊下や、時分はずれに突《つっ》つく鍋や、本部屋がなけりゃいやだ、などと甘える電話や、総ての些細なことまで、面白がり屋の彼には気に入ってしまった。何よりも第一には、幸福を即金で買って、あとにはなんのまつわりも残さないで済むところが、これまでの重荷を背負い込まなければならなかった関係とは、比べものにならない気軽さ気楽さだった。その上、同じの額《たか》の金でも、時によって幸福の度に甚だしい差別が生じる所に、投機的な興味を置くことも出来た。けれども、全く同じ形で、幸福は二度と来ない。だんだん興味だけの幸福では動けなくなって来るのが、彼の性分だった。或る、これも年上の女の所へ、恋い心をもって通いだすようになったが同時に、例の大袋は、相変らずズルズルと引摺っていた。

その時分彼は、文科大学に籍を置いていたが、試験の時以外にはまるで教室に出ないで、ブラブラ遊び歩いてばかりいるような学生だった。仲間のものと文芸雑誌を出していたが、世間でも相手にしず、彼自身も、まだ力一杯の仕事にかかるだけの、真面目さはもっていなかった。いつもただ、「サアサアサアサア、こうしちゃアいられないぞ」と苛々《いらいら》するばかりで、泥深い沼に陥ちたような生活のなかに、どうしようにも、こうしようにもあがきがつかないでいた。親たちの監視するような目、小言、ここさえ締めつけて置けば大したことが出来る筈はないと云う心持を露骨に表わして、内輪に内輪にと渡される小遣銭、時々犯される悪疾、女の手紙と見るときっと開封して置きながら、どうしても証拠を抑えさせないイヤな執事の爺《おやじ》、――総てこう云うことは、彼のあたまには、我慢出来ないほど厭わしい不幸なこととして映った。しかしそう云うもののどれよりも更にイヤなのは、自分自身だった。彼には、全く必要のない下らないことで嘘をつく習慣があった。なんでもすぐ解ってしまった気で、悪く通がりたがるオッチョコチョイがあった。利己的でヒドくヴァニティが強かった。およそありと有ゆるイヤな性分ばかり集めて拵え上げた人間のように思われた。そのくせ友達には、始終自分を一とかどの人間に思わせて置かなければ承知が出来なかったから、少しでも忠告めいた言葉だと、おそろしく不懌《いや》な顔と、沈黙とで答えるような風だった。ひとの前の彼と、一人きりの彼との間には、大変な相違があった。我ながら感心するほど、油断のない巧な技巧で、始終虚構の人格を操っている彼も、その技巧を保ち続けるだけの緊張を失うほど、酔ったとか、労《つか》れたとか云う場合には、うっかり本性を現わしてしまうことがあった。そう云う場合の後に来る自己嫌悪は特に烈しかった。それを、二重にも三重にも感じた。自分の踏みはずして陥った下等さにまで、相手を引摺り落そうとしたり、自己嫌悪の毒汁《どくじる》を相手に注射しようとしたり、種々《さまざま》な悪足掻《あるあがき》までしなければ、その失策の腹立ちが癒えないように思われた。

部屋住と云う境遇に伴う不自由よりも何よりも、彼の最大の不幸はこの二重の生活にあった。自己嫌悪にあった。既に生得《しょうとく》の性質に沢山の悪いもの、イヤなものを自ら認めて、それをどうすることも出来ないとならば、彼はそれだけで十分不幸だったが、しかもその上に、荷厄介にも、もう一つ虚構の生活があった。そして彼のヴァニティは、その第二人格を撤回することを、どう云うキッカケに於ても許しそうになかった。——慥かにこれは、不幸な生活だと云える。

ただ一つのよいところは、しかし、彼の性質のうちに、悪いもの、イヤなものを認める、その心だと考えられた。己を嫌悪するその心持は貴《たっと》いものだと考えた。もしそれがなかったならば、彼の生活はもっと幸福だったに違いない、——少くも不調和はなかったに違いない。しかもその幸福を厳然と排《しり》ぞけずにはいられない、不幸な性質が彼にあった。そして彼の執念深い強みも、矜《ほこり》も、そこから湧いて来る力だった。——して見ると、人並はずれて幸福好きな吾々の主人公が、不幸を喜び、幸福を厭《いと》ったのは、己を悲劇の主人公として感じていたいと云うほどの浅墓な興味からではなかった。云うまでもなく、しかし、それは当時の彼に意識されていたことではない。もしも彼が、意識的に、より安価な幸福よりも、彼の苦しい不幸に価値を認めていたのならば、何事にも兎角技巧に走り易い性分の彼にあっては、かのすさまじい自己嫌悪の情も、恐らくは、己を磨き、己を鞭打つ一つの手段として、その真摯と生気と深さと感激とを失ってしまっただろうと考えられる。そうでなかったために、彼は沢山な時間を浪費し、沢山な精力を消耗し、或る時期には、幾度となく自棄《やけ》になって、無理想、無解決を真の自由だと信じたりしたけれども、要するに、現在幸福である彼から云えば、この不幸こそ、彼に今日あらしめた、大きな幸福の一つであったと云わなければならないのだった。

やがて、彼にはしかし、自己嫌悪の暗さ、複雑さ、苛立たしさ、神経質さに、クサクサしてしまう時が来た。上から羽織った人格の、面倒な取扱いにも、飽々《あきあき》してしまう時が来た。

（なんだっていいじゃアないか、うるさい。悪けりゃ悪いでいいじゃアないか。そんなにガツガツしなくったって、よくなるものはよくなるし、悪いものは悪いで、それで結構じゃアないか。）こんな気になって来た。墨汁を五合も飲んだように、胸さきの悪い、自己嫌悪の感情に飽々して、もう少し大まかに、おっとりと、小綺麗に暮してみたい心持が起って来た。

（それが、例の安価な幸福を希《ねが》う心だ。許せない堕落だ。）と云う声は勿論彼のなかにあった。彼はまた、それに対してこう答えた。

（始まり始まり。一に反省、二に自己嫌悪、三に泣面《なきつら》、四に自棄くそ。お馴染の手順でいざアい。己に不満がある間は必ず進歩がある。そこがお前の覘《ねら》いどこだ。俺は始終進んでいるぞ、——この安心が得たさに、お前は、ああしたの、こうしたのと、のべつ自分に難癖をつけて喜んでいる。「不幸」と云う、ちとピリッと来る冷水のなかでは生々と游ぎ廻る魚も、「幸福」の微温湯へ放すと、存外腹を上にして浮き上ってしまうものだからね。それが恐さの不幸三昧か。馬鹿々々しい。いい加減に尻ッ尾を出しちまえよ。元来お前は、人並はずれた幸福好きなんじゃアないか。）

　何年来着通しのよそ行き人格を、綺麗に脱いでしまうには、暫く一人であることが必要だと思った彼は、大凡《おおよそ》の見当を畿内あたりときめて、生れて初めて、父母の家を離れて住むことにした。

　出かけてから、大阪に落つくことにして、彼は或る芸者の住居、——方言で「屋形」と云うものの二階を間借した。階下《した》では老妓《ろうぎ》と若い妓と、親子して稼いでいた。

　彼は、おっとりと、何ものでも、幸福でも不幸でもすなおに受け入れようと云う心組でいたが、永い習慣の後に、それはなんだか腑ぬけたような、生活が白紙になってしまったような、馬鹿げた感じがしてならなかった。そして、相変らずだらしのない、そのくせイヤ味な性分から、どうかすると、手を切ろうとしている故《もと》の自己嫌悪ともイヤ応なしに顔を合わせなければならないような、ふやけた生活をして居た。それでも、そう云う時でも、以前のように、そう苛々したり不機嫌になったりしないように努めるだけが、いくらか変って来た所だったろうか。

情夫の惚気《のろけ》ばかり云っている階下の娘に、彼は好意を有《も》った。彼には、東京をたつ前に、本気で婚約して来た若い娘があったから、ここにまた別な恋をしようとは毛頭思わなかった。芸者である階下の娘は、彼を人のいい、親切な、初心《うぶ》な坊ッちゃんのつもりで、時にはいくらか弄《もてあそ》ぶ気かなんかで、情夫の胤《たね》を腹にもちながら、きわどいことを平気で云ったりした。それをも彼は虚心で受け取ろうとした。――そう云うと、そこに努力でもあったように聞えるが、実際彼は、この人形のように単純な娘を、理窟なしに好きになっていたから、どんなことでも平気で受け取れたのだ。

翌年の或る酷暑の日、彼は東京に帰っていて、かの婚約した娘と、品川の海に近い料理屋と宿屋とを兼ねた家にはいって行った。座敷に通って暫くすると、娘は女中に案内されて、一と風呂あびに立った。彼も気持悪く汗になっていたが、一緒に行く気がしなかった。――娘は殆ど一年ぶりで彼に遇った喜びと、以前に変った彼の無感情な容子とで、妙に亢奮していた。それを見ると、彼はなんとなくめいってしまった。心は静かだった、しかし淋しかった。この、――今度こそマスロワと呼んでも似つかわしい娘の前で、彼はかえってもう苦闘するネフリュウドフではなかった。自己嫌悪の代りに、しめやかに、娘の心を悲み想いやるような彼だった。これから娘に、婚約を取り消すことを申し出ようとしている彼の心には、引き込まれるような憂愁のほかには、不思議に罪悪感はなかった。娘が、債権者のように、彼の前言を「証書」に、ガミガミと肉薄してくれなければいいが、この心配よりほかには、彼の静かな心を乱すものはなかった。

彼は座布団を枕に、冷々とする廊下に仰向《あおむけ》に寝ころんで、足を沓脱《くつぬぎ》の上の庭下駄に置いていた。そして午後四時頃の、まだ光り輝いた、——しかし都会らしく霞んだ空を、細目をして、組み合った睫《まつげ》の隙から見詰めていた。その時彼の心は全く空洞《からっぽ》だった。体も、いい時計のように、どこに一つ故障なく、静かに血の流を環《めぐ》らしていた。「ああ幸福だな」ともなんとも思わないほど、いい心持だった。

娘が帰って来て、部屋を通りぬけて、真直に彼の枕もとに来て坐った。借浴衣を着た肥った膝が、ぼんやりと彼の視野のはずれに映った。しかし、彼は口が利きたくなかった。

「寝ていらっしゃるの」

風呂の匂いのする顔が、大きく彼の上に現われて来た。

「寝てやしない」こう云って彼は起き上ろうと思ったが、今までの無心の境がいかにも名残惜しくて、もう暫くそうしていたくなった。

「何を考えていらっしゃるの」

「なんにも考えてやしない」

「あててみましょうか。——貴方は、私がイヤにおなんなすったんでしょう。それで、どう云って断ろうかと思って、それを考えていらっしゃるんでしょう」

勝気なこの娘は、（もう我慢出来ない）と云う風に、急に感情の堰《せき》を切って落しながらも、もの云いは、いつものように緩《ゆっくり》しようと努めていた。それは殊勝なことだった。もしそうしなかったならば、この、事実を慥かめるよりは、道徳上の非難であり詰問である彼女の言葉は、彼の静まっている神経に、悪い刺戟を与えたに違いない。

「今は全く何も考えてはいなかった」と彼は微笑みながら答えた。「しかしそのことは随分永い間考えた。どうしようかと思って考えたんで、どう云おうかと思って考えていたんじゃアないが……」

　こう云いながら起き上った彼の顔を、娘は、我ながら恐れていた予覚の的中に失望した熱した大きな目で見据えた。

　彼のこれまでの経験で、別れ話が、涙に浸されたことがある。自棄になって、下等な憎悪に歪まされたことがある。互の要するものを最後の一滴まで得尽したと云う、我慾の満足と傲慢な無関心とで落着したことがある。それ等の記憶の絞り汁である不快の念が、不意に彼を脅かした。——娘に云われたように、どう云おうかが第一の問題になって来た。そしてそれには全くあてがなかった。顫《ふる》え戦《おのの》く心で、次の言葉を待ち構えている娘を前にして、彼はそれきり黙ってしまったのだ。

「なぜ急に私がイヤになったのです」娘がたまり兼ねて、石のようになった心を、そのまま言葉の調子に現わして云った。それは「ほかに好きなひとが出来たのか」と云う質問の、婉曲《えんきょく》な云い廻しとして、彼にうけ取られた。直接な答が、早い終結を持ち来たすと感じられた。

「好きなひとが出来た。済ない、気の毒なことだけれど、どうも仕方がない」

娘の目に、見ていてもハッとなるような、劇《はげ》しい影が通った。嫉妬と憤りと軽蔑と悲みと。

「貴方、それでいいんですか」

「悪いかも知れないが、いいと思う。心からよかったと思う時が来ることは、もっと慥《たし》かだ」

「貴方お一人のことじゃないでしょう」

「俺はお前との関係の初めにだって、自分一人のことを考えていた。だから今、こうなって来たとも云える」

「貴方はそれでいいでしょう。私はどうなるんです。私の身にもなって下さい」

「お前が俺の女房になったとしても、どうなるか解らない、——必ず幸福だかどうだか、それは解らない」

「それになぜ貴方は約束をなさったんです。それにおまけに……」娘は口が利けなくなったが、それでもまだ健気にも涙は抑えていた。

「それはみんな俺がお前を愛していたからだ。そのほかに理由のありようはない。まさか俺もお前を弄ぶために心にもない婚約をするほどの人間じゃアない」

「なぜそれほどの愛を捨てておしまいなすったんです」

「お前を愛したよりもズッと余計に愛する女が出来たからさ。一つ愛が別なところへ移ったのじゃアない。別に、もっと強い愛が出来たんだ」

「ずいぶん臆面なくおっしゃる」

「しかし悪意があってじゃアない。早く解って貰おうと思うから、むきだしに云うのだ」

「いつまでたったって解りゃしません。私はどうしたってイヤです。幸福だろうが、幸福でなかろうが、私は貴方の、——貴方の女房になりたいんですもの」

急に、夕立のように娘は泣き出した。彼は困ったと思いながらも、嬉しい気がした。そして、何故俺はこんないい娘を苦しめなければならないのだろうと思った。慥かに大阪の娘よりも利口で気丈で緊張している、とも考えた。しかし彼の愛する心の方向は、それ等の故を以て容易《たやす》く動きはしなかった。——烈しく顫えている肩に手を置いて、涙を拭いてやりたい気は、慥かに、生々と動いていた。しかし、そうしなかった。暫く彼は、惘然《ぼんやり》と眺めていた。そのうちに目のなかが熱くなって来た。

（こんな立派な娘を、こんなにまで苦しめながら、エラそうに構えていられるような権威が、俺のどこにある。暴慢だ。俺が悪かったんだ。大阪へなんぞ行ったのがそもそも悪かったんだ。）こう思うようになって来た。娘の不幸を、はたから自分の心に感じるだけで、彼はその不幸に堪えられないようになって来た。

「貴方はあんまりヒドい……」と娘が涙のなかから云った。

「……ヒドい。ほんとにヒドい……」と彼は、心から同感して呟いた。しかし、彼の俄かな心持の変化を、泣き伏している娘は、彼の表情から見てはいなかったから、彼女はこれを嘲りの言葉のように釈《と》った。

「……口惜しい。馬鹿にまでされて……。貴方は悪い人だった」

「悪い人だった。しかしよくなろうとしている人だ。今でもお前が思うほど悪い人じゃアないと思うけれど、それをお前に吹聴するのはいかにも心苦しい。しかしこう云うことは解って貰いたい。私がオッチョコチョイにお前と約束した時よりも、こうして惨酷な破約を強いている今の方が、自分ではいい人のつもりだと云うことだ」

　別れようとしている人に、彼はこんなことを云わなければいられない心持になって来た。娘の苦しみも悲みも無駄にはしない。どうか彼が善いと思う道へ進ましてほしい。かつて娘を幸福に感じさせていた、その程度の善さにまで引き戻させてくれるな。こう云う歎願が、彼の胸にあったが、しかしそれは、自分の善さを目のあたりに示すべき何者も有《も》たない彼の口からは、厚かましくて、とても云えないことだった。しかもそれが通じない間は、彼が望んでいるような、理解のある別れ方は出来ないのだった。その上、よしそれが通じたとて、娘の苦みと悲みに、いくらの慰めを与え得るものとも思えないことだった。——彼の力の頂上が来た。結局この娘との別れ話は、土地と時との隔《へだた》りに依頼して、弱々とした心に深傷《ふかで》を負ったまま、彼は大阪へ逃げて行ってしまった。

大阪の愛人が生んだ彼の最初の（そう云っては、かの肉塊で終った、父の候補者を二人有ったものを無視した厚顔だと、吾々の主人公や或る種の読者が感じるならば）第二の子が、五十日たらずで死んだ。これは、有ゆる過去を明るく眺め得るほど幸福である現在の彼に云わせても、傷ましく感じられる不幸の一つだった。まして当時の彼は、悉く哀情に殉じつくしていた。

人並はずれて子好きな彼が、愛人との間にその子を享けた悦びは、実に、その日から世の中が急に明るくなったような思いだった。どんなに愛しても愛し足りないような思いだった。——その幸福をだしぬけに取り上げられてしまった時には、
（一体こりゃどうしたと云うことだ、親から子が死んで行く、——こりゃ不思議なことだ。）と、吃驚《びっくり》するような心持すら感じられた。実にそれは悲みと云うよりも、驚きだった。

初め彼は「勧善懲悪」や「因果応報」を嘲って、そう云う思想を覆すことを動機《モティフ》として

いるような、当時「深刻」とか「皮肉」とか云う評語で、傑作に数えられた小説などを読むと、専ら痛快に感じた。次には、幸不幸は、一に主観の問題であって、善をなして、幸福を感じるとも、悪をなして、幸福を感じるとも、それは全く各個人の素質の如何《いかん》によるのだ、と思った。その後だんだんに、善をなして不幸に感じ、悪をなして幸福であると云うのは、病的な人間のことで、健全な精神をもつ限り、内心的の因果応報は間違いのない原則だと、最も平凡に考え、深くそれを信じるようになって来た。

しかし、ここには、愛する子供が死んだと云う事実には、誰の善意も悪意も働いてはいない。そして彼は、理由なしに、譬えるものもないほどの不幸に陥らなければならなかったのだ。これは全く訳が解らないことだった。——婚約して、処女までも捧げた男が、理由なしに、或は理由として、傲慢に己の善良を吹聴し、己の移り気から得た次の恋を得意げに高唱して、そのまま消えてしまった不幸を、かの娘がどれほど訳の解らないことに思ったか、そこへ持って行って想い比べてみようなどとは、夢にも考えつかなかったほど、それほど破天荒な、不合理とも理不尽とも云おうようのない、訳の解らない不幸だと、彼には感じられた。

暫くして、しかし、こう云うのがほんとうの不幸なのだと思うようになった。それは抗すべからざる力だった。たとえ彼が、愛児を双手《もろて》に抱《いだ》き締めていようとも、消えて行く生命に縋《すが》りつき、引き戻すわけにはいかなかった。いかに悲しくとも、残り惜しくとも、また腹立たしくとも、畢竟《ひっきょう》彼は「諦める」より他はなかった。どこまでも、諦めたくはなかったが、否応なしに諦めさせられた。

　これまで、自分を不幸だ不幸だと呟いてばかりいながらも、運命に対して飽まで傲慢不遜だった彼が、この、どう避けることも出来ない鉄槌に会って、心《しん》から兜《かぶと》を脱ぐ気になった時に、初めて、せめて与えられたものだけは、どんなつまらないものでも、それを取り上げられてしまう最後の瞬間まで、大事に、善くするように、保たなければならない、と考えるようになった。つまらないものの価をほんとに知った。人間が――いつ何時でも、どんな大切なものでも、運命の命が下ると同時に「死」と「滅亡」と、そして「忘却」との手に、一言半句あらがうこともなく、差出してしまわなければならないような無力な人間が、あれこれと選り好みをするなどは、そもそも僭越な話だ、どんなつまらないものでも、運命に存在を許されている限り、それは地上の宝であり、人がすこしでもよくするように、愛しなければならないものだ。――こう感じた。碌でもない自分だが、大切に善くして行こうと思った。一生を惜もうと思った。生存を許されている限り、俺も地上の宝だ……と信じた。

　やがて彼は、愛人を「妻」と呼びながら、一戸の主として、東京に住むことになった。玄関のほかに三間しかない、安普請の、暑いうちだったが、もの珍らしい彼は、かなり得意で、よく友達を食事に招いたりした。そして久し振りに、落ちついて仕事にかかった。もう六、七年も、文壇と云うものの、人目に立たない隅っこに埋《うず》もれていた彼の名が「新進作家」のなかに数えられるようになって来た。無理な仕事をしないで済む程度で、雑誌社からの註文が来るようにもなった。彼は、名こそ新妻であるが、事実はもう三、四年来の伴侶である妻の寝息を聞きながら、夜徹《よどお》し机の前で、ブツブツ小言でも云うように、口のなかで文章を云ってみては、書き続けた。

　こう云う間に、彼はほんの一寸したことで、旧くからの親友の一人と絶交した。友達と云う定《じょう》、彼にとっては、むしろ敬愛する先輩で、幾度となく、彼はこの友達の導きと励ましによって、或る思想からよりよい思想へと進んで来た恩を深く感じていた。殊に自己嫌悪の鞭で己を鞭《むちう》ち進んでいた間は、この友達の思想なり感情なり道義なり、総てが、彼の鞭の慥かさを裏づけてくれる力だった。けれども彼が幸福であろうとした時に、彼の我が儘な幸福が、時々友達の幸福と衝突しなければならなかった。たとえ相手に理窟があろうと、善い感情があろうと、彼は兎に角いま自分だけの幸福を樹《た》てつつあったから、その根を堅める我が儘は、むしろ自ら奨励するようにしていた。

　その上彼は、ただ「汝けがらわしき者よ」とだけ大書した友達の葉書を手にした時には、憎しみと憤りとで蒼くなった。

「どうなすったの」と妻が云った。彼は顫える手でその葉書を渡した。そして、（今に見ろ）と思った。妻は勿論彼が受け取ったほどの激情を、その句から受け取るわけはなかった。それでも、「随分ね」と云ってちょっと涙ぐんだ。それから急に晴々しく、「なんだっていいじゃあないの」と、笑おうとした。彼はもう一度その葉書を見ようとして、手を延ばした。妻は急にそれを顎の下へ両手で持って行って、

「やぶきましょう？」と、彼の意向を訊きながら、指の力を保留していた。

「いけない」

彼は葉書をひったくって、二階へ上った。そして机の前でまたそれを眺めた。前にも彼はこの友達と喧嘩をしたことがあったが、しかしやがて、前と同じ、或はそれ以上の友達だった。喧嘩の不快ないいきさつなどには、少しもこだわらずにすんだ。けれども、今度の、この葉書から受けた感情は、一生忘れられないものだろう、と思われた。そしてそれを、来書函《らいしょばこ》でなく、机の抽出に蔵《しま》った。

それから半年以上たってからのことだった。或る時妻が机の抽出を整理していてそれを見付け出した。

「これはどうしましょう？」こう云って、要るものと捨てるものを左右に仕分けていたその両方へ、二、三度振り動かして見せた。乱暴に筆で書かれた表を見ると、彼はそれを受取った時の不快を直ぐ現在に感じた。けれども、その強度は遥かに違っていた。そして、以前の書生が、ランプの、紙ではった傘などに、己を鞭撻するにいい警句をいくつも書き

つけていたように、その葉書を、自分の緩んだ心に見せる刺戟剤にするつもりで、特に机の抽出に蔵った心持などは、少し可笑しいような気さえした。同時に、可笑しがっちゃアいけない、と思った。それが笑える時が来たら笑うがいい。しかしまだ早い。それどころか、今では、もう今に見ろ、と云う感激を起させる力が弱くなっているではないか。利用出来る間は利用しなくっちゃアいけない。——こう思った彼は、

「机の抽出でなくってもいいが、とっといてくれ」と云った。「それでも、だらけた時には利く薬なんだ、だけども、よしそのおかげで俺が偉くなったからって、××にえばられる因縁はないのさ、薬と間違えて石炭酸を飲んで、案外それがよかったために病気まで癒《なお》ってしまったと云う話があるが、それだからって、その石炭酸を売った薬屋は、医学博士にゃアならないからね」

　毒々しく、こんなことを云っている彼も、よくその友達と以前のような関係にいる夢をみた。目が覚めて、懐しく思うことがあった。また、以前の、友達の前に一目も二目も置いてヒケている心持を、余りマザマザと見た時には、覚めてから業腹《ごうはら》なこともあった。

　これと前後して彼はだんだん旧くからの友達と遠々しくなるように感じた。以前、まるで倶楽部のように、始終彼の書斎には友達が集っていた習慣から、彼はそれを淋しく思った。それはお前が悪いからだ、と云って妻を責めたこともあった。暫く話しているうちに、相手の心持と反《そり》があって来ると、女房もうちの用事もそっちのけに、まるで夢中になって

しまう彼を見ると、妻はその友達に嫉妬を感じて喜ばなかった。それは直ぐ客の心にも通じるのだ、こう彼は妻に小言を云った。けれども彼自身が、——以前不平ばかり云って苛々していた「幸福の素《す》寒貧《かんぴん》」が、この頃成金然と、平和な顔をしているのも、旧くからの友達には、勝手が違ったような心持をさせていた。——どうも仕方のないことだと、彼も思うようになった。

　或る時彼は、以前婚約していた娘の母親と往来で出会った。そして、慌てて顔をそむけて、逃げるように足早に行く自分を見出した。——これは慥かに、近頃の彼と調和しない挙動でなければならなかった。この母親の前には、彼は婚約を破った男であるばかりでなく、もっとヒドい破約者だった。かつてこの母親は、娘との婚約を彼に承知した時に、成婚するまでは、交際するのはいいが、それ以上進んだ関係にははいらないようにと云う條件を附けて置いた。この約束が守れなくなった時には、晩かれ早かれ結婚するのだもの、と云う云い訳が、彼の心にあったから、さして悪いこととは思わなかったが、破約の話を持って母親を尋ねた時には、彼の心は全く重しをかけられていた。婚約を取り消すことには、一と言もイヤミを云わずに承知した母親も、「念のため伺いますが、娘の体に間違いはございますまいね」と念を押した言葉には、憎悪をもった皮肉がむき出しになっていた。彼は真赤になって、娘の方を見た。娘は敏捷《すばや》く、云うなと云う合図に目を繁叩《しばたた》いた。彼は板ばさみになった。母親の方からは、「貴方はあの約束を守ってくれませんでしたね」と云われるのよりも、もっとずッと辛い言葉で、彼の破約が詰《なじ》られているし、娘からは、一度その事実を母親の前に否定した私の言葉を嘘にしてくれるなと云う、歎願の目で見詰められた彼は、肩の間に低く首を垂れて、暫く黙っていた。それから、

「大丈夫です」と答えた。たとえ彼が首を賭けてそれを受け合ったとて、母親がそれを信じないことは、実際何事もなかった以前から、娘が疑われ通していたことを、彼女から聞き知っていた彼には明かだった。しかしその故を以て、彼はこの嘘を自分に是認する気にはなれなかった。

「ああ云う約束はしましたが、どうもそう云う訳には行きませんでした」と答えて、かえって相手の虚を衝くような痛快を味いたいくらいだった。それをそうしなかったことは、――自分の男をすたらせたことは、結果から云えば、きっとこの親子の幸福になったろうと、後に彼にはそう信じた。何故なら、親子の者がその事実を忘れたいと願う時がきっと来るだろうと思ったからだ。――それはしかし、あとからつけた、虫がいいと云われても仕方のない理窟で、その実際の場合では、彼はただ、母親よりは娘の意思に従いたかったからだった。

　往来で、母親の視線をコソコソと避けた日から二、三日たって、彼はもう一度娘に遇おうと決心して、妻に、散歩したくなったから出かけると云った。

「こんな雨降りに、散歩なんぞなさらなくってもいいじゃアありませんか」

「したってもいいじゃアないか」

「今日はいけません。今日だけはどうぞよして下さい。なんだか今日はいやだ」

彼は恐ろしいような気がした。お喋りな彼は、往来を歩くにも誰か連れをほしがったが、友達の少くなったこの頃では、大抵妻とつれだってどこへでも出かける習慣になっていたので、妻も普段から一人でうちに残ることをイヤがるようにはなっていたが、それにしても、これほどに執拗《しつこく》云うことはなかった。俺のどこかに、そう云う不安を感じさせるようなものが現われているかな、と彼は思った。

「なんと云っても、行くと云ったら行くよ」

「いよいよいらっしゃるなら、私もご一緒に行きましょう」

「今日は一人の方がいい」

「なぜです」

「一人で歩きたい」

散々争った末に、殆ど妻を泣かせないばかりにして、彼は出かけた。

貧家に生れた娘は、その時分或る小料理屋に奉公していた。午後の三時半頃で、料理屋へはいるにはいかにも半間《はんま》な時間だったが、彼は思い切って飛び込んで行った。たった一度、前にもここまで娘に会いに来たことがあった。その時には丁度、娘がうちへ帰っていた留守だったが、そのまますぐ出るわけにも行かず、食いたくもないまずい料理を食いながら、女中に頼んで、近所で借りて、電話口まで彼女を呼び出して貰って、用談だけ済まして帰った。

彼の方では全く見忘れていたが、彼を案内した女中が、その時に電話をかけてくれた女だった。註文しただけのものをすっかり持って来ていながら、不意に、

「お待ち遠さまですね」と云ったりした。

「何が……」

「何がじゃアありませんよ。いくらね、そういってやったってもね、恥しくって来られないんですとさ」廊下へ出ながらこんなことを云って、パタパタと行ってしまったきり、彼は小一時間一人で放って置かれた。仕方なしに酒を飲んだり、煙草を喫《ふか》したりして待っていた。今日は酒は飲むまいと思いながら出て来たのだったが、禁慾にかけては、彼はいつまでもだらしがなかった。

とうとう娘が出て来た。敵意にでも、侮辱にでも彼は用意していた。しかし娘はあでやかに笑って、

「いらっしゃいまし」と一寸手をついただけの、いかにもこう云ううちの女中らしい挨拶をして、「電車道の向う側から、斜《はす》にこっちへ突っ切っていらしったでしょう。私ちゃんと見てましたわ。雨が上ってるのに、洋傘《こうもり》をさして」

彼は安心した。——一体彼の意志で、女の運命を大きく左右してから別れた後に、彼がその女に望み得ることは、彼女が人としてエラくなることよりも、ほんとうの生活にはいることよりも、ただ苦労なく、日々の実生活が幸福であれかしと云う一事よりなかった。いくら自惚《うぬぼれ》が強くても、彼が女に与え得た影響を、それ以上にも延びるほどのものと計算する気はなかった。

かつて彼は、ヒドい思いをして得た金で、廓《くるわ》の女をそとに出してやったことがあったが、その結果は、女に、浅草の活動小屋で下座《げざ》の三味線を弾かせることに終った。それまでは、兎に角、気楽にすごして来た女の老母までが、婆や奉公に出なければならないことになった。その時に彼は淋しかった。善意でしたことでも、時に結果はかえって不幸にもなる、——そう云うことのあり得る世の中だと思うことが、淋しかった。その女は、彼が結婚してからも、突然手紙をよこして、今では長唄の師匠をして、どうやら人の世話にならずに、幸福に暮している、と知らせて来た。そして、「人の世話」から離れるのに三年かかったとも書いてあった。云うまでもなく彼は喜んだ。そこに、「職業に貴賤はないから、今後交際してくれ、貴方は少し有名になったと思ってお高くとまってはいけない」と云うような文句がなかったなら、彼は心底から悦びに溢れた返事を送ることが出来たろう。かの、彼の最初の女であった下婢も、田舎の寺の住職にかたづいて行ったが、詳しいことは分らないけれども、兎に角幸福らしいので、彼はこれも喜んでいた。——しかしこの娘にだけは、彼はもう少し高価な幸福も期待し得るかと思っていた。それは実は、彼にとっては辛いことだった。少しの悪意もなかったにしろ、彼がこの娘に加えたものは、不幸より他のものではなかったのに、そのなかから、余り優れた芽生《めばえ》が延びて来ることは、彼一個から云えば、「見返えされた」と云う態《かたち》で、彼としては、全く面目の立たない男にならなければならないわけだった。けれども、もしも娘が、日々の実生活は辛く苦しくとも、心の幸福を得た立派な人間になっていたなら、今の彼は、その方をどんなに喜んだか知れない。娘が軽蔑と憎悪との一瞥を投げて、彼の昔日の利己心を責め嗤うとも、彼はその方をどんなに喜んだか知れない。

しかも彼は、娘がいかにも小料理屋の女中然とした落ちつきを得ているのを見て、安心した。それと同時に、彼の緊張した心持には、もう壊してもいいよと云うお許しが出でもしたように、だんだんたわいなくなって行った。

娘は彼等の以前と今との間に、不快な別れ話しの一條が挟まっていることを、全く忘れてでもいるように見えた。彼はそれを怕《おそ》れながらも、どう禁《と》めることも出来なかった。ふと、娘が云った。

「今度貴方の奥さんを見に行こう」

「うちも知らないくせに」

「知ってますよウだ。こないだうちへ行った時お母さんに聞きましたよ。お母さんがそう云ってたわ。何も見せつけがましく、あんな近所にうちをもたなくたって、よさそうなもんだって」

実は彼は、娘に相談した上で、娘の母親に会って以前の嘘を取り消し、往来で遇って、赤い顔をしないですむようにしたい、と思って出かけて来たのだった。それで、「お母さんは、」と云いかけたが、急にそのあとを口にする勇気がなくなってしまった。

「お母さん、どうしたのよ」

「お母さん、……に二、三日前会ったよ」

「そう？　どうして？　お辞儀して？」

「しない。俺の方で逃げた」

「逃げなくったっていいわ。お母さん、もうなんとも思ってやしないわ」

彼は益々《ますます》呑気になった。（俺の道義心はいつでも世間に必要なだけよりも、余計すぎるので、そのお剰《つり》だけが、きっと一人相撲になっちまう。）などと、図々しいことを考えていた。――二人とも大ぶん飲んだ。彼には、先刻《さっき》から訊いて見たくてならないことが一つあった。それは娘の貞操だったが、有繋《さすが》、ヴァジニティの有無を見定める目など、ヘンなことに自負をもっている彼も、観察だけではどっちとも云えなかつた。

それは、すっかり乱れてしまったようにも、また案外そうでなさそうにも思われた。

「こう云う所にいると、沢山イヤなことがあるだろう？　お客でなくっても、例えば板場とかなんとか……」とうとう彼はこんな云い方をしてみた。

「ありますよ」娘はこう云って、揶揄《からか》うようにカラカラと笑った。（ははア、こんなことが報讐《ほうしゅう》か）こう思って、彼はすっかり肩の荷を下ろしてしまったような気がした。しかしまさか彼にも、それ以上に踏み込んで行く気にはならなかった。

　酒の気を醒そうと、彼は泥濘《ぬかるみ》道を歩いて帰った。そして妻に、すっかり白状した。初めからそこへ行くつもりだったのを、散歩のように云ったのだと話した時には、妻はヒドく腹を立てて、以後彼の言葉が信用されなくても、それは自業自得だと云った。彼も一緒になって怒って、

「俺を信用しないで、お前の生活は一歩だって成り立ちゃアしない」と云う意味を、無学な妻に解るように話す折の、彼に独特な言葉で喋ったりした。

　けれども、妻の妊娠中には、彼も、余り信用され過ぎていることを辛く思うような場合があった。――何喰わぬ顔をしていればそれでもすんだが、それではまた彼の気が済まなかった。そうかと云って一々白状した所で、妊婦に悪い影響を与えこそすれ、全く無益な正直だと思った。仕方なしに、三度のことを一度のように話した。良人《おっと》の体の上の貞操と云うことは、彼にとっては、全く妻のための道徳で、それ以上の道徳――愛を摑んでさえいれば、何もそう重く考えるほどのものじゃアない、と思われた。妻の感情を愛護する意

味でつく嘘などは、尚更彼には、悪い事ではなかった。友達と一緒に女郎屋へ行って、男ばかりで雑魚寝をして帰った時には、茶屋で遊んだまでの話にして置いた。妻として信じ憎いそう云う話は、しない方が、妻を愛する彼の本心に添うものだった。ついその以前に鳥屋から待合に転業したばかりのうちで、友達と鳥を食い酒を飲んで帰って来た彼は、妻に、鳥屋へ行っていたと話した。すると、彼の小説の愛読者で、時々彼を訪ねて来る年下の友達が、どこかでその折の話を聞いていて、或る時何かの話の折に、彼の妻に向ってこんなことを云った。

「……そんなことは構わないけれど、ね奥さん、例えば待合に行っていながら、鳥屋へ行ってたなんて嘘をつくようなことは、よくないやね、そうでしょう？」などと、彼の聞いている前で、調子を強めて云った。彼は笑っていたが、肚《はら》では一寸イヤな気がした。嘘を、人を陥れ己を護る道具とよりほかに感じられない間だけ、正直のみが美徳だ。――正直を以っても人を苦しめることは出来るし、嘘を以っても人を愛することは出来る。――なにを生意気云うんだ、そう彼は肚のなかで呟いた。

　そのくせ彼は、以前とは比べものにならないほど正直になって来た。それだけ、人も信じ易くなって時々ヘマなまねをした。

　冬の最中《さなか》に子供が生れて、ドンドン部屋を暖めなければならないので、急に火鉢が足りなくなった。彼は仕事に労れ切ったあたまで、夕方、散歩がてら近所の古道具屋へそれを見に行った。そこは前からの馴染で、前には随分値切りもしたが、兎に角いいお顧客《とくい》の方だと自分では思つていた。それに、道具屋の方でもこの頃はそう掛値をしなくなったようだし、火鉢の値段など彼はよく知らないので、殆ど云い値で買って帰った。すると、その晩のうちに、その瀬戸火鉢は、二つながらパチリと罅《ひび》がいってしまった。翌日彼は、瀬戸物屋に買物に行って、ふと、それと同じ品《て》の新《あら》のがあったので、値段を聞いてみると、古道具屋の価と少しも違わなかった。——彼は腹を立てた。罅のいってしまったものを返す訳にもいかないので、その当分火鉢を見ると癪にさわった。蔭で赤い舌を出している道具屋が憎らしかった。けれども考えてみると、やッぱり自分の方が悪いのだった。彼はほんとうに道具屋を信用していたわけでもなく、労《つか》れて、面倒臭い気持だったので、当然あるべきだけ注意深くなかったのだ。それを、心《しん》からの信用で対した者から、虚偽の返戻《へんれい》を受け取ったように考えるのは、間違っていると思った。——それからは、それだけのことでも考えさせてくれた罅のいった火鉢に、もの柔かな親しみを感じて、人と話をしながらも、彼は、脂手《あぶらて》でよく撫で廻していた。

けれども、前にも書いたＯと云う青年が、一と言も嘘を云わずに彼を騙していたことを知った時には、腹は立たなかった代り、或はそれだけ、彼はもう少し不幸だった。彼がこの友達を信じていたことは、もとより道具屋の比ではなかった。以前のことは兎も角も、彼のうちに来だすようになってからのことは、大抵なことまで包まず話してくれると思っていた。所が或る時、一人の友達が、その年下の友に就いて、こう云った。

「O君は、中々小説が上手だって云うじゃアないか。L君がそう云ってた」

Lと云うのは、N氏門下の若い作家だった。そのLが、N氏の死ぬ前後のことを書いた文章のなかで、彼はOと云う名前を読んだことがあったが、しかし幸福な彼は、夢にもそれを自分の所へ来るOだとは思わなかった。めったにない姓であるにも拘らず、それを同姓異人だとばかり、頭から思い込んでいた。――彼はかなりOに愛され敬われていると自ら信じていたし、またOが彼以外に好きな作家として始終挙げる名もきまっていて、Lがそのなかの一人でないばかりでなく、殆ど一度も二人の間に話題に上ったこともなかったから、よもやOが、そこへ原稿を見せに行っていようなどとは思いよらないのも、無理ではなかった。で、こう云った。

「そりゃ違うだろう。もう一人同じOと云う名の人がいるんじゃアないか。N氏の追憶号のLの書いたもののなかにも、Oと云う名前は出て来るが、多分その人なんだろう」

「そうかしら」

「そうだと思うがね」

N氏の追憶号を、彼はOから借りて読んだことを思い出した。まさか、自分の名がそのなかに出ていることを知らなかった筈はあるまいし、知っていて、今まで彼の前に話さなかったことを、この雑誌を読んで知れよと云わんばかりに、持って来て貸すと云うことも彼には考えられなかった。

「違うんだよ。きっと同姓異人だろう」

　こう云った彼は、その後Oが来た時に、

「君はLと云う人に原稿を見て貰ってやしまい？」と、全く否定の返事ばかりを予期しながら、極く気軽に尋ねた。すると、意外にも、Oは真赤になって、ヒドくドギマギしながら、

「いいえ、見せたんですよ。しかしそのことは、今に私が書きますよ。……そりゃア、一寸、今困る……」と云うような、曖昧なことを、ブツブツと呟いた。彼はかなり驚いた。

「そうかい。T君がこの間そんなことを云ってたが、別の人だとばかり思ってたんだ」

　こう云ったきりで、彼は別な話に持って行ってしまった。――不愉快と云うよりも、彼は不幸な気がした。この年下の友達のなかに、彼の心はよい小説家を見出したがっていた。が、それ以上に、よい人間を見出す方を望んでいた。その目的のために、いくらかの役に立ったと思い、立ちたいと思い、立ち得ると信じていた彼は、辛く、情なく思った。

　しかし、彼はそれでこの友達に絶望しはしなかった。何故なら、今、兎に角幸福である彼自身の過去には、もっとずッとヒドいことがあったから。似たような例で云えば、彼は三年の間、かの近頃絶交した敬愛している友達を、Oよりも遥かに悪い意味で騙していた。下婢との関係の内容を、他の女との事件に仕立て直して話し、相談さえも持ちかけた。そ

う云うふてぶてしい不良さを有っていた彼には、Oに腹を立てる勇気はなかった。唯淋しく不幸に感じた。笑ってしまう気になれる場合なら、もっと積極的に、悪意を含んだ騙し方をされても、彼は腹は立てても、不幸ではなかったろう。――それだけのことで、或はもっとずっとヒドいことでも、Oを嗤ってしまうことは、彼の過去が許さなかった。その過去を生かそうとしている彼の現在が許さなかった。Oを嗤おうとするならば、彼の現在もまた嗤うべきものに外ならなかった。

　子供が出来たことは、彼の日常の生活を、格段に幸福なものにした。嬰児《あかご》の幾重にも縊《くく》れた首のところに、鼻の頭を摺り込むようにして、笑わしてやったりしている時に、急に、ぎゅうと、力一杯に締めつけてやりたい衝動で、体も心も顫えてしまうことがあった。また、静かに眠っている顔を、ジッといつまでも見詰めていると、この嬰児が禿頭の爺になって、孫の寝顔を覗き込んでいるような、彼がいくら長生きをしても見られよう筈のない、先の世のことまで、霞のようにモウモウと彼の心に感じられて来た。父母の、祖父母、先祖の、――心を、総て己のうちに感じるように、この子の、その子、またその子の――心のなかへも、己の総てが流れ込んで行く、――そう云う心持で、彼は急に生々と、若々しく心が踊って来ることがあった。――親子は一世《せ》、夫婦は二世、主従三世、と云う言葉がある。主従のことは云わない。彼には、夫婦は一世の気がしても、親子は永世の気がした。夫婦は横の線で、親子は縦の線のように思われた。たとえ彼が今日が日死のうとも、五、六十年も先の世のことを感じながら、自分を短命とは思わなかろうと考えられた。

殆ど智徳の教養がないと云ってもいい妻をも、彼は心《しん》から愛していた。

語彙が少いので、少し込み入ったことを話そうとするには、ヒドく骨が折れた。趣味性の涵養がないので、買い物の時よく争いが起った。冗談や地口や洒落は大抵通じなかった。一切の科学めいた話は、いろはから説明する煩いを前以て覚悟するのでなければ、うっかり云い出せなかった。字が碌に書けなかった。振仮名なしでは雑誌も読めなかった。（従って彼の作品も、単行本にした時に、どうかすると読むくらいのものだった。）彼以上に行儀のいい方ではなかった。そして、自己の好悪以外には、道義心から出るような道徳も、殆どないと云ってよかった。野蛮人のような時があった。

しかし彼は、彼女のなかに、自分に極く近いものを感じた。音楽に譬えれば、一音階《オクターブ》も二音階も隔ててこそいれ、同じ音が彼女のなかに響くのを聞くことが多かった。なまじ近い音で音色の違ったのよりは、その方が遥かに心持がよかった。音階の隔りを彼は全く問題にしなかった。今更ひふみよをたどって昇って来るよりも、そこで、――あるがままのところで、音を大きくさせる方を選んだ。それには、彼自身の音を大きくしなければならないと思った。

もう一つ、実生活の上に、小さくはあるが、幸不幸を形造《かたづく》る「趣味」――「道楽」に就いて云うならば、夙《はや》くから現われて、どんなに増長するかと思われた彼の「趣味」は、途中から、余程足弱になってしまった。ぶらぶら怠けていること、稀に買う極く安い道具、食いもの、旅行、寄席、たまに篆刻《てんこく》、——そんなものだった。茶の湯をやる、義太夫を習う、踊も覚えてみたい、などと親しい友達にはよく種々な計画を話したが、いよいよ始めるでもなかった。ほんとにいい絵画、彫刻、音楽、建築、見る芝居、そういうものは、芸術を仕事としている彼にとっては、「趣味」ではなくて、勉強のうちだった。なかで、絵画が一番解るように思えた。——彼は自分の「趣味」にも、満足していた。

こう云う彼に、たった一つ容易《たやす》く「幸福」を得させないものは、仕事だった。——創作だった。

某大家も評したように、彼はだんだん「流行児《はやりっこ》」にされて、年中背負い切れないほどの仕事を押しつけられるようになっていた。それは幸福に違いなかった、——どんなに安く踏んでも、彼の書いたものが、大勢の人の目に触れ、心に映る機会を有《も》つと云う、その数の多さだけを云っても、十分な幸福に違いなかった。しかし人に断りを云い憎がる彼の性分から云うと、精力以上の仕事で、時々ヒドく不幸な目に遇わされる惧《おそ》れもあった。最近の彼には、駄作だと思いながらも、期日が迫って、編集者に渡してしまう作がままあった。

また彼は、初期の作以来、自己嫌悪の鋭い鞭で叩き出し、その後の自分を縛る縄を綯《な》うような心持の作風を有っていたが、近頃幸福である彼は、その使い馴れた作風では満足出来なくなっていた。

　それより、一番大きな不幸は、彼が沢山な解らない問題を人生に有っていることだった。よくもあり悪くもあると思えることが沢山あった。或る人がよいと云って絶叫したことでも、彼には、その蔭によくないもの、或はよくなくなるものがあるように思えた。或る人が悪いと断定しても、彼はそこに、よいもの、或はよくなるものの潜むのが感じられた。――これを、彼はよいことだとは思わなかった。けれども、なまじっかに、きまるよりは、迥《はる》かにいいことだ、強いてきめようとしないでも、だんだんにきまることだと思っていた。――しかし、きまらないために、種々な不安に遇うのは、今の彼として止むを得ないことだった。

　――かように、彼は「兎も角も」幸福だった。その「兎も角も」の内容である、彼の種々の不安こそは、この一篇の主眼でなければならない。――それこそは、この次に来《きた》るべき「幸福」を生む芽生でなければならない。

　永い間彼の幸福は、卵の上に卵を載せ重ねたような不安定にいた。悪と云う卵の上に載せても、載らないことはなかったが、その幸福の卵は直ぐぐらついて来た。善の卵の上に置いて見ても、十分な平均はとれなかった。彼は種々なものの上にそれを積み上げようとした。今、彼の幸福はやや据《すわ》りのいい土台の上に、己を見出したと云える。――しかし始終細かく震えている。その震えから、更に安定な、次の土台へ転げて行く原動力を得なければならない。この大切な震動に就いて、作者は、やがて、稿を改めて書く折もあろう。

失われた原稿

或る小説家が死の床にいた。

病症は結核性の肺病だった。次第に体温は低まって行った。医者がもう臨終に間があるまいと宣告した。その言葉によって、血縁の者どもや、親しい友人も集って来ていた。——作者もそれによって「死の床」と云う言葉を用いたのであるが、しかしこの小説家が果してこの時に一命を損したか、或は九死に一生を得たか、それはこの作で強《あなが》ち重要な点ではない。要はただ周囲に集っていた者どもが、いずれも瀕死の人の枕辺にいる心持になってい、病人にもまた、種々《いろいろ》な形で死と云う考が脳《あたま》のなかに往来していた場合であればそれで足りる。

旧い友達である、彫刻家の谷口が見舞に来て、病人の枕許に坐ってから凡《おおよ》そ三分ほどもたった時分に、今まで半醒半睡の状態にいた病人の眼が急にハッキリと瞪《みひら》かれた。視線はジッと友達の瞳の上に釘づけにされていた。室内は、看護婦が身動きの度に、糊の強《こわ》い上《うわ》ッ張《ぱり》の音にさえ気を兼ねるほどの沈黙が領していた。と、突然に、全く突然に――

「谷口、僕はもう死ぬのだから――それを医者が確実に君に証言するだろうから、真実《ほんとう》のことを云って聞かせないか。死んで行く僕に、もうそんなことはどうでもよさそうなもんだと思うか知らないが、僕は知りたい！　今更それをどうしようたって、勿論どうも出来やしないじゃアないか、唯知りたいのだ。本当は君が盗ったのだろう？」

谷口は驚いた。盗《ぬすみ》に関してはどんな記憶も直ぐに蘇って来なかった彼は、病苦のために友達の脳《あたま》が狂おしくなったのだと思った。傍《そば》にいた医者にも、かように突然と、かように明瞭な言語が、瀕死の患者の口を衝いて出ようとは、全く意外だった。しかし彼の理解は、この見舞人と患者との間には、病菌よりも強い、何か異常な秘密が挟まっているのだろう、と云うにあった。それにしても今その事に関して、緊張した会話がここで取り交わされ、これ以上患者を興奮させることは、死を次の瞬間に手繰《たぐ》よせることに外ならないと思った。――これだけの思考《かんがえ》が医者の脳のなかで畳まれ、続いてそれが実行に持ち来されようとするまでの、ほんの一、二秒の間を、谷口は、病人の氷のような凝視を堪えられなく感じた。彼は殆どどれだけの内容を含んだ言葉とも意識しずにただ云った。

「――なにを？」

「原稿さ――勿論僕の原稿のことさ」

病人は谷口の言葉尻を掠《かす》めて、まるで健康の人のような声でシッカリと答えた。丁度その瞬間に医者の思考が実行に移された。見舞人は枕許から手荒く医者に押し退けられ、眴《めくばせ》をされて、ふと我に返った。彼は心と体とを摘《つま》み上げて、直ぐ病室を出た。

　見舞人の控室には、病人の兄と、友達が三人と、それから弟子が一人いた。そこは西洋風の建具と日本の畳とをもった、或る病院の一室であった。突然扉《ドアー》の開かれた物音に、一斉にみんなその方を見た。——明晰な脳《あたま》の故に、反語的《アイロニカル》な冷たい胸を享《も》っているように友人間に認められている谷口が、少し青ざめて、恐しく興奮した表情《かおつき》をして這入って来た。それは、彼の性質に関して何等の予備知識をも有っていない、つまり一番交際の浅い弟子の吉村でさえ、余程異常な出来事が生じたことを思わせるような表情だった。

「もういかんか？」

　病人の兄は臨終の時が来たのだと察して、直ぐ立ち上りかけた。居合せた誰もがそれに対して谷口の首が静に頷くことと予想していた。が——

「いえ、なに——」と呟いて、彼は何か憚《はばか》るように静かに座についた。

「どうしたんだ」友達のAが顔を覗き込んで尋ねた。

「どうって……。ちょっとまア俺に考えさせてくれ」

　谷口は、胡坐《あぐら》の膝の上に肘を支《か》った手の親指と中指に青白い額を託して、目を瞑ってしまった。

不安な、殆どキミの悪い沈黙が一座の上に懸った。時計の秒針にかからないような「時」がジリジリと動いて行くように感じられた。――この沈黙は、谷口によって破られる前に、扉《ドアー》のノックによって、思いがけない早い終結に来た。

「ハイ」二、三人の声が同時に答えて、谷口を除く外の、総ての人の視線がその方角へ注がれた。白い仕事着を着た先刻《さっき》の医者が這入って来て、真直に谷口の側へよった。

「貴方の返事が絶対に必要だ。然《ヤア》か否《ナイン》か、貴方の口から……患者はそう云い張ってどうしても聴きません」中腰をして、谷口の耳のはたで早口にこう私語《ささや》いた医者は、そこで一寸言葉を切って相手の答を待った。それから困却したような相手の表情《かおいろ》を見ながらまたあとを続けた。「――どちらかの答を即座に貴方が口になさることがお出来なさるのなら、直ぐに行って頂きたい。が、しかしですな、病室にいらしってから、説明やら條件やら、複雑な、つまり患者を興奮させるような会話は私としてお断りしなければならんが、……どうでしょう？」

「それが――」と云いかけて谷口は溜息をついた。彼はもう大分平生の考え深い、慎重な態度に復していた。

「必要があれば、病室を貴方と患者と二人きりの差向いにしてもよろしい。――勿論それは一分ほど、――今申上げた通り、然《ヤア》か否《ナイン》か貴方が仰有るだけの、ほんの僅かな時間ですな……」

小説家輪島の、紛失した原稿の話。

——それはこの時から十五年ほど以前、輪島がまだ二十五、六の、全く無名の作家であった頃の出来事である。ちっとも売れなかった「草」と云う雑誌によって、彼は毎月二、三十枚から五、六十枚ずつ自叙伝風の小説を公にしていた。段々書いて行くうちに、二、三年前に友達の谷口から受けた印象や影響を、かなり重大な意味をもたせて書かなければならない時代へと進んで来た。それは輪島が一番廃頽的に傾いていた頃で、谷口はまた、劇《はげ》しい神経衰弱に罹《かか》って、墓のなかから帰って来たラザルスのような幽陰と、時にはまた、見ていてハラハラするような狂躁とに、交々《こもごも》見舞われていた時代であった。この友達と一時間も一緒にいると、輪島は必ずメズメライズされてしまって、いくら抵抗してみても、蟻地獄の傾斜にいる蟻のようにズルズルと惹きずり込まれて行くのをどうすることも出来なかった。理由《いわれ》のない、世界苦《ウェルト・シュメルツ》のような悩みが彼の心から有《あら》ゆるものの光明や権威を奪ってしまう。すると彼は真暗になって、悪行のなかへ頭からのめり込んで行く。荒々しい爪で、やっとその印象を掻き落した時分には、直ぐまた不思議な牽引が彼を谷口の前へ連れて行く。——こう云う繰返しが輪島の過去に、印象深い幾つかの事件や光景《シイン》となっているので、谷口をモデルにした人物なしには、この時代を、自叙伝風な輪島の小説のなかに描くことが殆ど不可能だった。

所でこの小説が書かれつつあった第二の時代には、谷口の神経衰弱も殆ど全快していて、その時分の総ての記憶を極端に忌み嫌っていた。事に対して劇しい執拗と徹底とを享《も》っている彼は、その記憶を呼び起す一片の痕跡をも残さないために、その時分から身のまわりにあったものは、家具でも蔵書でも衣服でも、一切売ったり捨てたりした。それのみでなく、既に戸主であった彼は、老母の反対にも拘らず、父が建ててそこで亡《なくな》った屋敷をすら売り払って、他に移ってしまった。――このように、殆ど恐れると云う言葉を使ってもいい位にイヤがっている過去の谷口をモデルとして、二、三の光景《シイン》を描《か》き、その印象を誌した部分を、彼に無断で公にすることは、輪島の性質として忍びないことだった。で、原稿を持って行って、読んでみてくれと云った。これじゃア困る、と云って、二、三日すると谷口がそれを返してよこした。輪島が苦心して事件や光景を出来るだけ事実と違えて、再び見せると、谷口はこれでもイヤだと云った。とうとう三度目の時に、谷口はこんな意味のことを云い出した。

――誠に済まないが、何遍書き直して貰っても、僕としては、これなら公にされてもいいとはどうしても云えない。実を云えば、それを読んで見る気さえ起らないので、今まで一度も読みはしなかったのだ。読みもしないで、君の自由を束縛するようなことを云っていたのは申訳がないが、実は、何遍も書き直させたら、君も根負がして、或は僕に関する事実は一切ぬいて書くような気になりはしまいかと、頼めないことを心頼《こころだのみ》にして、無理を云っていたのだ。それを君は正直に書き直してくれた。僕は実に間違った事をしていたのだ。今日は僕も正直なことを云ってしまおう。

――僕には、第一にそれが書かれつつあることからして非常な苦痛であり、殆ど我慢の出来ないほどの不快なのだ。どうして、これなら差支ないからと云う言葉などが口に出来よう！　書直しなどは問題ではない、頭からイヤなのだ――しかしもしも、君が最初から僕に無断でそれを公にする気だったら、今頃はもう夙《とう》に活字になっていたろう、それでも、どうも外に仕方のないことだったのだ。又君が僕に原稿を見せて許諾を得ようとする間は、僕がいつまでもそれを拒み通すことも、これも、僕としては外に仕方のないことなのだ。そう云うのが僕なのだ。君はまた君だろう。

　君の芸術や思想に対して、僕は僕一個の評価と尊敬とを有っている。君が僕に無断でそれを公にしたら、多分僕は君を憎むようになったかも知れない。しかしそれと、君の芸術に対する評価や尊敬とは、自ら別なものだ。ここに僕はどうすることも出来ない矛盾の餌《えじき》になってしまうのだ。僕の心はこの原稿を焼き捨てても足りないほどに思う。そして同時に僕の脳《あたま》は、君のこの作品の、これまでに公にした部分にかなり高い評価と尊敬とを感じずにはいられない。一つにはこの矛盾から、先達来君に無駄な骨折をさせて何遍も書き直させたりするような、不決定な態度に出るようなことになったのだ。（彫刻に表現を待つ僕が、嫉妬から君の優れた創作を邪魔するのではないことは信じてくれるだろう。）

こう云う場合に人は大抵、悩を以て心に打ち克つことを賢いこととしている。何も僕はその賢顔《かしこがお》がしたい訳ではないが、こう打ち明けてしまった以上には、総てを君の自由に任せるより外に仕方がないと思う。——そう云う僕の意味は、君が僕に原稿を示して公にすることの諾否を尋ねたのに対して、これなら公にしてくれてもいいと僕が答えるのとは、たとえ結果は同じでも、僕の心持ではまるで別なものだ。一と口に云えば、僕はどこまでもいやだが、しかし君は君の勝手にしたらよかろう、と云う意味なのだ。この点に関しては、君と僕とは今、不幸にして敵と身方とのように厳然と相対立し、相侵されまいとするより仕方のない位置にいるのだと思う。友誼《ゆうぎ》の上からそれを僕は「不幸」と呼ばなければならないが、しかし人の世には、どちらからも相譲ることの出来ない、もっと正確に云えば、相譲ってはならない場合がある。その場合に譲ることは、乞食のハンブルさよりもずっとミジメな弱さである。と云っても、これは、君が幾度も稿を改めて出来るだけ僕の不快を少いものにしてやろうと苦心してくれた態度までも悪く云う訳ではない。それ所か、その厚い友情に対しては僕は心から感謝している。唯僕がもうこう云い出してしまった以上は、君が君の自由を揮《ふる》うことを、僕の悩はむしろ希望しなければならないのを感じる。しかし僕の心が、その同じことを肚《はら》の底から呪っていることもまた事実である。——もう君は十分、この二つの矛盾した心持を理解してくれたろうと思う。唯君には到底、僕がそのことを忌み嫌う心持の強さは同感し得られまいと思うが、しかし、それは何も君に関係した事ではない……。

——輪島はこう云う友達の精神《こころ》に深い親愛と敬意とを感じた。それはもうくだらないモデル問題とは思えなかった。病的と云ってもいいほどの過去嫌いは馬鹿らしいと嗤う気にもなれなかった。厳然たる「事実」の岩の面《おもて》と向い合って立ったように感じて、やや感情的な小説家はその時涙ぐむ程に悲壮な感銘を受けた。

——更にもう一度その原稿を書き改める時には輪島は京都にいた。書き上げられた六十枚ばかりの原稿が、その頃「草」を編集していた友達のＤに宛てて郵送された。四、五日して彼がそのＤから受け取った端書《はがき》には、印刷所の方でそれが紛失したことが報じてあった。輪島は読んだ瞬間に、「やったな」と思った。云うまでもなく、谷口がそれを盗ったな、と直感したのだ。しかしその端書には、多分見つかるだろうと書いてある上に、印刷所のどこでどのようにして失われたのか、詳しいことがまるで解らなかったので、この直覚的な、しかし無稽な疑念は直ぐに常識の蔭に下積にされてしまった。すると、次の端書、三枚目の端書と、次第に紛失したことが動かせない事実となり、また詳しいあと先の事情も解って来るに随って、輪島の疑は次第に根深くなって行った。

——「草」を刷っていた印刷屋は、事務所と工場とが別になっていたが、その間の距《へだた》りは、或る繁華な往来から一寸横町へ切れ込むだけのものの二十間ほどだった。そこでは、事務所から工場へ原稿を廻す時に、工場でそれを受け取った時に、扱った者は必ず帳簿へ捺印する規定が厳守されていた。所で輪島の原稿は、事務所の方では、Ｄの家《うち》から受け取って帰った店員の印によって工場へ廻されたことになっていた。しかし工場の帳簿には受取の印がなかった。で、その二十間ほどの往来を持って行った使の小僧の云うには、慥《たしか》に工場の某《なにがし》に渡して来たと云うし、工場の某は、受け取りさえすれば必ず捺印するのに、それがない上に、全くそう云う原稿は見た覚えがないと云い張った。印刷屋の主人は店の信用のためにも、かなり熱心に捜索させた。もしや小僧が往来で落したのではあるまいかと、よくその辺《あたり》を徘徊する紙屑屋を調べて、一々その売り渡し先へ紹介したり、そんなことまで手を尽してみたが、どうしても出なかった。みんなただ不思議だ不思議だと云うより外なかった。

――京都の輪島の所に、彼等二人の間がどう云う話合いになって別れたかを聞き知っていた一人の友達から、慰問の意味の端書が来た。

「――僕は原稿は谷口の手にありそうに思っている。勿論君もそう疑っているだろうが」

そのなかにこう書いてあった。これに培《つちか》われて、輪島の探偵小説めいた空想がすっかり根を張ってしまった。彼の心は毎日自分の書いたものの、目に見えない跡をたどって犬のように鼻をヒコつかせ始めた。この世の中にそれがその儘の形で尚どこかに存在していると云う考から、彼はどうしても書き直す気になれなかった。たとえ書き直すとしても、とても前の時ほど油の乗ったものは出来ず、唯ポツポツと記憶に残っている云い表しの間を、或はその上を、まずく繋ぎ、意味もなくなぞるような馬鹿らしさ、厭わしさがあった。彼は落ちつかない心持で毎日ぶらぶら出歩いた。丁度その時分に京都で彼の小説の愛読者だった吉村が、よくその無稽な空想の聴き手にされた。

「どうも少し……。そんなことが実際出来るでしょうか」

「君は谷口と云う人間を知らないからそう思うんだが、……実際なんでもする、やろうとさえ思えば、どんなことでも、どんな手段を取っても、必ずやり遂げようと云う性分の男なんだ。その執念深いことと云ったら……一寸日本人としては稀《めずら》しいと云っていいね」

「それじゃア貴方も、そう云う執念でもう一度でも二度でも書き直したらどうなんです」

「そりゃそうはいかないよ。小説家にとっては、公にすることよりは書くことが意味だ。書いて気に入ったように出来たら、それでその作はもう完成してしまったのだから、手職人などのように同じ完成品をいくつも造るのは……そんなことは出来ない……」

「そうですかなア」

　彼の原稿の一枚にも非常な価値を置こうとする弟子分のような友達の、甘ったるい同情に訴えて、輪島は、なんとなく彼を興奮させて止まない妄想に、はけ口を与えたり、又は油を注いだりしていた。

「しかし盗むったって、随分難かしい話じゃアありませんか」

「なアに君、あの男にはそれ位のことはなんでもないんだよ。まんざら雑誌の方と関係のないわけではなしさ。何かに託《かこつ》けて印刷屋へ行くね、そうして小僧を買収したとしたらどうだい。そうでなくってもあの男のことなら、自分でなり、下男をやるなり、毎日印刷屋の近所に網を張って待っていたかも知れない。小僧の掌《て》に金を握らせる位の芸当は朝飯前なんだからね」

それから輪島は、友達の執念深い性分を種々《いろいろ》の例について話した。そうしながら、彼はまた不意に自己嫌悪の心持にとざされて、黙り込んでしまうこともあった。友達を疑う、それも盗みの故を以って疑う自分を、外側から見る心持になると、忽《たちま》ち赦し難い罪の感じに圧倒される思いがした。そしてそう云う時には、事務所から工場までの僅か二十間足らずの往来なかで、幾度もそこを往復している幾人もの小僧の手から、うまく彼の原稿を盗み、或は買い取ることが出来ようとは、とても考えられなかった。

かように、疑いと悔いとを何遍となく繰り返しているうちに月日が経って行って、いつの間にか、全く過去の思い出のようにただ心の一隅に席を占めているだけのものになってしまった。とは云え、思い出す時には、あの不思議な疑はやっぱり疑として残っていた。

……五年ほど後に、その時代のことに話が落ちて行った時に、二人の間に初めて、そうして今日《こんにち》までの間にたった一度、そのことに就いて話されたことがあった。

「あれは慥かに君が持ってると思った」

「フウン」

谷口は眼鏡越しにジッと相手の目を見返しながら、鼻で、はっきり笑いとも片づかない音を立てた。それから三十秒ほどの間、いかにも相手の心を噛みしめてでもいるような、意地悪く見える微笑が唇の上に漂っていた。

「盗ったのか？」と輪島は、みすみす食心人《しょくしんじん》に餌《えさ》を与えると知りながらつい釣り込まれてしまった。所が、

「全く知らない――」と云い切った谷口は急に真面目な表情に復《かえ》っていた。「けれども――」と直ぐまたニヤニヤしながら、「あの時きっと君が直ぐにそう思ったろうとは、僕も思っていたし……」

「所で、その実は？」

「だから――ほんとに知らない」

この上友達を疑うことは、もう輪島の道義心が赦さなかった。彼は信じようとした。

しかし――

（もしも万々一それが谷口の手にあるのなら、五年位たった今日それを白状してしまうようなことでは、奪った主意がまるで徹《とお》らなくなる。自分がそれを返してくれるように強談する、そう彼は思っているだろう。またそれに違いない。焼いてしまった？　しかし彼がそう自分に告げることを遠慮するとしたら？）

「全く知らない」と云う返事が、原稿を盗る際から予定されていた計画の一部であったと

したら？　小僧の手に金を握らせることも敢てしたとすれば、自分に向って全く知らないと、答えることをなんで躊躇するだろう。目的の遂行を完全にするために、彼が自若としてその計画の残りの一少部分を実行に持ち来たすに不思議はない。

（俺が死ぬ時には——）

　その時に、ふとこの考が種を蒔かれた。（疑が疑で終ろうとも、疑が事実になろうとも、爾後になんの結果をも生じ得ない、自分の臨終よりほかに、彼は遂に真実《ほんとう》のことは云わないかも知れない。それまでは自分もこのことに就いては彼を疑っても仕方がない、——ほかにどうすることも出来ない）こう思った。

　この時に蒔かれた種は、年月《としつき》と共に延びはしなかったが、そうかと云って腐れてなくなってもしまわなかった。それが、第一の理由としては、仕事としてあの紛失した原稿以上のものを輪島がどんどん作り得るようになって行ったからで、第二の理由としては、全力を尽して書いたものは、客観的の価値以外に、作者としての愛着はいつまでも変らなかったから。

「いえ、少しもその必要はございません」と谷口が医者に答えた。

「一体なんの話なんだ」と、友達のＡは好奇心の餌になっている自分を少しも包もうとしずに、膝を乗り出して、再び尋ねた。それを微笑しながら見返してみた谷口は、やがて紛失した輪島の原稿のことと、それを盗んだ疑が自分にかかっていることと、それ故に病人が興奮して云った言葉とを簡単に話した。そこに居合した医者以外の人々は、みんな旧い記憶の庫のなかから、その事実を引きずり出して来ることが出来た。一と口に云えばそのことを知っていた。

「ウン、そう云えば、そんなことがあったね」と会社の重役であるBが云った。

「それで事実はどうなんです。いや、私たちは伺わないでもいいが、どちらなり、貴方のお口からあれに事実を云って聞かしてやって下さいませんか」と病人の兄が急《せ》き込んで懇願するように云った。

「それはもうお易いことですがね――」こう云って、英吉利風に短かく刈り込んだ髭の両端を、親指と食指《ひとさしゆび》で撫で上げながら考え込んでしまった谷口は、みんなの忍耐が殆ど最後の点に来ようとした瞬間に再び言葉を続けた。「それがですよ。今ではもう事実の問題じゃアあるまいと私は思うんですがね。今まで、死ぬ今わのきわまで思いつめているほどですから、それほど執念深い疑なんですから――どうかと思いますねえ。私の一と言でそう云う根深い疑からすッぽり脱け出られるかどうか。もう一度疑い直さすだけの結果に終りゃアしまいかと思うんですがね。こりゃみなさんにも御相談願いたいんですよ」

「そりゃ大丈夫だろう。きっと、死ぬまぎわなら真実のことが聞けると思い込んでいたからこそ、今になって云い出したことだろうから、なに、君の一と言で安心しますよ、きっと」とAが云った。

「そうでしょうかな？」と谷口は例の如く微笑を浮べて、さも疑わしそうに呟いた。

「実際先生は随分貴方を疑っておいででした」吉村は興奮して、息をはずませながらこう云い出した。

「少くもあの当時、京都でDさんの知らせを御覧なさった当時には、すっかりそれに極め込んで居られました。それと同時に、またそう云う疑を貴方にかけることは、先生の道義心では非常に苦しいことらしくも見うけました。だから、実際はどちらだか知りませんが、貴方から、俺が盗ったのだと一と言云って上げたらどうでしょう。やッぱりそうだったのかと、きっとほッとなさるでしょう。道義心からも赦されたようにお感じなさるでしょうし、この場合、それが一番よかろうと私は思いますがねえ」

「所で実際はどうなんだ。君だって盗みもしないものを盗んだように云いたくはあるまいからなア。特に死……」Aはそこで急に言葉を飲み込んで、「特にこの場合だね。君だっていい心持はしなかろうからな」

「だから一切小細工はよしてさ、実際のことを正直に云ったらいいんだよ。それが一番さ。どうなんだい、実際は？」とCが尋ねた。

「実際か？　どうもそれが自分にもどっちとも云えなくなって来たんだがね」谷口は独言のように、遠くに焦点を置いた、ぼんやりした眼つきをして云った。「と云うのは記憶が薄らいだと云う意味じゃアない。よく覚えている。それは十一月の美しく晴れた日だった。誰でも戸外《おもて》に出て大気を吸いたいような気のする日だった。それだのに僕は故《ことさ》らうちにいた。慥かにうちにいた。部屋で北斎の伝記を読んでいたことまで覚えている……」

「北斎の伝記なんぞどうでもいい」とAが急き込んで促し立てた。谷口の頬にはまだ微笑の影があった。しかしそれはもう笑っているようではなくって、不思議な幻想のなかにいる人のようにもの凄く見えた。

「体は慥かにうちにいて、目は慥かに北斎の伝記の行《ぎょう》の上を滑っていた——」と彼は続けた。

「心はしかし全く別な所に行っていた。——その前の日、偶然D君と電話で話した序《ついで》に、輪島の原稿が六十枚ほど届いて来たと云う話を聞いた。僕はあの晩一睡もしなかった。そうして考え続けたことは——少しの手脱《てぬか》りもなく原稿を奪い盗る方法だった。実に手ぎわよく、実に微細だった。恐しい字が活字に変ろうとしている、苛立《いらだ》たしい瞬間の不快極まる心持さえ、いつか忘れてしまったほど、我ながら巧な計画が立った。——しかしあの日は慥かにうちにいた。自分で自分に禁足を命じていた——」

「然《ヤア》か否《ナイン》かで答えて下さい。それじゃア貴方は弟の原稿については全く無罪《イノセント》なのですね」

「そうです——しかし……」

「しかしはないでしょう。貴方がその日お宅にいらしったとすれば……」

「それが、しかし、私は知っている、北斎の伝記に何が書いてあったかを知っているよりも迥《はる》かに明かに知っているのです。

――丁度午後の三時頃でした。事務所の前の、あの東西に走っている往来には、少し傾きかかった晩秋の日ざしが黄色く煦々《ほかほか》と照っていました。それを私は、私の背《せなか》の皮膚は、着物越に慥かに感じました。あの日ざしのなかから北へ折れ曲ると、冷たい日かげの横町に八百屋の荷車があった。青白い茎《くき》や、緑の葉があった。郊外の黒い土をつけたままの根もあった。私はその車の蔭に待っていたのです。日影の横町から、日向の往来の方を望むと、写真の暗箱《あんばこ》を覗くように、総てのものがはっきりと綺麗に見えた。そのなかに詰襟の小倉《こくら》服を着た小僧が現れて来ました。両手をズボンの衣装《かくし》に突込んで、その左の脇の下に状袋に入れた原稿をはさんでいた。チンチンモガモガで、往来の石を一つ遠くへ蹴とばして、それから急に駈け出そうとした。そこへ私が出て行った。君たちのうちにも或は覚えている人があるかも知れないが、あの火傷《やけど》の禿《はげ》のある、よく喋る小僧だった。それが私の顔を見上げると一寸頭を下げた。『輪島の原稿なら少し書き込みをしなければならないことがあるからお貸し』と私がもう原稿へ手をかけながら、極く自然な調子で云った。小僧が脇の下をゆるめた時に原稿はもう私の手にあった！ それが恐しい文字だった。小僧は事務所へ来て書き込みをしたらよかろうと云ったが、私は彼を近くの蕎麦屋へつれて行った。――そうしてあの原稿が永遠に失われることになった……」

「総て詩人の空想だね、それは？」

「そうだ――そうして同時に或は……」

「或は？」

「……或は心が、心の力が成し遂げた実際の盗みだ……」

「この際詩人の空想を続けてはいけない、兎に角君の体は無罪《イノセント》だ。そうだろう？」

「そう、慥かに、終日うちにいました」

「直ぐ行って、輪島にそう云ってやり給え」とA。

「そうなすって下さい」と病人の兄。

「けれども五年ほど前に一度そう云った。それでも疑が晴れなかったとすると……」

「しかし君今度は場合が違うよ。まさか死んで行く者に向ってまで嘘を云おうとは、誰だって……そこまで疑うような人間はありませんよ。きっと信じますよ……」

「そう、弟さんも死ぬだろうとは思っておいでです。しかし死ぬとは思って居られない。誰も死んでしまう最後まで『死ぬ！』とは思わない。思うとしても、それは心の底から感じられるのではない。恐らく死刑囚の場合ですら、万一……。いや、それは兎に角、死んでから棺の前では、或は真実《ほんとう》のことが告げられるか知れないが、まだ、少くも息のある間は真実のことは云わないかも知れない――と疑えばまだまだ疑い得る余地が残っている。或は死んで行く場合であればこそ偽《いつわり》を聞かされたかも知れない――と云う風に感じないとも限らない……」

「一寸失礼、ここは心理学の研究室ではない。死にかかっている弟の心理を材料にして、そう云う御研究はお断りしたい。今はその場合でない。貴方は弟から一生疑われたと云う点で、それを含んで、死んで行く者に復讐しようとしておいでなんですな……」

「誤解なすってはいけません。反対に、全く反対に、私はどうかして弟さんを不幸な疑から自由にしてあげたいと思っているんです」

「それなら一と言、俺は盗らんと事実を仰有って下さい。それが真実《ほんとう》なのでしょう！　ほんとうの真実なら、貴方のお言葉に、弟の十五年来の疑を氷解させるだけの炎がある筈です」

「そこです。だから私は唯今つまらない夢のようなことを永々と申し上げたのです。私の体は私の手は成程全く無罪《イノセント》でしょう。しかし私の心は盗んだ。あの原稿が失われたことを聞いた時に、私は実際凱歌をあげながら、自分の書斎を探してみました。――私の心の力がとうとうそれを奪い盗って来たのだと感じましたから……。探したって、私のうちのなかでそれは見当りはしなかった。けれども、私の目に触れないからと云って、私の心の力が成し遂げた盗みを感じる以上、私は全く無罪ではあり得ない。いつぞやも私は、弟さんに向って、『全く知らない』と答えたことがあります。私の知らないのは原稿の行方です。それは全く知らない。知らないから知らないと云ったのは正直だった。しかしそれが失われたことに就いて、私の心の力が全く関《あずか》り知らなかったとは思えなかった。ただの偶然とは考えられなかった。その意味では私は不正直な返事をした。私の声や眼に、総て私の表情に、弟さんの疑を解くだけの力のなかったことは当然だと思います。今だって同じことです。あの時に弟さんが、私の言葉を信じようと努めながら、やっぱり疑わずにはいられなかった心の状態《ありさま》は、実に見ていられないほど、気の毒なものでした。私はそれを繰り返したくはありません。特にこう云う場合に、あの時と同じ苦みをさせることは、それこそ、貴方の仰有る復讐でしょう……」

「それではどうなさろうと仰有るのです？」と医者が口を出した。

「どうしていいのか私にも解りません。私は先刻《さっき》から、かつて私の心の力がある原稿を失わせたと同じように、今この我々の目の前に、あれを持ち来たすだけの心の力がないことを恥じているのです。病室から出て来た時から私はそれを念じ続けています。しかし結局私はエゴイストなのでしょう——私は苦しく思います……」

「私がそれを見つけ出した！」と突然叫んだのは弟子の吉村だった。彼は傍《かたわら》の机の上から、見舞人や見舞品をつけた日誌や、その他二、三の書類をひったくって、棒のように巻いて、サッサと部屋を出て行った。人々も不思議な興奮を感じながらあとに随《したが》って行った。

「先生、先生！　これです。ございました！」

　吉村は枕許につき膝をして、酔っぱらいのように無闇にそれを振り廻した。

　瀕死の小説家は、目をあげて、じッと弟子の顔を見詰めていた。——決してその手に持っているものの方へは視線を動かさずに。暫くして、微かな笑《えみ》が病人の頬に浮んだ。

「オオ、そうか、やっぱりそうだったか」と云うように吉村には見えた。しかし谷口の目には、「馬鹿。そんなものじゃアない」と優しく弟子を叱っているように見えた——その不思議な微笑が。

II

随筆

志賀君との交友記

大正二年の四月から七月にかけて、私は、『白樺』に、「君と私と」という自叙伝風の長篇を連載しているうち、大阪から武者君宛てに送ったその続稿・六十数枚が、印刷所で紛失してしまい、それきり今もなお未定稿のままになっているため、改造の「大全集」以外には、どの作集にも入れないのである。この、私にとって最初の長篇にかかるについては、相当の覚悟が要った。当時、私は、父母、兄弟、友達、おんな、そういう身近な関係で、息がつまりそうな、苦しいはめに陥っていた。おとし入れたのは、誰でもない、私自身で、寂しがりやの甘ッたれ根性、どこへ出てもめったに退《ひ》けはとるまいとする見栄坊、あらゆる悪行の因《もと》をはたになすりつけて自分ばかりいい子になりたがる卑怯、年長者でも世間でもおんなでも、どこかで甘くみてかかる生意気、――要するに性分の弱さから、根のない草木も同然の生活になり、反省も、徒《いたず》らに墨汁の五合も飲んだようなむかつきを持ち来たすだけで、独居か人なかかの区別さえ忘れて、だしぬけに、ああああア、と突ッ拍子もない喚声をあげたりするような、神経衰弱にも手伝われながら、ずるずるずるずると、そのまま自分一人の暗闇《くらやみ》へ落ち込んで行きつつあったのだ。自殺しかけたり、家出を企てたこともあるが、同時にそれを芝居気と思わせるものもあって、蟬脱《せんだつ》へも悪行へも、一本槍に、頭からのめり込むほどの気魄はなかった。「君と私と」に、全然文学的の動機《モティフ》がなかったとは思わない、――手近な一例を挙げれば、「君」という第二人称を、通信文の形式でなく、普通の小説に使うということも、浅学の故《ゆえ》か、前代未聞のこととして、多少とも文学的野心は満されたのだが、大体からいえば、やはり、蟬脱への一手段だった。作中の「私」は、いうまでもなく作者自身だし、坂本と呼ばれる「君」は、志賀君をモデルにした、――というより、まるまる事実そのままむきだしに書くことを念願としたのだ。その頃には無論まだなかった言葉だが、「暴露戦術」――これで自分自身に宣戦を布告し、どんなに耻《はず》かしかろうが、辛かろうが、私という人間の正体を暴露してしまったら、今まで買い被っていてくれた人たちには、逆戻りの生れ更《かわ》りだろうけれど、自分自身にとっては、それが、まともの意味の更生になる、と思った。少し巫山戯《ふざけ》た言い方だが、「懺悔の功徳《くどく》で成仏しよう」という気持だった。ルッソーの『懺悔録』なども、その際、私を勇気づけるのに、力を貸してくれたものの一だ。

そういう作者自身には、功利的な一つの目的をもった作品の副主人公に、親兄弟でもなく、おA、B子の類《たぐい》でもなく、志賀君をもって来たのは、なぜか、というに、その当時の、あらゆる人事交渉のなかで、志賀君とのそれが、一番複雑、微妙、深刻になっていたからだ。もとより、志賀君が、私の見せかけた嘘を、一から十まで真にうけていたか、あの、若くして既に鋭かった直感と、友達を疑う気持との間に、苦慮を重ねていてくれたか、そういうことは別として、私からいえば、一番親しい、——この際は、親しいという言葉を遠慮すべきだ、——一番交渉の多かった志賀君の前に、まず心の重荷をおろしたかったのだ。しかも、そういう緊迫した精神状態の下でさえも、私は、告白は告白、作品の出来栄は出来栄、別々に観てもらいたかった、——というより、面と向ってあやまったりしずに、それどころか、よくあすこまで突ッ込んで書いた、とでも褒められながら、一切の過去を精算してしまおう、という、ずるい気持を殺しきれなかった。——とんでもない懺悔もあったものだ！

今度、志賀君との交友記を書けということで、予定のほぼ半分、二百枚ほどで未完結のまま中止してしまった「君と私と」を、久振りに引きずり出して来た。大全集編纂の当時、生憎《あいにく》多忙だったため、改訂・補筆は思いもよらず、校正その他、一切のことを宮城聡君に任せきりにしてしまったので、ただ通読してみるだけでも、恐らく十数年ぶりにはなろう、「とんでもない懺悔もあったものだ！」の憎しみから、あんまり読んでみたくもなかった作だけれど、しかし、書いた時からすれば、いつか二十五年も経ってしまった今日、どんなものかと思ったところ、存外さばさばとした気持で、まるでひとのもののように目新らしく読めた。

以下、そのなかから、主だった事実を拾いあげて行くつもりだ。

志賀君は明治十六年生れ、私は二十一年の五つ違いだから、子供の時分に友達であり得ようはずはない。学習院で同級生だった生馬のところへ遊びに来て、そこらちょこまかしていた私を知っている、と志賀君の方ではいう。うちで、赤坂・氷川神社の境内に住んでいた頃で、私は七つだし、志賀君たちも初等科（六年制）の最上級か、中等科に移ったばかりという年頃のわけだ。やはり同級の、柳谷午郎君所有の小さな驢馬《ろば》馬車に、きちきち四、五人も乗り込んで来て、門内の桜の木などに繋いで置いた、その驢馬の、意地の悪そうな目つきの方が、私には印象が深い。志賀君については、その当人より、うちの姉たちの間に出る噂話として憶えている。可怕《こわ》い話は大好きだが、頭から布団を被って聞くのでなくてはいやだ、と志賀君がいった由、それを帰ったあとで、さも可笑《おか》しそうに話していた。仲間に入れて、一緒に遊んでもらえたわけではないが、そういう間接の交渉から数えれば、既に四十数年にもなる旧い間柄なのだ。「そこらちょこまかしていた」というような幼時を知っていられる年長者というものは、とかく、一生頭のあがらない感じで、いくつになっても具合の悪いものだが、志賀君が、そんなことでかさにかかったりする人でもなし、尊敬は尊敬として、ちっとも気のおけない今日のつきあいが出来ることは、誠に仕合せだと思っている。

もう一つ仕合せなことがある。十二、三の時分、一時、私は慥《たしか》に志賀君に惚れていた。まだ学生の間に、男色の気風があり、特に学習院など盛《さかん》な方ではなかったろうか。私もなかなかの美少年で、ずいぶん年上の学生に口説かれたりしたものだが、その道の言葉で「ちごさん」なるべき私の方から、「にせさん」なるべき志賀君に思いをよせていた時代があるのだ。こんなことを公表されるのは、閉口かも知れないが、当時の志賀君は、すばらしい美青年で、おしゃれで、運動事ならなんでも器用で、この頃の言葉でいえば、サッソウたるものだった。ところで、私の思慕が、——無論、プロポーズした覚えもないが、「哀しき片恋」に終ったことは、大へんな仕合せで、もしちょっとでもへんなことがあったりしたひには、とても私は、同じ文学に志したりなんぞしていられなかったに違いない。偶然往来で会っても、「やア」ぐらいのことで擦れ違ってしまえるような、……さよう、まず、会社員にでもなっていたろうか。返すがえすも、そういう機会に恵まれなかったことは有難い。

一、二年あとの夏、生馬につれられて、故・田村寛貞《ひろさだ》君と三人、上総の鹿野山《かのうざん》で、ひと月あまりも暮した。二人とも本ばかり読んでいて、めったに私の相手にはなってくれなかった。相手になろうにも、散歩よりほかに、なんの遊びごとも求めようのない、さびれ果てた山上の村落だった。たまに田村君が、「ひとつ、海事思想を養成してやるかな」などといって、海戦将棋の相手になってくれるくらいが関の山、それとて私に勝味《かちみ》はなかった。

「ああ、日記でもつけようかな」しようことなしにこんな独語《ひとりごと》を、わざと大きな声でいってみたりすると、田村君は、始めて間のないヴァイオリンをキーキーいわせながら、「そりゃアいい、大いに書きたまい」――「なんて書こう」――「そうさな、『終日ごろごろ』でいいだろう」――まったくその通りだった。読むものもなくなり、誰の本か、「文界の大魔王、バイロン」というのを、違棚の上から持ち出して来て、わけもわからず読んでいると、田村君が窺《のぞ》き込んで、「ほほう、バイロンの研究を始められたな」――その「バイロン」もわざと「ロン」の方へアクセントをつけてひやかしたりした。そういう退屈のさなかへ、或る晩、志賀君が、第一高等学校の学生をピリつかせ、後に『三四郎』のなかの、「偉大なる暗闇」のモデルと喧伝されたりしたこともある、独逸語の岩元禎先生と、二人づれであがって来た。これで少しは賑かになるかと思いのほか、床のなかで聞いていると、隣室の話声は、カント、ショウペンハウエル、ヘーゲル、なんとか論、かんとか論、……だいぶ寝たような気持で、目が覚めると、相変らず、「カントあたりも側杖《そばづえ》を食っちょるですな」と、九州弁の岩元先生の声……。或る暑い日、大滝というのへ、滝をあびに行った時、角砂糖くらいの脆《もろ》さの岩へ、木の枝か何かで、骨っぽい裸体の岩本先生が、ASTIA と彫りつけ、これは「星」という言葉で、初めのAは有島、Sは志賀、Tは田村、Iは自分、最後のAは、私を生馬の弟とだけで、他姓を継いでいるとは知らずに、やはり有島にしたのだが、――その説明を聞いて、学者というものは、即座に、うまい智慧が出るものだと、つくづく感心したことを憶えている。

　また一、二年して、志賀君、田村君、黒木三次《さんじ》君、生馬などの睦友《ぼくゆう》会というのが、回覧雑誌をやっているのを真似て、私も、同級の児島喜久雄、中村貫之《かんし》、大村謙太郎などの諸君と絢友《けんゆう》会というのをつくり、学校の作文と変りのないような文章を持ち寄ったりした。戸山ヶ原でベース・ボールのマッチをしたこともあり、この二つの会は、何か、兄弟分のような関係をもった。帰りに、大久保余丁町《よちょうまち》の田村君のうちで晩飯の御馳走になり、相変らずのむずかしい話に夜が更けるので、私は、部屋の隅に寝てしまい、級中で一番のチビッコだったとはいいながら、十五、六にもなって、志賀君におんぶされ、そこから四谷見附近くまで眠ったままで帰ったこともある。

　志賀君や生馬が、芝居に興味をもちだしてから、たまには私も一緒につれて行かれた。うちの者と一緒でなく、友達仲間でそういうところへ出かけることを、無論両親は喜ばなかった。自分の子はいつも受身で、誘うのはよその子、——いずこも同じ、これが親の考え方で、誘う者、即ち、悪友で、この頃から、うちでの志賀君の評判が、そろそろ悪くなりだした。東京座の「桐一葉《きりひとは》」、本郷座の「金色夜叉」、歌舞伎座の、前狂言はなんだったか、大喜利の「乗合船」で、林中《りんちゅう》の出語り、菊五郎が才蔵をしていたのなど、みんな志賀君が先達で見に行ったのだと思う。それよりもっと前から興味をもちだしていた女義太夫の方へは、さすがに私は誘われなかった。みんな揃って昇之助が好きで、独逸《ドイツ》語の

“aufgehen”から出た「アウフ」という隠語で、教室でさえ、その話でもちきっていたらしい。後《のち》、ゴルキーの「二十六人と一人娘」を読んだ私に、その時分のアウフ熱がよく似ている、と志賀君がいっていた。生馬は、外国語学校に転校し、傍《かたわら》、油画の稽古も始め、最初は小林万吾氏、後には藤島武二氏の自宅へ通っていたが、時には私も一緒につれられて行き、少しずつそういう方面の目も開かれた。これより先、十四の年齢《とし》の夏休に、蘆花《ろか》の『思い出の記』を読んだのが病みつきで、小説は、手あたり次第に読み、その頃にはもう、同級生の誰にも負けないほど読破していた。その代り、学課の方は、すっかりお留守になり、いつも、落第しないだけの成績だった。

十七歳ぐらいの秋だった、志賀君、黒木君、生馬、それに、一つ下の級の柳宗悦君も一緒だったかと思う、妙義から軽井沢へ旅行をした。碓氷《うすい》峠で別れた生馬は、それから小諸へ初めて島崎藤村氏を訪ねて行った。帰りの汽車のなかで、「洋傘を忘れて来た松井田駅の、前のお茶屋に葉書を出した」という口語体の歌をつくるくらいの小賢しさを私は示した。

旅順の陥落で大騒ぎの正月、私は初めて志賀君のうちへ遊びに行った。まだ年長の学生を、一人で訪ねるということが、噂の種になるような時代だったので、同級の菅田敏光君を誘って行き、私も少しずつ買い集めだしていた錦絵の、志賀君の蒐集《しゅうしゅう》を見せてもらった。バックを、黒や鶸《ひわ》や紅《べに》のひと色に塗りつぶしてあるのは、近代のもので価うちがない、というような、至極幼稚な鑑賞法を教わって、そんなものかと感心するほど、こっちはなおさら幼稚だった。これが、恐らく、間に生馬を挟まずに、じかにつき合ってもらった最初だろう。夕方になって、明治座に初お目見得の嵐芳三郎、同じく徳三郎を見に行こうと誘われたが、小遣を持ち合せていなかったので、断って帰った。

宮戸座で、「蟒《うわばみ》於《お》由《よし》高評《うわさの》仇討《あだうち》」を見て来た志賀君から、盛に源之助を褒めちぎった文句で、「好源斎」と署名した葉書を貰ったのも、その後間もなくのことだったろう。もう一度見直してもいい、というので、慥か田中平一君たちとつれだって出かけ、夜芝居のあく前、仲見世の岡田で飯を食った、――これが、一緒に料理屋へはいった最初だ。私は一遍に源之助贔屓《びいき》になってしまい、夜更けの公園で、銀杏の老木の下枝に、目白押しに鶏が並んで眠っている下を通ったりしながら、亢奮しきっていたのを思い出す。

……しかし、この調子で書いていたひには、何枚になるか見当もつかない。志賀君との交友記となれば、抽象的にでも書かない限り、十枚や二十枚で片づきそうなはずはないのだが。枚数の約束もあることゆえ、今度は「幼時篇」ということにして、ここらで打切ろう。

春の水ぬるむが如くに

――この小品を中戸川吉二君に贈る

私からひとに絶交を申し出たことは、まだ一度もない。

志賀君に義絶状を送られてから、一月かそこらたって、偶然或る友達のうちで落ち合った。私は堅くなった。志賀君も堅くなった。視線を合さないようにしていた。ほどなく志賀君は帰りかけた。うちの女房は、そこの奥さんと隣の間で話をしていた。帰りがけに、志賀君とうちの女房とは、そこで、あたり前に言葉を交わした。

女房は志賀君に対して大へん好意をもっていた。義絶状を送られてからでも、常に私たちの交情の絶たれることを惜んでやまなかった。その時私は、隣の部屋の話声を、いい感情をもって聞いた。しかし志賀君に対する敵意は、寸毫《すんごう》もこれをゆるめなかった。

一月ほど間をおいて、その時分われわれの仲間でやっていた、花桜会という、ガラクタものの糶市《せりいち》のような集りで、また志賀君と落ち合った。その時には広い座敷に車座になっている席が、偶然丁度向い合いになった。いやでもむこうの一挙一動が目にはいって来た。不愉快に堪えられないで、私は早く帰った。

一年ほどたって、武者君から、志賀と仲直りをしたらどうだ、志賀も時々君の夢を見たりする、夢のなかでは、君に対して昔のままの好意をもつそうだ、もし君にその気があるなら、僕がいい機会をつくろう、――という意味の手紙を貰った。私は考えた挙句、自分の裡《うち》の敵意があまり生々しく、本当であることを感じて、武者君の好意を謝し、断りの返事を書いた。

それから数年の間は、小伝馬町《こてんまちょう》あたりで、人道のあっちとこっちとで行き違ったことがあるくらいのもので、偶然にも逢う機会はなかった。私の病的に、――例えば瘤《こぶ》のように隆起していた感情が、次第に健康を回復して行った。そればかりではない、私そのものも、少しずつ膨張しつつあった。少々の瘤なら、その高さを覆うことが出来た。

ミッシャ・エルマンの演奏会の初日に、帝劇の廊下で、久振りの志賀君を見かけた。人波にもまれながら、出入口に、その長大な姿を現わして来た。私はそとの広いところに立っていた。昼間の芝居からぶっ通しにそこにいたので、食堂の晩飯に友達と飲んだ酒が、まだ十分私の気持に働いていたとはいえ、（や、来ているな）と、甚だ愉快に感じながら、なんのこだわりもなく、

「失敬！」

と、ほとんど毎日でも顔を合わせている人に対するような言葉をかけてしまった。志賀君は、じッと鋭く私の眼を見た。私はたじろがなかった。――が、意外にも、志賀君は、

人波にもまれながら、そのままそっぽを向いて、遠ざかって行ってしまった。「意外にも」――それは私の偽《いつわり》のない感じ方だった。咄嗟《とっさ》の感情では、私は、志賀君も、「やア」とかなんとか、すぐこちらと同じ調子でうけてくれるものと信じきっていた。次の瞬間には、勿論、そんなことは有り得ないんだ、とすぐ心づいたけれど。だから、最初の瞬間の気持を、今からやや誇張していうならば、これは私の目がいつの間にか斜視《やぶにらみ》にでもなっていて、志賀君が、自分に挨拶しかけたのではなく、どこか近くに伊吾（私の以前の通称）の知り合いがいるんだろう、と思い、それでそっぽを向いてしまったのかな、と考えた、といってもいいくらいのものだ。しかし、決してそんな間違いでないという事実は、すぐ私の心に、冷たく意識されていたが。

その晩、私は、自惚《うぬぼれ》のために亢奮してしまった。俺の方が、志賀なんぞよりよっぽどえらいな。今夜の、あの咄嗟の俺の気持なんてものは、実に天真爛漫なもんだ。それに引かえ、志賀のこだわり方はどうだ。――そんな風に自惚れたものだ。しかし、その時私が、素面《しらふ》だったらどんな風に振舞ったか、それは甚だ心もとない。酒ゆえだと思いつくと、この自惚は、忽ち霜に沸湯《にえゆ》を注いだ如き有様だった。

だが、それが、偶然、私の志賀君に対する感情に、検温器を差し込んでみる機会にはなった。私は、そこに、平熱に近い度《ど》もりを読みとって、一種、決して小さくはない自信を得たのだ。それまでは、いつ何時、どこで志賀君に出逢うかも知れない、と思うことは、軽い恐れだったが、少くも、それはなくなった。この出逢いに用意する心の出兵を、綺麗に撤回することが出来た。——それは慥《たしか》に、重荷をおろした心持だった。

去年の春、星製薬の楼上で催された蒼空画会で、志賀君と私との共通の友人である、同会の同人、山内神斧《しんぷ》君と志賀君とが落合って、たまたま私の話が出た。神斧君は、志賀君に対する当時の私の感情を、多く誤ることなく伝えたものとみえる。志賀君も、あらたまらない機会で逢えるなら、いつでも逢いたいと思っている、という意を神斧君に洩した。早速同君が私のところへその話を持って来てくれた。

私は神斧君の好意を、心に深く謝した。志賀君の気持もよく解った。で、ほどなく私から志賀君へ手紙を出した。いざ書いてみると、やッぱり多少のこだわりは残っていたが、しかしそれは、手紙を中止しなければならないと思わせるほどのものではなかった。志賀君からの返事は、ややもの足りないほど簡単なものだったけれど、しかし気持はすっきりしていた。

それでも、志賀君は我孫子《あびこ》に、私は逗子に住んでいて、ちょっといい会合の折が来なかった。そういう機会をつくるために、その後二、三度手紙や葉書の往復をしたが、それらは、全く昔のお互に我儘をいい合っていた頃の調子をそのままに書かれていた。幾度かの打合せが、どっちかの障りで、いつも都合よくいかないうちに震災が来た。その頃もう京都に移っていた志賀君が、急遽上京して来ていると聞き、赤坂檜町《ひのきちょう》の弟のうちに寓していた私は、つい近くの麻布三河台の本邸に志賀君を尋ねたが、その時にはもう帰洛したあとだった。

偶然、新潮社の前で武者君と出逢った時、志賀君と和解した由を話すと、「そうだってね、志賀から聞いた」といって、喜んでくれた。

十一月の末か十二月の初め、正月号の仕事で目の廻るような忙しさのさなかへ、志賀君がまた出京して来て、となりの生馬のうちへ遊びに来た。生馬から、一緒に昼飯を食うから来いと手紙を持たせてよこしてくれた。どうやりくってみても、やっと二時間かそこらしか、私には時間の余裕がとれなかった。その由を返事して置いて、もう膳が出るからというぎりぎりの使が促したてに来るまで書き続け、労《つか》れきった顔をして、私はとなりへ駈けつけた。

薄暗い茶室に席の設けがしてあった。私は、いくらか労れていたせいもあろうが、全く無為無心だった。

「やア、しばらく」

といってはいって行った。

志賀君は、壁によりかかり、片膝立てた上に両手を載せて、落ちついた調子で、

「しばらく」

と、軽い羞渋《はにかみ》を含んで目礼を返した。

その次の言葉から、私たちは、全く昔の通りの心持で喋り出した。なんにも変ったことはなかった。

「一体、何年目で逢うんだい」

と、生馬が尋ねた。

「まだ、洋一が生れないうちだから、洋一がもう七ツになるんだから、八年か九年ぶりだろう」

「そうかなア」と志賀君は笑って、「そのわりに伊吾は変ってないね」

「そうかね、君はまた、まるで昔の通りだな。僕は随分頭が禿げて来たつもりだけれど」

「ただ声がへんだな。声だけはまるで違っちゃったよ」

「そうかね、自分じゃアまるで気がつかないが……」

腑に落ちなかった。夜明しの仕事を続け、その間絶間なく煙草を吸っていたから、一時的に声が嗄《しゃが》れているのではあるまいかと思い、自分の声に自分で耳を傾けてみたが、別に普段と変りはなかった。

三時間ほど喋って帰り、少し酒を飲んだので眠くなったのを我慢して、机に向っていると、思いがけなくも、そこにまた志賀君と生馬とでやって来た。そして、旧くからの私の持物などを、懐しげに見廻すのも嬉しかった。十五分かそこらで、仕事の邪魔をしては、といって帰った。

歳尾《くれ》の二十九日の晩から三十日にかけて、山科《やましな》の志賀君のうちにいた。そんな風にしてみると、やっぱり志賀君が、以前と比べて、大ぶんふけて来たことを思わせられた。それでも、しかし、相変らずという気持の方が強い。昔のままの交情へ、――そのつぼへ、すなおにはいれたからだろうと思う。

顧《かえりみ》て、私の感情の推移を跡づけると、厳冬の氷がとけ、やがて春来って、流水おのずから温《ぬる》んだが如くである。その代りには、十年近い歳月を、この畏友《いゆう》との交なしに暮して来たのだ。

よい友とは、何をしてもよい。絶交してさえもよい。つまらない友とは、何をしても悪い。共に芸術を論じて、夜を徹しようとも遂に成すところはないのだ。

附記。大正十三年三月二十四日、招かれて演伎座に沢田正二郎一座の演伎を看る。中戸川吉二君も家兄と相携えて来観、二、三言葉を交す。予が感情旧と異る所なし。帰途某旗亭に会する者のうちに久米正雄君ありて、中戸川君の心境のまた然るを伝う。予夙《とう》にこれを信ぜり。大酔、わが家の門を打ちしは午前二時なり。演伎座にて中戸川君と結びし約を思い、奮然筆を呵《か》してこの一文を綴る。情懐、真に春水の温むが如し。依ってこれが標題となす。翌朝浄書を終るに際し、この贅言を附し、以て中戸川吉二君に贈る所以を明かにす。願わくは、君もまた春水の情を以ってこれを受けよ。

弔詞

こういう時こういう場所で　君とごく親しかった方々と一緒に　あり余る記憶のなかのどんなことを思い出し　どういうことをとりたてて話したものか　ほんと言うと　なんにも言わないのが　君にも自分たちにも一番正直な気持だと思うけれど……　優れた資性を少しの無理もなく　大切に真直《まっすぐ》に展《の》ばせば自然と立派な人に成るし　張り詰めた仕事もまた立派だ　申し分ない奥さん　素直な子供さんたちとの和かな清々しい家庭で九十歳に近い天寿を全うしたのだから　なんにも言うことはないのだが　亡くなられてみると　ぽかっと大きな穴でもあいたようで虚しくて寂しくて悲しい　こんな世間並の泣言も　御機嫌な時のあの柔かな笑顔で聞き流してくれ給え　これからは静な所でゆっくりおやすみになれるだろう

昭和四十六年十月二十六日

君には怡吾《いご》と呼ばれつけた　里見弴

志賀君との間柄

ただいま私は、ひと月半ばかり前に罹《かか》った軽い脳血栓の恢復期に居りまして、あながちペンの執れないほどではありませんのですが、そう永くは続きそうもないので、ひとつ口述でやってみようと思って、テープ・レコーダーの前に坐りこんでいるわけです。しかし、もともと口不調法なところへ、少々舌ももつれ加減ですので、どういうことになりますか……。

志賀君と私との、……関係ってのもへんですから、まア、間柄、とでも云って置きましょうか。「交際《つきあい》」だの「友誼《ゆうぎ》」だのという、在り合せの言葉では、ちょっと云い尽せないような、……複雑というより、多種多様な要素を含んだものでして、その時々で、千変万化、はちと大袈裟としても、ほとんど瞬間的にさえひどい変り方をしましたので……。そのうえ、期間がバカ永い。私に関する志賀君の一番旧い記憶は、紅《べに》のまじった背負半纏《おんぶばんてん》の裾をずるずる引き摺りながら出て来た、というのだそうで、むろん兄・生馬の、近所に住む友達として遊びに来た折のことでしょうし、私の方にも、たびたび母から聞かされていた、小学校にあがる年の冬、死ぬか生きるかの大病にかかったという、それの恢復《なお》りかけ時分のことだろうと思い合されます。それほど旧い間柄なので、以来、今年で、かれこれ八十年にもなりましょう。いや、もっと正確に、八年間を最長として、あとまだ何度か繰り返された絶交の期間や、一昨年（昭和四十六年）志賀君が亡くなったあとは、当然差引かれるべきだ、と云われるかも知れませんけれど、私の裡《なか》の志賀君は、そんなことで消え失せはしない、どころか、むしろそんな期間の方が活々《いきいき》と動いているくらいですし、この先とも、たぶん私の息の音の絶えるまで続いて行くでしょう。そういう、どこの親兄弟にだってめったにないくらいな間柄なのです。

　ここに更《あらた》めて云うにも及びますまいけれど、志賀君は明治十六年、私は二十一年生れの五つ違いです。これだけの懸隔《ひらき》は、明治調の「自由平等」を、考えとしてではなく、空気同然に呼吸して育った私どもにも、厳然たる上下の差別を感じさせていました。おまけにその背後《うしろ》には、「長幼序あり」という古めかしい孔孟の教えまでが、ぽっかり顔を窺かせている始末です。幼い頃にはなんでもなかったそれも、自他確立の感情に目覚めて来るにつれて、年下の者にとっては重苦しい劣等感となり、延いては競争心が刺戟されます。なんとかして、仰ぎ見るような相手の高さまでのしあがろうとする悪足掻《わるあがき》は、初めは少しずつの丈《せい》伸びから、素足に突っかけた下駄の歯がみるみるうちに高さを増し、やがて竹馬に乗り換える、といった具合、云わずと知れた大怪我の因《もと》です。自業自得とは云いながら、その報いがまともに跳ね返って来ての自己嫌悪で、どんなにみじめな暗がりを彷徨しましたことか。こんな上下関係を基調とした間柄に、歳月の長短や激しさその他にそれぞれの独自性はあるにしても、極から極を、私の側から、ずけずけまくしたててみますなら、（甘ッたれ―ひねくれ）（盲従―反感）（尊敬―軽蔑）（崇拝―敵意）といったようなことになります。その揚句に陥ったのが、私の若い頃の「墨汁五合も飲んだ気持」というやつで、その飛沫《とばっちり》は、志賀君ばかりでなく、はたの親しい人たちにまで、たびたび不愉快な想いをさせたものですが、そういう度重なる反省の奥ふかく、自虐性の「痛みの快感」を感じてから、どうやら、……旧作に出て来る話はそのもの自身の語るに任せましょう。

　これまでの話ですと、志賀君と私との間柄は、世にも稀なる、一種特別のもののように聞えたかも知れませんが、なアに、別にそう珍しくはないので……。がさつに云えば、あれほど和気藹々《わきあいあい》たる志賀家にしましても、康《さだ》子さんはじめ、子供さんたち、なかんずく「赤帽子・青帽子《こ》」の直吉君、そのほか慕い集る大勢の老若男女の皆さん、……つまりは一人残らず、濃かれ淡《うす》かれ、こうした覚えのない者はありますまい。いや、なくってあたりまえです。……今、うっかり口を衝いて出た「あたりまえ」を、『白樺』流の「自然」というのに置き換えますと、「人智、人力をもっていかんともすべからざる」の意味が加わって、例えば、仏教信者の「前世の因縁」或は「約束」とか、基督者《キリストしゃ》の「主の思召」或は「み恵み」とかいった風な、考えようによっては、一種責任転嫁じみた臭味《くさみ》が感じられるかも知れません。が、一々ひとの思わくを気にする、……右顧左眄《うこさべん》はやめにして、もう一段とへんてこなことを云いましょう。

目下、左の半身も、運動神経は無事なのに、知覚神経とやらが、謂わば「痴呆状態」に陥っていて、脳から発せられる指令にまるッきり反応を示さないのだ、という風に医者から聞かされまして、なるほど、バカにつける薬はあるまい、と腑に落ちたので、もっぱらリハビリテーションというのに精をだして居ります。

バカなら仕様ありませんけれど、いきなり横ずッぽうを殴《は》られて、誰かと思って振り向くと、自分の左手だったりするので、以来、「全学連」とか、「暴力団」とか呼んで、警戒おこたりありませんが、そういう硬直やデタラメに、どれほどの効果があるか、覚束なく思いながら、勧められるままに、左掌《て》で珠を三つ、間《ま》がな隙《すき》がなガリガリをこねくり廻しています。その、直径二センチほどの、紅、白、青に彩られた鉄《かね》の珠には磁気が与えられていて、表面がプラスとすれば、一部分削り取ったような窪みはマイナスなのでしょう、彼等自身、吸いついたり、弾き返したりするので、五本の指どもも、ついそれに吊られて活発に動くわけ。結果はリハビリの一助となる医療器具なのだそうで……。

病後の根気のなさから、夜、昼の別なく、よくそれを握ったまま眠入ってしまいます。それもぐッすりではなく、半醒半睡の浅い眠りで、夢みるでもなければ、もの思いでもない、うつらうつらの時が過ぎて行く……。そこに突如として姿、形のない志賀君が浮ぶと、ああ、また磁石か、と、別にうんざりするでもなくそんな気がします。これを、まだほんとうにははっきりしない脳《あたま》の所為《せい》と思いますのも、例の責任転嫁の逃げ口上の類《たぐい》でしょうか。

（参考作品）里見兄に

武者小路実篤

伊吾兄、（大阪にいる）

今朝洛陽堂の主人と三秀舎の斯波《しば》とが顔色をかえてやって来た。始め洛陽堂の主人は大変なことが出来ましたと云って一人だけ入って来た。顔色がかわっている。その瞬間「何が起ったのだろう」と自分は思った。印刷している内に不穏なことがあると云う理由でさし押えでもされたのかと一寸《ちょっと》思った。勿論そんなはずはないとすぐ思ったが、自分がすぐそう思った理由は如何に自分が政府に信用を置いていないかを示していると共に、如何に自分が自分のうちに自分を危険人物に思われてはしないかと神経質に考えているかを示している。

自分はすぐ「何が起ったのです」と聞いた。すると君の原稿が見えなくなったのだと云う答えだった。そうして斯波も一緒に来ていると云った。斯波は呼ばれて上って来た。斯波の顔色は洛陽堂の主人以上に変っていた。斯波の気持はすぐ自分にわかった。自分は斯波に怒るよりも、気の毒に思った。それと同時に君に対してなんだか、大変すまない気がした。自分は斯波に「原稿を受けとったことは受けとったのですね、」と聞いた。「え、ちゃんと受けとったのです。私が受けとったのです」と云った。斯波が責任をのがれようとしないのを気持よく思った。斯波は工場に原稿を送らしたことまで知っているのだ。しかし工場の人は受けとらないと云っているのだ。そうして実際受けとらないらしいのだ。受けとる時に受けとったしるしに必ず押すべき処に印がおしてないのだそうだ。斯波は昨日の昼そのことに気がついて今朝方の二時迄さがしたが見えなかった。そうして今朝も今くる時まで捜したけれども見えなかったと云った。しかし五、六十頁ある原稿だし、どんな小さい小僧迄も原稿は大切なものだと云うことは十々知っているのだからなくするようなことはない、きっと捜し出します。しかし何時までも黙っているのもわるいと思ってお知らせに来たのですと云った。そうして何度もあやまった。

　僕は困ってしまった。殊に君に対してすまなく思った。君にもう一度同じものを書くことを自分はどうしてもたのむことが出来ないからだ。そうして下がきがあるとも思えないからだ。よしあったにしろ五、六十枚のものをかきなおしてくれとは云えない。まして下がきがなかった時にはどうしていいかわからない。そうかと云って斯波にどんなことがあっても捜し出せと云っても、万一なくなったものならば無理な話だ。斯波はどんなことをしても捜し出しますと云っているからと云って、それが何処まであてになるかわからない。もし出なかった場合、斯波も可哀そうだ、君も気の毒だ。また出るだろうと僕も思っている。きっと何処か一寸した処にまぎれ込んでいるのだと思う。そうして斯波が見つかったらすぐ電話をかけますと云っていたからその内に電話がかかってくるだろうと思って心まちしている。しかし捜すだけ捜して、つらい思いしてあやまりにまで来たのだから本当になくなったのかと思う。もしそうだったら君はどうするだろうと思う。自分が君の位置にいたら随分困る。随分腹が立つ、落胆する、しかたがないから無理にあきらめようと思ってもあきらめられない。しかし当人が自分だったらその落胆の仕方の程度と、それに打ちかとうとする力の程度がわかる。しかし自分のことではないからそれがはっきりわからない、だからなお不安だ。なお君にこの事実を知らせることが苦しい。原稿がその内に出てくれればこのことは笑い話しですむ。しかし出て来てくれないとこのことを君に話す事は目に見えて君を弱らすことだからつらい。もし君が今東京に居てくれれば自分で三秀舎に行って自分で捜す処だけ捜し、聞くことだけは聞けるから、少しはあきらめがつきいいだろう。しかし大阪にいて不意にこの話を聞いたら驚くだろう。自分は今君を慰めようとも思わない。ただ事実をなるべく君をよわらさないように怒らないように報告するだけだ。

　僕は君のものを読む暇もなく洛陽堂にわたし、洛陽堂から三秀舎にわたしたのだ。三秀舎は全責任をもって捜しているらしい。今でも捜しているだろう。印刷場で原稿をなくすと云うことはどのくらい心ぐるしい過失だかと云うことは三秀舎は知っているらしい。だから自分はこの過失を見逃したくもなる。しかし君の二、三ヶ月かかってかいた五、六十枚の原稿が紛失して出てこないと云うことを考えると、どうしていいかわからない。自分には事実責任はないことを知っているが、自分のものは少しもなくならず、君のもの許《ばか》りがなくなったことを編集者根性からすまなく思っている。

出てくればそれにこしたことはないが、万一出てこない場合、君は君自身にとって、又あの作に就いてどう云う処置をとられるかが気になる。ゆく処はわかっている。しかしゆく処までゆかない間の君の気持と労とを思うと思いやられる。かかなければ書かないでもすむ六号記事の原稿がなくなったのならば何でもない。しかしもう一度どうしても同じことをかかなければならない、そうしてのり気なしに同じことを無理にもくり返してかかなければならない君の気持を察して僕は同情する。

　その内に出てくればいいけれども、出ない時にはあきらめて許してもらいたい。又許してやってもらいたい。虫のいい話だけれども之《これ》より外《ほか》、動きのとれようがない事実にぶつかったのだ。自分は虫のいいことを云わなければならないことを苦しく思っている。

　この手紙を公開にすることは三秀舎に気の毒にも思うけれども編集者の責任としてこの手紙を公開にする。

（『白樺』一九一三・十一）

あとがきより

「君と私と」は、大正二年四月から七月まで、「白樺」に連載されたものだが、未完ゆえ、改造社で出した四六倍版の、叢書風な全集に収められた以外、自ら編んだ単行本には、今度のこの集まで、未だかつて載せていない。大阪の、間借していた二階で書いて、武者小路君宛に送った六十枚の続稿が、印刷所の三秀舎で紛失し、ずいぶん手を尽して捜したらしいにも拘《かかわ》らず、とうとう出ずじまい、同じ部分を二度書くことが馬鹿らしくもあり、また、多少の誇張はあるにしても、「失われた原稿」に述べたような、被害妄想的な杞憂から、何処書き直しても、ここの部分は、目に見えない手がどこからか伸びて来て、必ず奪い去られるに違いない、というような気もして、——要するにねばりが足りないために、計画のほぼ三分の一で投げ出してしまった。当時の私としては、精いっぱいの力作で、ほんと云えば、これをもって処女作としたいくらいのものだったのに、今にして思えば、実に意気地のないことだった。しかし、時代的に多少の罅隙《ギャップ》はあるにしても、「善心悪心」（大正五年七月）と「或る年の初夏に」（同六年六月）とで、この計画も、ひとまず完成したようなものゆえ、あながち書きかけ、という気もしない。その必要があるか、ないか、或はそれが価値あることか、くだらないことか、などの問題は別として、私よりあとから出た作家で、自分自身を、あれだけ容赦なく素ッ裸に剝いて見せた者は一人もないように思う。私自身の恥は覚悟の上として、身内の者、友達、その他との関係で、実際問題としての辛いこと、口惜しいこと、我慢ならないほど腹だたしいこと、いろいろな障碍をも切りぬけなければならない仕事だった。しかもそれほどの想いまでして、私の企てた脱衣が、果して、ほんとに一糸《いっし》も纏《まと》わない素ッ裸になれていたろうか、校正しながら、久振りで読むこの旧作が、いかに裸になることがむずかしいかを、今更ながら私に想わせた。ここにある裸は、「裸は醜い」という概念の羅《うすもの》を纏っている。もしそれまで脱ぐことが出来たなら、もう少しは、肢体のもつ自然の美しさが、自《おのず》と現れたろうに、――三十年ちかくも隔てた今頃になって、初めて私はそんなことに気がついたりした。「白樺」に載せたうち一番の長篇でもあり、また初めて自信のもてた作でもあるので、未完成ながらも、殊に、「白樺叢書」と銘をうった今度の集からは逸することが出来ないと思い、収めた。

「失われた原稿」大正六年一月号の「太陽」に寄せたもの。作の動機は前に述べたとおり。自分が死ぬ有様をはっきり空想するのがいやだったのだろう。

（『白樺叢書』第六巻、河出書房、一九四一年）

＊

「君と私」実は未完の作で、このあとに続く四十何枚かの原稿は、流寓《りゅうぐう》中の大阪から武者小路実篤宛に郵送したし、武者からは神田錦町なる三秀舎の番頭某の手を経て、店とは背なか合せの横町の印刷工場の某へ廻されたというきりで、そのあとはぷッつりと影を消す……。東京中の襤褸《ぼろ》屑を回収する三河島のなんとやらまで、捜索は綿密を極めているが、今もってなんの手がかりも得られないとか、そんな話ばかりいくら詳しく聞かされたとて、私の気分はからッと晴れあがらず、鬱々として、もう一度同じ部分を書き直すどころの騒ぎではなく、とうとうそれッきりの半端仕事になってしまったわけ。

後年、志賀直哉が、「自分には、書きだして中途でよした憶えは一度もないが……」と、暗に私の優柔不断が指摘され、事実それに違いないので黙したが、あの当時のやりきれなさは、思い出すさえいやだった。

連載し始めてから、絶えず血族、友達、思いもかけぬ他人などからもち込まれる苦情に悩まされたこと、たぶん読者諸彦《しょげん》も無理とは思われまい。今風に言えば、「他人のプライヴァシーを犯す」とやらのモデル問題で、古今東西に亘っての慣習と言ってもよかろう。遂に業を煮やした私は、ただひと言、「あれは小説、作りごと」と答えて、そッぽを向くことにきめた。事実をそっくりそのまま、寸分の誤りもなく描き出す腕など、いかに老巧な悪徳記者にだってあり得まい。まして私たちは、痩せても枯れても創作家だ、創る人だ。

「善心悪心」

高等科二年級の夏休中かかってやっと読みあげた「レザレクション」（トルストイ作「復活」の英訳）で、「悪行は悔いるを得べし、されど悪心は悔いるを得じ」（私の和訳）の一句で、その後の数年間、私はがんじ搦《がら》めにされていた。度重なる悪行のあと「墨汁五合も飲んだ気持」の自己嫌悪をくり返しくり返すばかりで、悪心の方は、「ずるずるべったりズム」の旧態依然たるもの。はたからの目には白痴か狂人としか映りようのないこの醜態も、善心の根が枯渇しきれないかぎり、まんざら無駄にも終らない、という、はかない慾が書きたさに、私の跳ね飛ばした毒汁で迷惑された近所合壁《かっぺき》の方々には、なんとお詫びを申しあげようとあとの祭、黙するよりほかない。

「失われた原稿」

前に述べた原稿紛失を、またもやモデル問題など惹き起さないようにと、出来るだけ小説めかして書いたつもりだが、疑心はなおほの暗い影を落している。或は、この際捨てるべき作だったかも知れない。

「或る年の初夏に」

自叙伝の一部といってもいいほどモデルのはっきりわかる作風、謂うところの「私小説」は、私の場合、少しの毛嫌いもなく自由に使われていたし、同時に他方に於ては、空想を基本《もと》に筋を組み立てる、謂うところの「本格小説」にもそうとう力を入れていたつもりだ。本篇は、大正三年、志賀直哉と共に過ごした雲州松江での或る夜の出来事をそっくりそのままの直写で、「こんなものが創作と言えるか」との自嘲も湧くと同時に、「永年の間、年長《としうえ》の友達からうけ続けて来た、愛情に伴う身心への圧迫から遁《のが》れ得た喜悦の亢奮が、事後二年の、適当な期間を経ての執筆だから、うまくいかなかろう筈はない」という自惚《うぬぼれ》もあった。実のところ後者の方が逈《はる》かに大きかった。「新小説」に発表後、志賀と私との間で、この作に関して、たったひと言でも交わされた憶えがないのは、ちょっとへんな気がする。会心の出来。

(『里見弴全集』第一巻・第二巻、筑摩書房、一九七七)

解　説

麻井　朝

〈自分は里見との関係に重すぎるイリュージョンを持っていた。自分の下らぬ方面もそうでない方面も全体的に見ていてくれるのは里見だと考えていた。もし今、自分が死んだら、全体的に自分という人間を正しく描写してくれるのは里見だけだという気持ちでいた（……）〉（志賀直哉「正誤」『志賀直哉全集』第五巻、岩波書店、一九九九）

これは、四十歳を過ぎた志賀直哉が、里見弴との絶縁事件を回想して述べた言葉だ。

ふたりの絶縁は、大正文壇史に残る大事件だった。

なにせ志賀直哉と言えば、「小説の神様」というあだ名が知られているように、傑出した作家として当時の文壇から尊敬を集めていた。その畢生の長篇『暗夜行路』は、今なお日本近代文学史上の金字塔とされている。

里見弴のほうも負けてはいない。当代きっての花形作家で、卓越した技術から「小説の名人」と呼ばれていた。その評価と人気ぶりは志賀にも劣らなかった。そんな時期があったのだ。こう聞くと、今の知名度からして意外と感じる読者もおられるかもしれない。

里見は人となりもユニークだ。端正な美形の粋人で富豪のお坊ちゃま。兄に小説家の有島武郎《たけお》・画家の有島生馬《いくま》がいる。泣き所は約一五三センチの小柄な体格だが、「放胆」とも称される勝ち気さと華やかさがあり、心配りも細やかだったので、女性から大いにモテたという。

悠揚としたカリスマ性の志賀。明るく大胆な人気者の里見。ふたりは好一対の親友として知られていた。性格のみならず志賀のほうはすこぶる長身だったから体格まで好対照、「大きい男と小さい男」と自称したりするような、でこぼこ名コンビだったのだ。

そんなふたりが急に絶縁したのである。当然あれこれ噂やゴシップが飛び交った。

本書には、その絶縁にまつわる里見の小説・随筆を集めた。絶縁の水脈をゴシップから離れてたどることで、志賀・里見の作品と、文学的関わりを捉え直そうという試みである。現在、ふたりの文学的な交流、特に里見が志賀に与えた文学的影響について検証されることはまれだ。また志賀の交友といえば、武者小路実篤《さねあつ》、有島生馬らは今でも挙げられるが、里見についての言及は比較的少なくなった。

だが里見との交友や「君と私と」が、『暗夜行路』の成立過程に重大な影響を与えたという見方は、中村光夫や平野謙、大西貢など複数の論者が指摘してきた。里見弴という作家が時の流れに押しやられつつある今だからこそ、新たな視点で読み直すこともできるだろう。

表題作（一九二三）は、若き里見弴が初めての長篇として『白樺』に連載したものだ。初出時の題は「君と私と」だが、著者晩年の『里見弴全集』第一巻（筑摩書房、一九七七）に収録される際、里見の手でいくつかの表現がわかりやすくあらためられ、「君と私」と改題された。本書はこの全集版を底本としている。が、ここでは必要上、初出時の題で表記してゆく。

小説篇の作品はいずれも改造社版『里見弴全集』第一巻に収録されているが、志賀直哉をテーマに随筆も共に編んだものとしては本書が初である。この一冊で絶縁の経緯は大体おさえられてしまう。里見の多くの作品が絶版である現在、まことにうれしいかぎりだ。しかしながら、いくら事実に基づくとは言え小説であるから、事実関係が把握しづらいところもある。そこで、志賀側の記録なども織り交ぜ、あらためて経緯をたどってみよう。

志賀は数えで十二歳。里見は七歳。

今で言うならば小学六年生と一年生くらいだろう。そんな年齢でふたりは出会った。中学生と小学生、大学生と中学生、社会人と高校生、と成長するうちに、関係もお兄ちゃんとちびっ子、先輩と後輩、保護者と被保護者、兄と弟、そして親友へと変化してゆく。

青年期に達した二人は、『白樺』を起こして文学に志しながら、遊郭通いにも精を出した。白樺派の交流の密さを示した「友達耽溺《たんでき》」という言葉は、そもそもは志賀と里見をさしていたのである。

志賀や木下利玄《りげん》、児島喜久雄《こじまきくお》ら白樺の仲間が描く当時の里見は、場をパッと明るくするユーモア、テキパキしたまめまめしさ、利発さを持ち合わせており、周囲からも好かれている。

だが、見た目とは裏腹に、里見は苦しんでいた。

自分がイメージする〈自分〉、そして周囲がイメージする〈自分〉。そのギャップに息が詰まり、本当の〈自分〉がわからなくなって窒息しそうになった憶えがある人は多いだろう。二十六歳の里見は〈自分〉の真実をつかもうと、内面をさらけ出す決意をする。

こうして書かれた「君と私と」は、志賀との関係を軸に、里見の七歳から二十四歳までを回顧した私小説だ。描かれた様々なできごとはほとんど事実通り、と志賀も認めている。

しかし、である。

本書を読みながら、里見の苦悩に入り込めないと感じた方もいるのではないだろうか。「君と私と」は曖昧模糊《あいまいもこ》としている。読めば説明は理解できる。なるほど悩みもするだろう、と思う。しかし結局、何を言いたいのかよくわからない。そんなあやふやさがつきまとう。

なぜそのようなことが起きるのか。原因の一つは、里見の巧妙な書き方だろう。

里見は嘘を書くのを嫌う作家で、畏友、武者小路実篤は里見を「へんに正直」な「周囲御免の正直病」などと評している。そんな正直病であるだけに、私小説において伏せておきたいようなことがらがあると、嘘で埋め合わせるのではなしに、中核的な事実関係についてはごく抽象的な言い回しでピントをぼかし、とばりをかけてしまう傾向があるようだ。同作でもそれが行われている。里見が張り巡らせたとばりを外してみよう。

　最初に検討するのは、自宅で働く女中の「いち」だ。

「いち」との関係は、「君と私と」では重要な部分を占めている。にもかかわらず、経緯は明示されない。どこまでも里見に責任があるように匂わせながら、物語は進んでゆく。

　しかし晩年、瀬戸内寂聴との対談で、里見はこう述べている。

〈**里見**　家にいる、おっかさんほどじゃないけれども、ずいぶんなばあさんに筆おろしをされたろう。それがいやなんだよ。

瀬戸内　それは誘惑されたわけでしょう。

里見　そうだね。

瀬戸内　そういうのよくいたんですね、あのころは。大抵坊っちゃんというのはとても器量がいいから……。

里見　それはお恥ずかしくて、こんなことといままで書いたこともなかったし、話したこともないけれども、泣いちゃったね。

瀬戸内　わかりますね。

里見　「泣くことなどないんだ、ないんだ」としきりに言いやがるけれども、悲しくてしようがないんだな。おれはもうだめなんだなという気だな。

瀬戸内　それが先生の原体験になったんですね、文学の。〉（瀬戸内寂聴『生きた書いた愛した　対談・日本文学よもやま話』新潮社、一九九七）

「誘惑」とやわらげた表現ながら、「いち」との始まりが里見の意に沿ったものではなかったことが察せられる。

後年の里見作品には、奔放な女性が男性に対して性的な行為を一方的にしかけるモチーフがしばしば登場する。そんなときえてして男性は涙し、女性からなだめられる。

〈事終って後、両掌で顔を覆い、しくしくと子供のようにしゃくりあげだした雄吉が、（……）御両親様方にお会わせ申す顔がない、というような意味を、全身こちこちにして呟き続けた。その背を軽く叩きながら、

「おお、よちよち。かアいちょうにね、いい子だから、もうちょんなに泣くんじゃアないよ。ね、いい子、いい子。さア、もうおだまんなちゃいね〉（「あてどなく」『秋日和』角川書店、一九六〇）

〈十五歳の彼に、「筆おろし」の役を勤めてくれたのが、女中頭の加代《かよ》という者だった。年齢は母とさして違わず、（……）書卓《デスク》に向っての（※隠れて手淫をする）現場を抑えられ

た。「そんなにしたいんなら、こっちイいらっしゃい！」と、（……）（※クローゼットに）押し込まれた。……度肝《どぎも》を抜かれた態《かたち》もあり、人目を憚《はばか》る早業《はやわざ》とて、あんまり「いく」もなく、むしろ、屈辱の苦味《にがみ》が残って、「またとは御免だ」と思った〉（「極楽とんぼ」『極楽とんぼ　他一篇』岩波文庫、一九九四。※は引用者）

　里見が明示を避けた「いち」との事実も、このようなものだったのではと思われる。二十歳になるかならないかの里見が受けたショックは、はかり知れないものだったはずだ。

　里見は「いち」とのことは書けても、この事実だけは晩年まで隠し通した。嫌悪しながらも関係を絶てず、苦渋は深まっただろう。「君と私と」で繰返される「虚栄」とは、ただの見栄っぱりではなく、根深くぬぐいがたい恥の感覚を意味しているのではないだろうか。

　自殺の試みも、「君と私と」では一度だけ語られるが、実際は二回あったようだ。

　苦痛やＰＴＳＤに男女差はないと言われているにもかかわらず、日本では男性の被害についてはは長らくさほど問題視されてこなかった。刑法上、強姦の被害者として男性が認められたのは二〇一七年。研究や支援が叫ばれるようになったのも近年のことだ。

「墨汁五合」の気持ちは、むしろ今でこそ、正しく受け止められるのかもしれない。

　続いて志賀直哉との関係を検討したい。

　まずはふたりの畏友、武者小路実篤の証言を聞いてみよう。

〈しかし志賀は、友だちにはそうわがままではなかった。ただ里見弴にたいしては、時々わがままを言っていた。（……）よくいっしょに歩いていると、志賀は里見をさそって、寄席なぞに行こうとする。里見は、はじめはなかなかがん強に反対しているが、何町か歩いているうちに、いつのまにか里見は志賀の言うとおりになっている。〉（武者小路実篤「思い出の人々」『武者小路実篤全集』第十五巻、小学館、一九九〇）

この「わがまま」、「君と私と」「或る年の初夏に」にも登場していることにお気づきだろうか。志賀が里見を強引に自宅へ連れ帰る場面だ。作中ではふたりの関係の象徴として機能している。さらりと描かれているが、実際のところ里見はかなり追い詰められていた。鍵になるのは、「イリュージョン」だ。

冒頭で引用した志賀の回想を思い起こしてほしい。志賀は、当時の里見への思い入れを「イリュージョン」と呼んでいる。この言葉は、「暗夜行路草稿」にも登場する。

ここで「暗夜行路草稿」について紹介しよう。『暗夜行路』の未定稿群で、志賀没後の一九七四年に初めて全集に収録され人目に触れた。読後、平野謙はその驚きを述べている。

〈しかし、私のいちばん意外に思ったのは、友人「坂口」との関係を扱った草稿のおびただしいことだった。（……）いわゆる私小説の時代には、対父親との関係より対友人関係の方にウェイトがおかれていたのじゃないか、と思われるほどである。〉（平野謙「志賀直哉と里見弴」『志賀直哉全集』第十二巻月報、岩波書店、一九七四）

この「友人坂口」こそ、里見弴その人だ。『暗夜行路』では「阪口」になっており、性格も「坂口」からだいぶ変化している。それでも里見の「善心悪心」や志賀の日記などから、坂口および阪口が里見をルーツとすることに疑いの余地はないと考えられる。「草稿」には、坂口の短編「腐《くされ》合《あ》いと蟬脱《せんだつ》」を読んだ主人公がイリュージョンの破れる痛いような感覚を味わうくだりがある。この作品は現存しないようだが、「君と私と」の前身とも見られ、「善心悪心」には「蟬脱とずるずるべったり」という名で登場している。「草稿」「善心悪心」には、「腐合いと蟬脱」を巡り、史実に基づいたほぼ同じ場面がある。読み比べると、志賀と里見の葛藤を両者それぞれの視点で見ることができて興味深い。「草稿」に坂口がこう考える場面がある。

〈それはお前だけのもう古いモーラルなんだろう？　私までを同じモーラルの中にウジウジさせようというのはそれは僭越な心じゃないか？　お前はお前の狭い小さなモーラルをどれだけ離れて純粋に私の作物を、芸術として味わう事が出来たのだ？（……）あの男は自身不愉快を与えて置きながらそれで、私を離して了うのが不安なんだ。（……）単純なよきモーラリストよ、お前は何所までも私の手を離そうとはしまいが此腐縁はもう私には進歩に邪魔になってるんだ。〉（志賀直哉「暗夜行路草稿13」『志賀直哉全集』補巻三、岩波書店、二〇〇一。傍点引用者）

書いているのは志賀なので紛らわしいが、「私」は坂口、「お前」「あの男」が主人公だ。

「腐合いと蟬脱」を読んだ志賀は、里見の目を通して、いわば自分の背中を見た。これはそういう場面なのである。里見が震源となり、志賀は足元から揺さぶられている。その揺れを書き留めたのが「草稿」であり、以降、志賀と志賀文学は変わってゆくことになる。

さて、注目は傍点部分だ。ここに彼らの関係の一側面が端的に表現されている。それは、志賀が里見を「（志賀の）モーラルの中にウジウジさせようと」しているというものだ。

要は、里見を志賀の価値観のもとに置こうとしていたということだ。志賀の伸ばした腕の範囲内に里見を閉じ込めておくような、一種の支配に似たふるまいがあったわけである。

その象徴が里見を言いなりに連れ去る行為だった。ただの「ジャイアン」ではない。晩年の里見は、そのころ志賀から「束縛」があったと述べている（石原亨『証言里見弴　志賀直哉を語る』武蔵野書院、一九九五）。

「君と私と」執筆当時、里見はこんな手紙を志賀に送った。

〈○僕なり君なりどっちかで背を見せて了いさえすればこの関係は絶たれる。（……）

○君がそう信じて僕の上に繋いだ望みを絶つ。君の「空想」を全然捨てる　僕は一人になる。それで滅びるものなら滅びる。延びるものなら延びる。延びた所で君の不明にはなりはしまい。なってもいいだろう？

○君の友情と結ばった好意が僕には毒なのだ。それが僕の上に加えられて居る間は君は僕にとって仕事の上の「老いたる母」とも云うことが出来るかも知れない。〉（「大正二年七月

八日付書簡」『志賀直哉全集』別巻、岩波書店、一九七四。傍点引用者）

ほとんど悲鳴のようだ。絶縁すら匂わせている。「空想」はイリュージョンと同じ意味だろう。「暗夜行路草稿」にも、イリュージョンと空想を同様に使っている部分がある。当時、志賀の文学は、自我をさらに緊張させ、膨張させてゆく方向にあった。その結果、自我のうちに里見を飲み込むような、そんな「束縛」が生まれたのかもしれない。

こうして外在的な要素を検討してゆくと、「君と私と」は思いがけない姿を現してくる。

まず目につくのは、大人へ生まれ変わるために幼さの殻を脱ぎ捨てようとする「疾風怒《しっぷうど》濤《とう》」だ。里見は「蟬脱」を夢見、若々しく輝くはずの季節にいる。

だがその自我は傷つきすぎている。「いち」で根底から傷つき、志賀に救われながら、またその関係が足かせになっている。これはアイデンティティ・クライシスの物語なのだ。

志賀側の働きかけの描写を抑制し、「いち」についても事実を明らかにできなかったことで作品の輪郭がぼやけてしまった。自己嫌悪と自らへのきびしさが入り混じり、客観的というより露悪的におちいったきらいもある。現在「君と私と」が白樺派の史料としての地位に甘んじているのは、それが原因と言えるかもしれない。

だが同作は、読むものを胸苦しくするほどの張り詰めた苦悩を伝えてくる。里見は生き返ろうともがいている。「君と私と」はそのための武器であり、祈りだったのである。

さて、里見の悲願は達成されたのだろうか。続稿の行方不明というミステリーで「君と私と」は中断し、行き止まった。なお、この件に題材をとった「失われた原稿」（一九一七）は私小説ではないが、里見は筑摩版全集第一巻あとがきにおいて志賀へ疑心を抱いたことを示している。主人公の心理はある程度事実の反映とみてよいだろう。

しかし、里見はあきらめてはいなかった。

「善心悪心」（一九一六）は、「君と私と」の約一年後、里見二十五歳の春から二十六歳の夏を扱っている。まさに「君と私と」の執筆された時期だが、同作に直接触れられることはなく、蝉脱のくわだてと失敗を繰り返しながら少しずつ前進する姿が描かれている。

志賀の事故現場にいあわせた里見が、のちの里見文学のキーフレーズとも言うべき「まごころ」をつかんだことを示して物語は終わる。善でも悪でも思考でも感情でもなく、志賀を救おうとがむしゃらに里見を突き動かしたものを、里見はのちに「まごころ」と名付けた。

日常に復せばすぐに見失ってしまうほどの奥底に存在し、善心も悪心も超越した、最も芯なる心。これこそすなわち真心、人間のプリミティブな源泉だ。まごころと生きるとき、人は自由になる。志賀からではない自得の価値観を、里見はとうとう見つけ出したのだ。続いて「或る年の初夏に」（一九一七）で、ついに里見は志賀の束縛を振り払う。ぜひ、

「君と私と」と「或る年の初夏に」のクライマックスを読み比べていただきたい。里見の成長、そしてふたりでひとつだった青春の終焉を読み取ることができるだろう。

　里見は「善心悪心」で自分の信念をつかみ、「或る年の初夏に」で志賀の束縛を越えた。「君と私と」が目ざしたものはこの二作に引き継がれていたのである。

　そして大正五年（一九一六）。いよいよあの有名な絶縁事件が起きる。この時期、里見はすでに職業作家、しかも流行作家である。親を説得して結婚の許可を得、東京に戻って家もかまえた。もはや一個の人格を確立していたといっていい。

　一方志賀は、千葉の我孫子にいた。松江で『暗夜行路』を書きあぐね、夏目漱石に依頼された朝日新聞の連載を断って以降、スランプに陥って文壇からしりぞいている。父の反対を押し切って結婚を強行したために、家との縁も切っていた。まさに明と暗だ。

「幸福人」（一九一七）の中段に、友人から「汝穢らわしき者よ」というハガキを送りつけられたエピソードが綴られている。この友人こそ志賀であり、ハガキは名高い絶縁状である。実はハガキの一ヶ月前から、ふたりの絶縁はすでに始まっていた。志賀との約束を里見がすっぽかして喧嘩になり、里見のほうから志賀との没交渉を宣言していたのだ。

　志賀によれば、絶縁状を書いたきっかけは「善心悪心」だったという。喧嘩から一ヶ月後、志賀は電車の中で同作を読んだ。読み終えると窓から投げ捨て、その足で郵便局へ向かって絶縁状を書き殴り投函。帰宅すると、これまで里見がくれたものをすべてたたき壊して捨てた（「正誤」）。当時は神経が張り詰め、余裕がなかった、と志賀は語っている。いったいどこに立腹したかは明らかにされていないので、想像しながら読むのも面白いかもしれない。

　このようにして、ふたりは足かけ八年の絶縁に突入したのだった。後年の里見は「八年喧嘩」と呼んで、「よくまあふたりとも頑張ったもんだなあ」と笑っている

　絶縁中に志賀は執筆を再開。新たな志賀文学は、以前の緊張と対立ではなく他者との静謐な調和を描き、世を驚かせた。里見も志賀への怒りをばねに執筆へ打ち込み、評価を高める。

『暗夜行路』前編と「世界一」（一九二一）が発表された翌年に、ふたりは文通をはじめ、復縁に至った。志賀は〈より安全な、より完全な友達として蘇った〉と喜んだ（「正誤」）。〈よい友とは、何をしてもよい〉。絶縁ですら、ふたりにとっては糧であったのだ。

　それからのふたりは、長い人生を助け合って生きた。様々な逸話があるが、残念ながら今は紙幅がない。だが戦時中に一時疎開した軽井沢で、里見が料理、志賀が皿洗いというふうに家事分担しての同居が目撃されていると言えば、友情の回復ぶりが想像できるだろう。とは言え喧嘩も変わらずで、挙句に半年ほど会わなかったことが二度はあったという。

　一九七一年、志賀直哉が死去した。

病室に立ち会っていた志賀の弟子、阿川弘之の「終焉の記」を紹介しよう。

〈里見さんは部屋に入るなり、つかつかと枕元に近づいて、

「伊吾だよ」と言った。

「伊吾」はペンネームというか、白樺の人たちが若かった時代の、里見さんに対する呼び名である。志賀先生は「伊吾」の来ていることが分ったようであった。

酸素マスクの下で、荒い息をしながらしきりに何か口を動かしはじめた。何を言っておられるか、全然聞き取れないのだが、里見さんはかがみこみ、先生の額に片手をあて、もう一方の手で先生の手を握って、

「うん、うん、うん。そうかそうか。うん、うん、うん」と幾度も幾度も繰返した。

（……）そのうちたまりかねたようにつと、小走りに窓のそばへ行くと、こちらに背を向け、肩を震わせ両手で顔をおおって号泣された。（……）

（※翌日も里見が訪ねてくると）見ると、白い髭にかこまれた先生の口は、軽くひらいたまま動かなくなっていた。一つ息をして、またとまった。（……）

臨終に間に合った者は（……）八人だったが、中でも七十年来のもっとも親しい友、里見さんが部屋に入って来るのを待っていたようにして息を引き取られたのは、偶然にしても深い感慨を覚えずにはいられなかった。〉（阿川弘之「終焉の記」『鮎の宿』講談社文芸文庫、二〇〇一。※は引用者）

志賀の葬儀委員長は里見が務めた。老いても元気な声の里見が、訥々とした弔辞だった。

里見はのちに語っている。

〈志賀の晩年にね、「この頃は夜寝てるともつかず起きてるともつかず、つまり夢うつつでね、よーくいろんなことを思い出すんだよ。昔のことが今のように思い出されるんだ」って話をしてね、「やっぱり君が一番でて来るな」なんて言うんだ。(……)今の僕が志賀の晩年のように随分寝そびれることがあるとね、ちっとも早く寝なくちゃあなどと焦らないでね、ぼんやりしているといろんなことが夢うつつに出て来てね、楽しみなんだよ、随分。(……)出て来るのは誰だろうね。やっぱり志賀かもしれないね。〉

(『証言里見弴』)

絶縁も、死でさえも、志賀と里見の絆をそこないはしなかったのである。

ふたりに興味を持たれた方には、志賀の「廿《にじゅう》代一面」「暗夜行路草稿」「正誤」がおすすめだ。復縁後の様子がわかるものとしては、里見の「最初の泊《とまり》」『安城家の兄弟』がある。ふたりで行った旅行記も多い。「君と私と」にも登場する関西旅行は『寺の瓦』『若き日の旅』、復縁後の旅について綴った「くちゃね島」『満支一見』などがある。他にも相手の姿が出てくる作品がちょくちょくあるので、探してみると面白いかもしれない。

絶縁の経緯を知ることができる書籍として、小谷野敦氏の評伝『里見弴伝「馬鹿正直」の人生』(中央公論新社、二〇〇八)、川西政明氏の『新・日本文壇史』第二巻(岩波書店、二〇一〇）をあげたい。石原亨氏の『里見弴の語る大正・昭和文壇うらばなし』（文芸社、二〇一八）は、絶版になった『証言里見弴』を再編集したもので、近年の出版なので手に入れやすい。さらにふかく知りたいなら、大西貢氏の一連の論文が必読だ。一冊にまとめられていないため少々手に入れづらいが、詳細な論証がなされている。

中野重治は、一九七八年の随筆で絶縁事件に触れ、〈人間の言葉どおりのおもしろさと、ちゃんとはまる言葉が出てこぬが、そこで行きどまるほどの真面目な問題とが出ている〉とし、〈志賀研究者の手でそれほど真剣に扱われぬ〉ことへ疑問を呈した（「書いておいてほしいもの」『中野重治全集』第二十八巻、筑摩書房、一九八〇）。

真摯に向い合うからこそ、火花を散らすように切り結んだ。親友だからこそ、妥協できなかった。傷つけ合うなかで自らのかたちを知り、文学と人生を作っていった。そんな魂と魂の葛藤がかつてあったのだ。現在それが忘れ去られつつあることは、あまりに惜しい。

本書をきっかけに新たなふたりを知って興味を持ってもらえれば、なにより幸いである。

（あさい・あさ　ライター）

本稿はウェブサイト「note」に掲載した「志賀直哉×里見弴×暗夜行路」（全十五回）の内容を再構成し加筆修正したものです。

（URL　https://note.com/kapibara2/n/n0aa15f5439e3）

里見弴・収録作品関連年譜

一八八八年（明治二十一）
七月十四日　父・有島武と母・幸子の四男として横浜に誕生。本名・英夫。
十一月一日　山内家の養子となる。

一九〇三年（明治三十六）十五歳
八月　長兄・武郎、アメリカへ留学。

一九〇五年（明治三十八）十七歳
五月　次兄・壬生馬（のちの生馬）、イタリアへ留学。
冬頃　志賀の勧めでズーデルマン『フラウ・ゾルゲ（憂愁夫人）』を英訳で読む。

一九〇六年（明治三十九）十八歳
九月　学習院高等科に進む。

一九〇七年（明治四十）十九歳
四月　武郎、帰国。

一九〇八年（明治四十一）二十歳
三月〜四月　志賀直哉・木下利玄と半月間、関西へ。三人で『旅中日記　寺の瓦』を書く。

七月　志賀、武者小路らが回覧雑誌『暴野』（のち『望野』）始める。
夏　鎌倉の別荘で園池公致《きんゆき》、児島喜久雄らと自炊生活。トルストイ『復活』英訳を読む。自殺をはかる。
十月　園池、児島ら学習院の同級生と回覧雑誌『麦』創刊。月二回・一年二十四冊続き、志賀も寄稿。ペンネームに伊吾を使う。

一九〇九年（明治四十二）二十一歳

九月　東京帝国大学英文科入学（半年で退学）。『麦』の同人・正親町実慶《おおぎまちさねよし》（日下《くさか》諗《しん》）、田中治之助（雨村）、中村貫之《かんし》は法科。菅田敏光は工科。児島は哲学科。志賀、初めて吉原へ行く。

一九一〇年（明治四十三）二十二歳

一月十九日　志賀、遊里通いを告白、里見は有島家の女中・八重との件を別の女のこととして話す。二十日　志賀に連れられ吉原を見に行く。
二月二十三日　生馬、帰国し神戸港に到着。二十七日　八重から妊娠を告げられ志賀に相談（のち堕胎）。
四月　『望野』『麦』『桃園』が合同し『白樺』創刊。ペンネームに里見弴を使う。
六月　志賀、徴兵検査で甲種合格。
七月　三日から二十日まで、上野・帝室博物館で「南薫造・有島壬生馬滞欧記念展」開催。
八月十日　志賀と出水を見に行く。
十一月二十日　日本橋・三州屋で開かれた「パンの会」の集まりに参加。
十二月一日　志賀、入隊（九日、常後備役免除となる）。

一九一一年（明治四十四）二十三歳
一月　『白樺』編集長となる。
四月九日　吉原大火。翌日、志賀、園池と焼跡を見に行く。
一九一二年（明治四十五）二十四歳
四月上旬　吉原の女と別れ四百円を贈る。そのまま京都へ（二十七日帰京）。
一九一三年（大正二）二十五歳
一月　志賀、第一短篇集『留女』刊行。
三月　「君と私と」を書き始める。
四月〜七月　『白樺』に「君と私と」連載。志賀、七月号に「坂本」名義で「モデルの不服」発表。
八月十五日　志賀、山手線電車にはねられ芝区愛宕下の東京病院へ入院（二十七日退院）。
十月　志賀と旅行。大阪で別れ、志賀は城崎へ。里見はそのまま大阪に滞留。山中家の二階に寄寓し、まさ（のちの妻）と知り合う。「君と私と」十一月号の原稿を大阪から武者小路に送付、印刷所で紛失。
十一月　武者小路、『白樺』に「里見兄に」発表、原稿紛失事件を説明。十七日　志賀、帰京。
一九一四年（大正三）二十六歳
五月　先に来ていた志賀と城崎で合流し、鳥取を経て松江へ。
七月　里見、長姉・愛子の看病のため帰京。婚約していた女性との話を断る。
八月　志賀、松江を出る。

十二月二十一日　志賀、武者小路の従妹・勘解由小路《かでのこうじ》康子《さだこ》と結婚。

一九一五年（大正四）二十七歳

四月　滝田樗陰《ちょいん》の依頼を受け、『中央公論』に「晩《おそ》い初恋」発表。

七月二十三日　山中まさとの間に長女・夏絵誕生。

九月九日　夏絵死去。

十月　まさと上京、父母の反対を押し切り麹町五丁目に世帯を持つ。

一九一六年（大正五）二十八歳

五月　この頃、志賀との約束をすっぽかす。

七月『文章世界』に「俄あれ」を、『中央公論』に「善心悪心」を発表。志賀、「汝穢らはしき者よ」との葉書を里見に送り、絶交（二三年まで）。

九月　中戸川吉二、里見に手紙を送る。

十月一日　中戸川、里見を来訪。以後師事。

十一月　第一短篇集『善心悪心』刊行。

十二月四日　父・武、死去。

一九一七年（大正六）二十九歳

一月　『太陽』に「失われた原稿」発表。

六月　『新小説』に「或る年の初夏に」発表。

九月　『中央公論』に「幸福人」発表。

一九一九年（大正八）三十一歳

十一月　久米正雄らと『人間』創刊。

一九二一年（大正十）三十三歳

一月　『新潮』に「世界一」発表。志賀、『改造』に「暗夜行路」連載開始。

二月　『人間』の創作月評で「暗夜行路」の批判が出る。

一九二二年（大正十一）三十四歳

十二月　『時事新報』夕刊で「多情仏心」連載開始。

一九二三年（大正十二）三十五歳

四月　『中央公論』に書けず編集長・滝田樗陰と絶縁。

六月九日　武郎、『婦人公論』記者・波田野秋子と心中。

八月　『白樺』廃刊。

十一月末～十二月初　この頃、生馬宅で志賀と会う。

一九二四年（大正十三）三十六歳

四月　『随筆』に「春の水ぬるむが如くに」発表。『多情仏心』前篇刊行。

八月　『多情仏心』後篇刊行。

一九二六年（大正十五）三十八歳

四月　『中央公論』に前年十二月の志賀らとの旅行を描いた「最初の泊」発表。

一九二九年（昭和四）四十一歳

十二月　南満州鉄道の招きで志賀と満州・支那旅行（翌年一月末まで）。

一九三一年（昭和六）四十三歳

二月　『満支一見』刊行。

五月　改造社版『里見弴全集』刊行開始（全四巻。翌年十二月完結）。第一巻に「君と私と」収録。

一九三二年（昭和七）四十四歳

四月　明治大学に文芸科が創設され、教授となる。

一九三五年（昭和十）四十七歳

二月　『改造』で白樺座談会。

十月　長篇『荊棘《いばら》の冠』を志賀の序文付で刊行。

一九三七年（昭和十二）四十九歳

一月　志賀直哉に捧げた「金」（のち「かね」）を『改造』に発表。

三月　明大教授を辞任。

四月　志賀、『改造』に発表していた「暗夜行路」後篇完結（十月、『全集』第八巻に収録）。

七月　『改造』に「志賀君との交友記」発表。

九月　改造社版『志賀直哉全集』刊行開始（全九巻。翌年六月完結）。

一九三八年（昭和十三）五十歳

二月　『婦人公論』に「志賀君の手紙」発表。

六月　『婦人公論』に志賀との対談「父と子に就いて」掲載。『志賀直哉全集』が完結し、志賀、月報で文士廃業を宣言。

一九三九年（昭和十四）五十一歳

五月　志賀と伊豆諸島・式根島へ旅行。

六月　短篇集『本音』刊行（装画・装丁志賀直哉）。
七月『改造』に五月の志賀との式根島旅行を描いた「くちゃね島」発表。
九月七日　泉鏡花、死去。

一九四〇年（昭和十五）五十二歳

一月　尾崎一雄、『都新聞』に「志賀直哉訪問記」発表（文中、志賀が里見に言及）。
五月　一九〇八年の旅について書いた『若き日の旅』刊行。

一九四二年（昭和十七）五十四歳

十一月十九日　中戸川吉二、死去。

一九五一年（昭和二十六）六十三歳

二月　河出書房版『現代日本小説大系　志賀直哉・里見弴集』刊行。

一九五七年（昭和三十二）六十九歳

一月『心』で志賀らと座談会「学習院時代を語る」。

一九七〇年（昭和四十五）八十二歳

二月『海』に志賀との対談「明治の青春」掲載。

一九七一年（昭和四十六）八十三歳

二月　志賀直哉・木下利玄との共著『旅中日記　寺の瓦』刊行。
十月二十一日　志賀直哉、死去。二十六日　志賀の葬儀委員長を務める。

一九七三年（昭和四十八）八十五歳

二月二十四日　妻・まさ、交通事故で死去。

五月　編集委員を務めた『志賀直哉全集』刊行開始（全十五冊。七四年十二月完結）。

一九七四年（昭和四十九）八十六歳

九月十五日　有島生馬、死去。

一九七六年（昭和五十一）八十八歳

四月九日　武者小路実篤、死去。

一九七七年（昭和五十二）八十九歳

六月　筑摩書房版『里見弴全集』刊行開始（全十巻。七九年四月完結）。第一巻に従来の「君と私と」を「君と私」に改題し収録。

一九八二年（昭和五十七）九十四歳

七月『新潮』に瀬戸内晴美との対談「書いた、愛した、遊んだ九十年」掲載。

一九八三年（昭和五十八）

一月二十一日　肺炎のため死去。享年九十四。

二月　志賀との対談を収めた『唇さむし　文学と芸について　里見弴対談集』刊行。

一九九五年（平成七）

七月　石原亨による聞き書きを収めた『証言里見弴　志賀直哉を語る』刊行。

紅野敏郎編（『里見弴全集』第十巻、筑摩書房、一九七九）、石原亨編（『証言里見弴』武蔵野書院、一九九五）小谷野敦編（小谷野敦公式ウェブサイト「里見弴・詳細年譜」）、武藤康史編（『荊棘の冠』講談社文芸文庫、二〇一二）その他の年譜をもとに作成しました。

初出・底本一覧

Ⅰ　小説

君と私　『白樺』一九一三年四月～七月／『里見弴全集』第一巻、筑摩書房、一九七七年
善心悪心　『中央公論』一九一六年四月／同
世界一　『新潮』一九二二年一月／『幸福人』新潮社、一九二三年
或る年の初夏に　『新小説』一九一七年六月／『里見弴全集』第二巻、筑摩書房、一九七七年
幸福人　『中央公論』一九一七年九月／『幸福人』
失われた原稿　『太陽』一九一七年一月／『里見弴全集』第一巻

Ⅱ　随筆

志賀君との交友記　『改造』一九三五年七月／紅野敏郎編『里見弴随筆集』岩波文庫、一九九四年
春の水ぬるむが如くに　『随筆』一九二四年四月／『里見弴随筆集』
弔詞　一九七一年十月／川内まごころ文学館所蔵資料（複製）
志賀君との間柄　『志賀直哉全集』別巻月報、岩波書店、一九七四年／『私の一日』中央公論

社、一九八〇年

武者小路実篤「里見兄に」『白樺』一九一三年十一月／『武者小路実篤全集』第十五巻、小学館、一九九〇年

あとがきより『里見弴全集』第一巻、第二巻（抜粋）

編集付記

一、本書は、著者による小説・随筆のうち、「志賀直哉との交友」を題材とする作品を編んだものです。中公文庫オリジナル。

一、本文は、原則として現代かなづかい・新字体に改め、一部の漢字はひらがなにひらきました。底本中、明らかな誤りと考えられる箇所は訂正し、ルビは初出誌・初刊本等を適宜参照し整理しました。

一、今日の人権意識に照らして、不適切な語句や表現が見受けられますが、著者が故人であること、発表当時の時代背景や作品の文化的価値に鑑みて、そのままとしました。

中公文庫

君《きみ》と私《わたし》
――志賀直哉《しがなおや》をめぐる作品集《さくひんしゅう》

2023年5月25日　初版発行

著　者　里《さと》見《み》　弴《とん》

発行者　安部順一

発行所　中央公論新社
〒100-8152　東京都千代田区大手町1-7-1
電話　販売　03-5299-1730　編集　03-5299-1890
URL https://www.chuko.co.jp/

ＤＴＰ　平面惑星
印　刷　三晃印刷
製　本　小泉製本

Published by CHUOKORON-SHINSHA, INC.
Printed in Japan　ISBN978-4-12-207364-7 C1193

中公文庫既刊より

各書目の下段の数字はISBNコードです。978-4-12が省略してあります。

さ-55-2
里見弴 小津映画原作集 彼岸花／秋日和
里見　弴
武藤康史 編
小津安二郎は里見弴の小説をよく読み、「シナリオのねたに」し、「良き友」となった。表題二作のほかに、「縁談窶」など中短篇、小津を追想したエッセイを収録。
207357-9

ち-8-11
開化の殺人 大正文豪ミステリ事始
中央公論新社 編
佐藤、芥川、里見に久米。乱歩が耽読した幻のミステリ特集が、一〇四年の時を超えて甦る！「犯罪と怪奇への情熱」に彩られた全九篇。〈解説〉北村　薫
207191-9

ち-8-16
対談 日本の文学 素顔の文豪たち
中央公論新社 編
森鷗外、夏目漱石、芥川龍之介、谷崎潤一郎、太宰治……文豪の家族や弟子が間近に見たその生身の姿を語る。全集『日本の文学』の月報対談を再編集。全三巻。
207359-3

お-45-2
宗方姉妹《むねかたきょうだい》
大佛次郎
満州から引き揚げてきた美しき姉妹を中心に、戦後日本で生きる人々の奮闘と葛藤を描く。小津安二郎監督の映画原作でも知られる傑作長篇。〈解説〉與那覇　潤
207337-1

し-55-1
日曜日／蜻蛉《とんぼ》 生きものと子どもの小品集
志賀直哉
志賀直哉は生きものや子どもを好んで書き、普遍的な名品を多く生んだ。これらの作品を集めた短篇集『日曜日』『蜻蛉』を合本とし二十四篇を収録。〈解説〉阿部公彦
207154-4

い-38-4
太宰治
井伏鱒二
師として友として太宰治と親しくつきあった井伏鱒二。二十年ちかくにわたる交遊の思い出や作品解説など太宰に関する文章を精選集成。〈あとがき〉小沼　丹
206607-6

ち-8-12
給仕の室《へや》 日本近代プレBL短篇選
中央公論新社 編
日本近代文学において「男性間の愛と絆」はどのように描かれてきたのか。国木田独歩から山本周五郎まで十五篇を精選。文庫オリジナル。〈解説〉佐伯順子
207247-3

こ-14-3
人生について
小林秀雄
名講演「私の人生観」「信ずることと知ること」を中心に、ベルグソン論「感想」（第一回）ほか、著者の思索の軌跡を伝える随想集。〈解説〉水上　勉
206766-0

こ-14-4
戦争について
小林秀雄
小林秀雄はいかに戦争に処したのか。昭和十二年七月から二十年八月までの間に発表された社会時評を中心に年代順に収録。文庫オリジナル。〈解説〉平山周吉
207271-8

こ-14-2
小林秀雄 江藤淳 全対話
小林秀雄
江藤　淳
一九六一年の「美について」から七七年の大作『本居宣長』をめぐる対論まで全五回の対話と関連作品を網羅する。文庫オリジナル。〈解説〉平山周吉
206753-0

お-2-17
小林秀雄
大岡昇平
親交五十五年、評論から追悼文まで「人生の教師」であった批評家の詩と真実を綴った全文集。巻末に小林との対談収録。文庫オリジナル。〈解説〉山城むつみ
206656-4

う-3-17
青山二郎の話・小林秀雄の話
宇野千代
稀代の目利きと不世出の批評家を無垢の眼で捉えた全文集。両者と大岡昇平による著者をめぐるエッセイを併録。文庫オリジナル。〈解説〉林秀雄・宇月原晴明
206811-7

お-99-1
小沼丹推理短篇集 古い画《え》の家
小沼　丹
「私小説の名手」が作家活動の初期に書き続けた、スリルとユーモアとペーソス溢れる物語の数々。巻末に全集未収録作品二篇所収。〈解説〉三上　延
207269-5

か-95-1
文と本と旅と 上林曉精選随筆集
上林　曉
山本善行 編
文章、本（古本）、旅、酒、そして人……。私小説作家上林曉が愛した題材から、全生涯にわたる名文を精選。その魅力が詰まった珠玉の一冊。文庫オリジナル。
207228-2

お-33-3
新編 閑な老人
尾崎一雄
荻原魚雷 編
生死の境を彷徨い「生存五ケ年計画」を経てたどり着いた境地。「暢気眼鏡」の作家が、脱力しつつ前向きな日常を味わい深く綴る。文庫オリジナル。
207177-3